Alguien

Alice McDermott
Alguien

Traducción de Vanesa Casanova

Libros del Asteroide

Primera edición, 2015
Tercera edición, 2015
Título original: *Someone*

© de la traducción, Vanesa Casanova Fernández, 2015
© de esta edición, Libros del Asteroide S.L.U.

Ilustración de cubierta: © Helena Carrington
Fotografía de la autora: © Will Kirk, Homewood Photo

Publicado por Libros del Asteroide S.L.U.
Avió Plus Ultra, 23
08017 Barcelona
España
www.librosdelasteroide.com

ISBN: 978-84-16213-23-8
Depósito legal: B. 10.408-2015
Impreso por Reinbook S.L.
Impreso en España - Printed in Spain
Diseño de cubierta: Jordi Duró
Diseño de colección: Enric Jardí

Este libro ha sido impreso con un papel ahuesado,
neutro y satinado de ochenta gramos, procedente de bosques
correctamente gestionados y con celulosa 100 % libre de cloro,
y ha sido compaginado con la tipografía Sabon en cuerpo 11.

Para David

UNO

Pegeen Chehab salió del metro a la luz del atardecer. Vestía un buen abrigo azul pálido de entretiempo, unos zapatos negros que cubrían el empeine de sus alargados pies y un sombrero beis con un detalle oscuro en la copa: un par de plumas marrones. Sus hombros eran algo asimétricos. Caminaba a grandes zancadas, con andares jibosos, un mechón suelto de pelo negro le cruzaba la mejilla y le caía revuelto sobre un hombro; el moño deshecho. Apenas sujeto entre los dedos, el bolso le rozaba la pierna y aunque eso le hacía parecer apática y cansada recorrió con rapidez la acera gris que iba del metro al portal y al sótano del edificio contiguo.

Yo esperaba a mi padre sentada en las escaleras de mi edificio. Pegeen se detuvo a saludarme.

No era una muchacha especialmente guapa: ojos demasiado juntos y mentón muy ancho, dientes torcidos, cejas salvajes y bigotillo. Tenía el pelo negro y abundante de su padre sirio, pero también el permanente rubor que salpicaba los grandes pómulos de su madre irlandesa bajo aquella piel tan pálida. Después de haber terminado la formación profesional hacía un año, trabajaba en el bajo Manhattan; me dijo que la gente de allí no le caía bien, ni una sola persona. Deslizó una mano desnuda por la balaustrada de piedra, por encima de mi cabeza. En la otra mano, con la que sostenía el asa del bolso, llevaba un guante de color gris paloma. Había perdido la pareja por ahí, dijo. Y soltó una carcajada que dejó al descubierto sus dientes torcidos. El cuarto par este mes, añadió.

Y ayer en el metro se olvidó el libro de préstamo que estaba leyendo.

Y mira, se había hecho una carrera en la media con algo.

Posó el zapato negro en el escalón donde yo estaba sentada y se retiró el largo abrigo y la falda. Vi la carrera en forma de escalera, con la carne de la pantorrilla delgada y velluda de Pegeen saliéndose por la media. La uña del dedo que Pegeen deslizó a lo largo de la media estaba mordisqueada hasta el pellejo, pero el movimiento de su mano por la carrera fue delicado y conciliador, un movimiento que parecía compadecer a su propia carne, sensación que yo imité deslizando suavemente mi propia mano por la seda intacta de las medias de Pegeen y después por los hilos rasgados de la carrera.

—*Amadán* —dijo Pegeen—. Esa soy yo. Eso es lo que soy.

Retiró la pierna. La falda y el abrigo azul volvieron a su sitio. Por el dobladillo trasero y subiendo por todo el lateral de su abrigo de entretiempo había una mancha alargada de hollín que impulsivamente intenté quitar con la mano.

—Llevas una mancha —dije.

Pegeen se dio la vuelta, giró el mentón y levantó el brazo y el codo, intentando ver la mancha que llevaba en la parte trasera del abrigo.

—¿Dónde? —dijo.

—Aquí. —Sacudí la suciedad hasta que Pegeen levantó la cabeza en un gesto de elaborada frustración y se estiró el abrigo, envolviéndose en él como si fuera una capa.

—Me encantaría no tener que volver a ese lugar asqueroso —dijo, dándose una palmada en la cadera.

Pegeen se refería al bajo Manhattan, donde trabajaba.

Hizo una pausa y levantó la nariz fingiendo gran seguridad en sí misma.

—Me echaré un novio —dijo. Pestañeó y esbozó una pícara sonrisa. Los Chehab eran muy dados a las bromas y, al parecer, ningún chico había llamado aún a la puerta de Pegeen—. Pienso casarme —dijo, chupándose al mismo tiempo los cuatro largos dedos de la mano sin enguantar y restregándolos sobre la tela sucia.

—*Amadán* —repitió. Me explicó que era la palabra que utilizaba su madre para decir «tonta».

Entonces dejó caer el faldón de su abrigo y, hundiendo los hombros, se lo volvió a acomodar de una sacudida. Me recordó a un pájaro tomando un baño de arena.

—Me he caído —anunció. Lo dijo en el mismo tono afectuoso e impaciente que había empleado para describir el guante perdido, el libro olvidado de la biblioteca—. En el metro. —Era el mismo tono de voz que utilizaría una madre para hablar de su hijo favorito y revoltoso.

Pegeen dejó escapar un suspiro de exasperación, redondeando los labios como si fuera a dar un beso.

—No sé por qué diantres me caigo —dijo con impaciencia—. Me pasa siempre. —De repente bizqueó y el rubor de su piel aterciopelada adquirió la viveza del rojo bermellón. Acercó su rostro al mío—. Ni se te ocurra contárselo a mi madre.

Yo tenía siete años. Hablaba sobre todo con mis padres. Con mi hermano. Con mis maestros, cuando era preciso. Respondía en susurros al padre Quinn o al señor Lee en la confitería cuando mi madre me daba un golpecito en las costillas. No era capaz de imaginarme manteniendo una conversación con la señora Chehab, que era pelirroja y altísima. Aun así, se lo prometí. No diría nada.

Pegeen se sacudió de nuevo el abrigo, se enderezó y alzó los hombros dentro de su abrigo azul pálido.

—Pero siempre hay alguien amable —dijo, la voz repentinamente cantarina—. Siempre hay alguien que me ayuda a levantarme. —Volvió a adoptar una de sus poses altivas de fingida timidez y, como ya había hecho hacía un momento, elevó el mentón. Se tocó la pluma del sombrero—. Hoy un hombre guapísimo me ha dado la mano. Me preguntó si estaba bien. Todo un príncipe azul.

Volvió a sonreír y miró alrededor. Un par de portales más allá, los chicos de más edad jugaban un partido de béisbol callejero. En el bordillo había un puñado de muchachos más pequeños que solo miraban. Justo detrás de ellos, Bill Corrigan estaba sentado en su silla, en la acera.

Pegeen se inclinó una vez más.

—Mañana volveré a buscarlo —dijo en un susurro,

sin aliento—. Si lo veo, me acercaré a él. —Apoyó la mano en la barandilla, por encima de mi cabeza—. Fingiré una caída, ¿sabes? Justo a su lado. Y entonces él me cogerá en volandas y me dirá: «¿Usted otra vez?».

Todas las personas tienen ojos hermosos, pero los de Pegeen eran muy negros, con unas pestañas larguísimas y preciosas, unos ojos que en aquel instante centellearon quizá por aquella broma suya o por aquel plan, quizá por su visión de algún futuro imposible.

Se enderezó.

—Y entonces ya veremos —dijo, pícara y confiada, arqueando sus espesas cejas. Lentamente balanceó el bolso y se dio la vuelta para seguir su camino—. Habrá que verlo.

Al llegar a su casa, Pegeen no utilizó la puerta del sótano, como tenía por costumbre. Subió las escaleras de piedra, abordando los escalones de uno en uno, como una niña pequeña. Al llegar al último escalón, volvió a hacer un alto para sacudir enérgicamente la parte trasera de su abrigo, tocando la suciedad únicamente con la muñeca. Era media tarde. Primavera. Vi el reflejo de Pegeen en el cristal ovalado de la puerta o, al menos, el corazón azul de aquel reflejo, que era tanto el reflejo de su buen abrigo de entretiempo como de la luz vespertina en su rostro arrebolado. Pegeen abrió la puerta y la delicada imagen en el cristal se estremeció como una llama.

Volví a montar guardia en los escalones de piedra; guardia por mi padre, que aún no había salido del metro.

En el otro extremo de la calle, los hombres y las mujeres del barrio volvían a casa del trabajo. Todos iban tocados con sombrero. Todos calzaban elegantes zapatos negros y allí era donde mis ojos se posaban cuando cualquiera de ellos me decía un «Hola, Marie» al pasar.

A los siete años yo era una niña tímida, de aspecto cómico, con cara de pan, dos rajas negras por ojos, gafas gruesas, flequillo negro y una boca recta y seria: una caricatura de niña.

Por aquel entonces, yo bebía los vientos por mi padre.

Los chicos jugaban al béisbol en plena calle, siempre a la misma hora; algunos eran amigos de Gabe, mi hermano, aunque él, un joven estudioso, se encerraba en casa con sus libros. Los más jóvenes, entre quienes se encontraba Walter Hartnett, se sentaban en el bordillo a mirar. Walter llevaba la gorra del revés y tenía extendida la pierna de su zapato ortopédico. El ciego Bill Corrigan, al que habían gaseado durante la guerra, se quedaba en la acera justo detrás de Walter, sentado en la silla de cocina pintada que su madre le ponía todas las mañanas siempre que hacía buen tiempo.

Bill Corrigan vestía traje de chaqueta y calzaba zapatos relucientes. Y, a pesar de tener un defecto en la piel que hay alrededor de los ojos, como una cicatriz en los pliegues satinados de sus párpados; a pesar de que su madre, cuyo brazo Bill agarraba como una novia se aferra al brazo del novio, lo sacaba a la silla de cocina todas las tardes que hacía buen tiempo, era a él a quien los muchachos de la calle recurrían siempre que, a causa de alguna pelota perdida o una carrera inoportuna, terminaban aullando y graznando en medio de la calle. Allí estaban: gritándose a la cara, arrojando las gorras al suelo, pidiéndole que tomara una decisión.

Bill Corrigan levantó una mano, grande y pálida, y, al instante, la mitad de los muchachos dio media vuelta, mientras la otra mitad gritaba alborozada. Walter Hartnett se balanceó hacia atrás con un gesto de desesperación, lanzando una patada al aire con su pie bueno.

Me ajusté las gafas. Pajarillos de ciudad de color ceniciento se elevaban sobre los tejados y volvían a caer. Había empezado a oscurecer y los escalones, que al sentarme me habían parecido calurosos bajo mis muslos, ya se habían enfriado bastante. El señor Chehab pasó a mi lado con una bolsa marrón de la panadería en la mano. Llevaba el delantal hecho una bola bajo el brazo, las cintas colgando. Al pasar junto a mí dejó un olor a pan recién horneado. Lucy la Grandullona, una niña que me daba miedo, empujaba un patinete por la acera opuesta. Dos hermanas de la Caridad del convento situado al final de la calle pasaron a mi lado, sonriendo bajo sus tocas. Giré la cabeza para observarlas de espaldas, preguntándome cómo era posible que jamás se les enredara el dobladillo de sus largos hábitos en los talones. Al final de la manzana, las hermanas se detuvieron a saludar a una mujer de piernas pálidas y robustas que vestía un delantal oscuro bajo el abrigo. La mujer dijo algo y ellas asintieron con la cabeza. Después, las tres juntas doblaron la esquina. El partido volvió a interrumpirse y los muchachos se dirigieron a sus casas de mala gana, mientras un coche negro pasaba a nuestro lado.

Me estremecí y esperé. La pequeña Marie. Única superviviente de aquella escena callejera. Esperé a que mi padre apareciera por la calle, saliendo del metro con su sombrero y su abrigo, el más querido de entre todos aquellos fantasmas.

Una vez me acerqué a la vitrina del *delicatessen* de Rego Park, lista para pedir. Estaba embarazada de mi primer hijo, hambrienta y algo mareada. En apenas unos meses estaría a las puertas de la muerte; llegué incluso a recibir la extremaunción y mi madre hasta le dio con el bolso en la cabeza al sacerdote que había acudido a darme los últimos sacramentos; pero aquel día únicamente noté cómo la vista me fallaba de repente. Me caí sin darme cuenta, como un saco de patatas. Y después me vi tumbada boca arriba sobre el suelo de madera. Tenía las piernas dobladas de cualquier manera. Sentí un dolor recorriendo el borde de mi mano. Rostros sobre mí; el presagio de un nuevo dolor, en el tobillo, en el cráneo. Tenía la mano manchada de ensalada de atún, también el codo y el bajo de mi abrigo de entretiempo. Al caer, me había manchado con el pedido de otra persona. Cuando me levantaron y me llevaron a una silla en la trastienda, vi los pechos de la mujer del propietario, cubiertos con un delantal. El suelo estaba cubierto de serrín y había cajas de cartón húmedas amontonadas contra la pared. Un fuerte olor a salami. Me sentaron en una silla metálica plegable del mismo color que las cajas de cartón, delante de una frágil mesa plegable reparada con cinta adhesiva. Siguió la lenta reconstrucción de lo ocurrido. Apareció un policía que se ofreció a llevarme a urgencias, aunque las mujeres arremolinadas en el estrecho pasillo habían llegado a la conclusión de que unos sorbitos de Coca-Cola caliente me reavivarían. Funcionó. Y también el bocadillo de rosbif en pan de centeno que había estado a punto de pedir y que la esposa alemana del dueño me vio comer en la atestada trastienda, la carne generosamente apilada en lonchas y tierna como la mantequilla, hasta que las mujeres se dieron tan por satisfechas como para proclamar «Nada, no ha sido nada». La mujer del dueño me entregó un envase con sopa de pollo y un kilo de arroz con leche para llevarme a casa. Era una mujer robusta, de brazos y piernas gruesos. Frotó enérgicamente la mancha de mi abrigo con una toallita de papel húmeda y entonces me acordé de Pegeen. Siempre hay alguien amable.

Mi padre apareció por la esquina. Se detuvo a comprar el periódico de la tarde. Gabán y sombrero para dejar claro que era un oficinista y no un obrero. Solo levanté la cara de las rodillas en el instante en que lo vi aparecer, pero es verdad que, mientras miraba de reojo la calle en cuesta, sentía cierta energía, cierto placer, recorriéndome la espalda y los hombros enjutos, temblando de expectación. Los muchachos que jugaban al béisbol volvieron a detener el partido para que pasara un coche: tal era el ir y venir del juego. Di media vuelta y coloqué la mano sobre la balaustrada, lista para saltar. Mi padre era un hombre delgado y menudo con abrigo largo. Caminaba con paso rápido y desenvuelto. También él calzaba zapatos relucientes.

Esperé a que hubiera recorrido media calle. Y entonces volé por la acera y por los aires cuando mi padre, con el periódico férreamente apretado bajo el brazo como único impedimento, me levantó en una ascensión que yo imaginaba similar al recorrido trazado por las gorras que los muchachos lanzaban al aire cuando Bill Corrigan decidía sobre alguna jugada. No me habría sorprendido oír sus vítores.

Mi padre olía a papel de periódico y cigarrillos, a colonia gastada. Me trabé la barbilla en los botones cuando me bajó al suelo. Un rasguño breve y doloroso que me descolocó las gafas e hizo que se me llenaran los ojos de lágrimas. Caminé los últimos pasos que nos separaban de casa haciendo equilibrios sobre sus zapatos. Subimos juntos la escalera y entramos en el fragante vestíbulo, fragante por el olor a cebolla de las cenas caseras y el aroma a madera vieja. Subimos las estrechas escaleras y entramos en nuestro piso, donde mi madre estaba en la cocina y mi hermano estaba sentado a la mesa del salón con sus libros.

Vivíamos en un piso largo y estrecho, con ventanas en la fachada principal y en la posterior. Las ventanas traseras recibían la luz de la mañana y las delanteras, las horas anaranjadas y pausadas de la tarde. Incluso en el frescor del final de la primavera, era una luz de ciudad, polvorienta. Caía sobre las bancadas barnizadas que había junto a la ventana y las rosas de la alfombra. Sobre las amenazantes paredes de yeso, la luz estampaba sombras en forma de travesaño, largos rectángulos; se colaba por la puerta de la habitación, cruzaba el salón, escalaba las robustas patas de la mesa de comedor donde el mantel, de tela almidonada y diestramente bordada con la meticulosa labor de punto de cruz de mi madre, estaba cuidadosamente plegado para que Gabe pudiera colocar el cuaderno y los libros sobre la lisa superficie de madera.

Aquella fue la primera luz que mis pobres ojos conocieron. Al recordarla, a veces me pregunto si, en definitiva, toda la fe y todas las fantasías, todo el miedo y las conjeturas, todas las creencias disparatadas referidas al cielo y el infierno, no serán más que un engaño comparados con esa otra primera incertidumbre: la oscuridad que precede a la lenta consciencia de la primera luz.

Yo seguía a mi padre hasta el estrecho ropero y le sostenía el periódico mientras él colgaba el gabán y dejaba el sombrero sobre el estante. Se encaminaba al sofá del salón y yo lo seguía; me hacía sitio a su lado y me recostaba pesadamente sobre su brazo — «como un percebe», decía mi padre —, mientras él leía el periódico de la tarde.

La funda, también obra de mi madre, era un paraíso de colibríes y hojas de parra y flores de grandes pétalos. Los colores, pero no las imágenes, quedaban suavizados por el denso brocado. Arrebujada junto a mi padre, protegida por su abrazo mientras él levantaba pacientemente el periódico abierto para hacerme sitio, me adentraba en aquel paraíso recorriendo las líneas del periódico con la yema del dedo y mi mirada estrábica, hasta que mi padre decía, pacientemente, «Marie...», y me pedía que me incorporara un poco.

Llevaba un llavero alargado colgado del cinturón y, quizá para impedir que el peso de mi cuerpo huesudo le adormeciera el brazo, se sacaba las llaves del bolsillo y me las colocaba en las manos. Había dos llaves, pequeñas pero pesadas; las chapas metálicas con su nombre y el número que le habían asignado cuando estuvo en el ejército grabados en relieve, y una medallita de san José algo verdosa. Mientras mi padre leía, yo les daba la vuelta, las recorría con los dedos, comprobaba su peso y el tintineo que hacían. Me preguntaba si Bill Corrigan, al que habían gaseado en la guerra, llevaría algo similar en su bolsillo.

Cuando mi madre me llamaba para levantarme y poner la mesa, mi padre me ponía la mano sobre la cabeza.

Abandonando aquella primera oscuridad y entrando en la polvorienta luz urbana de aquellas habitaciones conocí los rostros borrosos de los padres que me habían sido dados —dados sin que yo hubiera hecho nada por merecerlos—, rostros que me miraban sobrecogidos de amor durante aquella primera oscuridad.

Nos sentamos a cenar, una noche como otra cualquiera, un mantel de hule cubría la mesa: la última concesión a mi desgarbada infancia, en apenas unas semanas, tras mi primera comunión, abandonaríamos el hule en las comidas y se volvería a cenar sobre el mantel almidonado de tela, «como personas civilizadas», en palabras de mi padre. Puré de patatas, lonchas de lengua de ternera y zanahorias caramelizadas. De postre, melocotones en almíbar con una cucharada de nata montada. Plegamos el hule y mi hermano volvió a extender sus hojas y libros en un extremo de la mesa.

En la estrecha cocina, de pie, apoyada en el fregadero humeante, con las manos y los brazos rojos hasta los codos, mi madre parecía despreocupada. «Pegeen Chehab —dijo— tiene los pies grandes», y las chicas de su edad, añadió, andaban siempre de tropiezo en tropiezo, a la caza de chicos.

Me pasó un platillo mojado. Todavía no me dejaban secar sola los platos de la cena. La cocina era un espacio cálido y acogedor; la única ventana de la cocina estaba empañada y en el aire flotaba un agradable olor a jabón y a los rayos de sol primaverales que habían secado el delantal de mi madre.

Para mi madre, que disfrutaba muchísimo con las historias de amor —especialmente con las historias de amor americanas, que para ella implicaban una milagrosa combinación de vidas procedentes de lugares cómicamente dispares—, el matrimonio del señor y la señora Chehab era una fuente permanente de asombro y deleite. Volvió a contarme la historia de los Chehab: el señor Chehab había nacido en un lugar llamado Monte Líbano, en un país llamado Siria. Un desierto, dijo. Con un sol abrasador y palmeras y dátiles y piñas y arena y —se encogió un poco de hombros, la voz repentinamente vacilante—, al parecer, un monte.

Me pasó un vaso pequeño y dijo: «No metas la mano en el vaso, solo el paño».

Los padres del señor Chehab, prosiguió mi madre, lo envolvieron en un arrullo y se lo llevaron de aquel lugar soleado. Cruzaron el Mediterráneo. Cruzaron España.

Miró los azulejos húmedos sobre el fregadero como si allí hubiera un mapa dibujado.

Cruzaron Francia, llegaron a París, que se llama la Ciudad de la Luz; pasaron por los acantilados blancos de Dover —tienen una canción—, llegaron a Liverpool, cómo no, luego a Dublín; vieron también Cork, tal como ella lo había visto a los diecisiete años con tres faldas y cuatro blusas puestas y llevando consigo únicamente un bolsito de mano para que su padrastro, un hombre terrible, no supiera que se marchaba de casa.

En el puerto, el señor y la señora Chehab encontraron un barco que los trajo hasta Brooklyn. En Brooklyn pusieron al bebé en una cuna, en el rincón más fresco de una panadería situada en un sótano de la calle Joralemon.

Y todo eso, prosiguió mi madre con un gorjeo profundamente risueño en la voz, mientras en el condado de Clare, la señora Chehab —que por aquel entonces era una McMahon— daba sus primeros suspiros. Y temblaba, qué duda cabe, en la sempiterna humedad del aire amargo de aquella tierra inhóspita.

Mi madre me miró por encima del hombro, las manos aún en el fregadero.

En casa hay siempre un aire a quemado, dijo. Y no era la primera vez que lo decía. A cenizas húmedas y a fuego apagado. Una llega a creer, dijo, que se vive siempre el final de alguna desgracia cercana; en algún lugar muy cerca de aquí, piensas a menudo, a alguien se le ha quemado la casa hasta los cimientos.

En aquella tierra húmeda y sucia, dijo mi madre, la señora Chehab creció hasta convertirse en una muchacha alta, una muchacha que no habría tenido dificultad alguna en subir la empinada escalerilla del barco que zarpaba de Queenstown, una escalerilla con la que mi propia madre sí había tenido problemas, me contó, debido a la lluvia que había caído el día que ella embarcó, porque estaba sola y no tenía a ningún hombre del que cogerse del brazo y nadie se lo ofreció en todo el viaje; no hasta que mi padre le ofreció el suyo en los escalones de la Grand Army Plaza.

Pero la señora Chehab, con aquellos largos pies suyos, no habría tenido problemas para mantener el equilibrio sobre el suelo resbaladizo y bamboleante del barco que la trajo hasta aquí, donde un día se detuvo ante la panadería siria y vio a un hombre bajito de ojos oscuros tras el mostrador.

Vi cómo mi madre volvía a mover las manos en el agua, buscando algún cubierto perdido, con aquella pícara sonrisa suya ante la deliciosa singularidad de aquella historia. Después quitó el tapón del fregadero y yo cerré los ojos y me tapé los oídos con los dedos para no oír aquel ruido terrible.

Cuando los retiré y abrí los ojos, mi madre estaba limpiando la encimera. «Y después de todo lo que te he contado —dijo—, después de todo eso, mira tú por donde, aparece la feúcha de Pegeen, con el cutis enrojecido de su madre y la narizota de su padre y esos pies enormes. Que Dios la ayude.»

Ya recogida la cena, mi padre fue a buscar el sombrero al armario pequeño y dijo: «Vamos a dar una vuelta».

Bajamos juntos las escaleras. Las puntas relucientes de sus cuidados zapatos negros y el corte perfecto de las vueltas del pantalón sobre los cordones lisos. El ritmo acompasado de sus pasos sobre la escalera sin alfombrar, el sonido de nuestros pasos. Vuelta al vestíbulo y, de nuevo, a la acera. Nos encontrábamos delante del edificio de los Chehab cuando me soltó la mano y se detuvo a encender un cigarrillo. El humo ascendía, blanco, por el ala ladeada de su sombrero. Y entonces, llevado por el placer de la primera calada, echó la cabeza atrás. Yo miré al cielo y contemplé las estrellas; un hombre guapo, delgado, de cuarenta años.

Fue uno de sus primos irlandeses, un McGeever, quien más adelante diría que un cuerpo tan delgado no era más que una invitación andante a la desgracia.

Volvió a cogerme de la mano. Sentía la sólida familiaridad de su apretón, cálido y firme, la ancha palma contra mis deditos. Caminamos hasta la otra esquina, alejándonos del metro, aunque bajo nuestros pies todavía nos llegaba su traqueteo. Oíamos también el sonido de un trolebús procedente de otra calle, la voz de alguien llamando a un niño, de alguien gritando en el interior de un edificio. Daba la impresión de que las luces de las ventanas brillaban cada vez más intensas, más cálidas, a medida que refrescaba. Nos llegaba el olor a metal, una vaharada de alquitrán, un olor a piedra, a excrementos de perro sin recoger al otro lado del enrejado que rodeaba algún árbol escuálido. La suave tela de gabardina de la chaqueta de mi padre en el dorso de mi mano. Doblamos la esquina y mi padre arrojó el cigarrillo encendido a la calle.

—Será solo un minuto —dijo.

Me puso las dos manos sobre los hombros, como si quisiera así dejarme más segura sobre la acera que había junto a una entrada, y después dio media vuelta y empujó una estrecha cancela de hierro que conducía a un callejón oscuro. El aire era negro, pero las luces de los edificios eran cálidas y doradas. Apenas pasaron un par de personas, bien envueltas en sus abrigos. Un hombre se llevó la mano al ala del sombrero al pasar y yo dejé caer la barbilla, con timidez. Cuando desapareció, volví a ponerme de puntillas bajo la luz de la farola, como si me iluminara la cálida luz del sol. Entorné los ojos y la luz explotó y se fue expandiendo, blanca y amarilla, hacia la oscuridad. Oí el chirrido de la cancela y mi padre volvió a mi lado. A su alrededor flotaba el intenso olor al licor que acababa de tomar. Extendió la mano. En la palma de su mano había un terroncillo blanco de azúcar que brillaba a la luz de la farola. Me abalancé sobre el terrón y me lo metí en la boca. Le di vueltas con la lengua. Mi padre me observaba frunciendo los labios y moviendo la mandíbula, como si también él estuviera saboreando el azúcar. Después, volvió a darme la mano.

Pasamos por delante de la casa de los Chehab, donde vimos una lámpara y una silla y los anchos hombros y la nuca oscura del señor Chehab, mientras fumaba un puro y leía las noticias vespertinas.

En el portal, mi padre se subió los puños de la chaqueta y me puso las cálidas palmas de sus manos en la cara. Me estudió con expresión seria, sonriendo apenas —yo era una cosita graciosa, feúcha, de carita redonda y ojos muy juntos— hasta que mis pómulos se hubieron calentado lo suficiente, según dijo, como para que mi madre les pasara revista. Y una vez más subimos juntos las escaleras.

Había té y bizcocho. Mi madre, con uno de los libros de mi hermano en el regazo, le preguntaba la lección: preguntas de catecismo, declinaciones de latín, fechas y nombres de historia. Él respondía a todo sin vacilar, pellizcando el bizcocho solo al terminar una ronda de preguntas. Y entonces, cuando todavía le quedaba un pedazo irregular de bizcocho en el plato y la mitad de su té lechoso en la taza, apartó la silla y caminó lentamente hasta el extremo de la mesa.

Mi padre, en el extremo opuesto, dejó su taza a un lado y se inclinó hacia delante. Pude ver el reflejo de su pálida garganta y mentón en la madera oscura de la mesa, como un rostro que va perfilándose en un remanso de aguas negras. O difuminándose.

—¿Qué toca esta noche? —dijo.

Mi hermano se pasó las manos por el cabello espeso y las posó sobre el respaldo de la silla que había ante él. Levantó la vista hacia la pared, justo encima de la cabeza de mi padre. Era un muchacho guapo, estrecho de hombros, de pelo rubio y grandes ojos marrones. Se ruborizaba con facilidad.

—Las siete edades del hombre —pronunció con claridad, aferrándose a la silla—. De William Shakespeare.

Comenzó. Mientras Gabe recitaba, observé cómo mi padre distraídamente daba forma a las palabras en sus labios, moviéndolos inconscientemente, de forma muy parecida a como lo había hecho cuando yo di vueltas al terroncillo de azúcar en la lengua.

Mi madre mantenía la cabeza gacha, estudiándose las manos enrojecidas en el regazo mientras el poema seguía su curso. Parecía estar rezando o encorvada junto a una radio.

Incliné la barbilla hacia la mesa y levanté la taza del platillo un instante. El poco té que quedaba se estaba enfriando, pero así era como me gustaba. Tomé un sorbito y volví a colocar la taza en su sitio haciendo más ruido del que permiten los buenos modales, lo que me hubiera hecho ganarme una mirada de reprobación de mi madre de no haber coincidido el sonido con el final del poema y el discreto aplauso de mis padres.

—Algo de Shelley —dijo mi padre.

A mi amiga Gerty Hanson la obligaban a rezar el rosario en familia todas las noches después de cenar, su madre y su padre y sus tres hermanos mayores arrodillados en el suelo alrededor de la cama de matrimonio. Yo había rezado con ellos una o dos veces. No era un ritual menos tedioso que el nuestro, pero al menos de Pascuas a Ramos a Gerty le brindaban la ocasión de dirigir el rezo, y entonces tenía la oportunidad de hablar rodeada de un atento silencio, mientras que yo solamente se suponía que debía escuchar a mi hermano, quien llevaba ganando la medalla a la declamación de su colegio más años de los que yo era capaz de contar.

Gabe levantó la vista y dirigió la voz hacia la sencilla araña que colgaba sobre nuestras cabezas. Su voz me resultó desconocida, más profunda y en cierto modo menos segura de lo que me había sonado hacía apenas unos días. Miré la nuez protuberante en su garganta pálida.

—*Oda al viento del oeste* —dijo—. De Percy Blithe Shelley.

Quizá mis padres vieran entonces el sacerdote que llevaba dentro: aquella manera en la que, de pie en un extremo de la mesa, nos brindaba palabras adorables.

Yo solo recordé la ilustración de un libro que había visto por ahí: un rostro cruel entre las nubes, los pómulos hinchados y los labios fruncidos soplando hacia abajo, sobre la figura acurrucada de un hombre ataviado con un gabán oscuro.

— «¡Oh, escucha!» —declamó mi hermano, que dudó un instante antes de levantar abruptamente la palma de la mano al techo, un gesto que quizá le habían indicado que hiciera en la escuela, pero que no casaba ni con él ni con su voz serena.

Sin levantar la vista, miré alrededor. Gabe se había dejado la mitad del bizcocho en el plato. Sabía que se lo comería de un solo y triunfante bocado cuando volviera a sentarse. El pedazo de mi padre ya había desaparecido. También el de mi madre. Aun sabiendo que no había dejado ni una migaja, volví a mirar mi plato y me sorprendió descubrir allí, en el centro, otro terrón de azúcar blanco. Miré a mi padre, que solo movió los ojos fugazmente y fugazmente sonrió. Miré a mi madre, que seguía estudiando sus manos rubicundas ahuecadas sobre su regazo, la fina banda dorada de su alianza. Cogí el terrón al instante y rápidamente lo dejé caer en los restos ya fríos de mi té. Mi padre susurró las últimas palabras del poema a medida que mi hermano las iba recitando y entonces, una vez más, mis padres aplaudieron discretamente.

Mi hermano dijo «Ozymandias» justo en el instante en el que yo volvía a levantar mi taza. Sentí el dedo de mi madre en el muslo, un rápido pinchazo recordándome que debía escuchar.

Escuché contemplando los deliciosos posos de azúcar empapados en té al fondo de la taza de porcelana. Me imaginé que era la misma arena dulce y plateada del poema, arena del desierto, arena de Siria y Monte Líbano. Seguí observando con un ojo entrecerrado mientras aquella deliciosa sustancia se desplazaba entre la luz amarfilada, avanzando lentamente hacia mi lengua, y cuando ya iba demasiado despacio, hacia la punta del dedo. Estaba pensando en un bebé envuelto en ropas relucientes, empujado lentamente en un carricoche blanco que atravesaba lentamente la ciudad en dirección a Brooklyn, cuando sentí la quemazón de una colleja seguida del rápido eco del dolor. Saqué el dedo de la taza. Mi madre no había levantado la vista del regazo.

Gabe concluyó el poema y volvió a su sitio para terminar el té y devorar el trozo de bizcocho, el rostro arrebolado por el triunfo. Pacientemente, mi madre giró la cabeza para preguntarme qué pasaría si una taza de té se hacía añicos con mis dedos dentro.

Alguien recordó a alguna vecina o pariente anónima, alguna niña tonta que «se había cortado pero bien cortada» por meter la mano dentro de un vaso mientras fregaba. La visión del agua enrojecida por la sangre me persiguió hasta la hora del baño, donde la mano enrojecida y borrosa de mi madre probaba la ininterrumpida corriente de agua humeante.

Desplegué precipitadamente todo mi arsenal de excusas: el agua quemaba mucho, hacía demasiado frío en casa, ya me había bañado la semana anterior, me dolía la barriga, tenía sueño, pero mi madre me agarró del brazo y mis piernecitas obedecieron. Se levantaron con-

tra mi voluntad, por encima del borde helado de la bañera alta, listas para zambullirse en el agua hirviendo
donde el dolor provocado por el calor se convirtió en un
escalofrío que me recorrió la espina dorsal y mi cuerpe-
cillo delgado —de un rojo brillante hasta las pantorrillas
pero de un blanco pálido, casi azul, en el pecho y los
brazos— se convirtió en un trapo, un trapo agitado y
golpeado por un viento repentino. Quería llorar. Quería
enfermar. Durante un instante terrible sentí que mi
cuerpo era solo un trapo, que mis huesos no eran más
que porcelana, al igual que mis dientes castañeteantes y
el cráneo cerámico donde se alojaban. Vi cómo un aro
de luz, el reflejo cambiante del agua, se elevaba hasta la
parte superior de la pared de azulejos y volvía a bajar,
llevándome con él, mareada y completamente desesperada. Me senté. El agua caliente me cubría los brazos y
me llegaba al mentón. Mi madre me soltó el antebrazo,
pero la huella de su apretón seguía allí.

—Hala —dijo—. Ya está. Mira el follón que has mon-
tado. Solo tienes que acostumbrarte.

Por aquel entonces yo aún dormía en una cuna que
había sido de mi hermano, en un rincón del pequeño
dormitorio que compartía con él. Tenía un cordero
pelón pintado en la cabecera y una línea borrosa de
césped y florecillas silvestres a los pies. Luz tenue. Oraciones. Los labios secos de mis padres sobre mi frente,
y alguna palabra suelta susurrada al final del día, me
hacían saber que esas dos sombras indistintas y de cálido aliento que se inclinaban sobre mí al final de cada
día me querían sobre todas las cosas.

Gabe entró en la habitación poco después. Otra mancha de oscuridad y luz —ropa oscura y pelo claro— que entraba para sacar el pijama de debajo de la almohada. Cuando volvió, ya con el pijama puesto, era una mancha más clara. A través de los barrotes de la cuna, lo vi arrodillarse para rezar, deshacer el embozo y meterse en la cama. Dormía de espaldas, con la muñeca de una de sus manos sobre los ojos, como una ilustración que yo había visto de un trabajador descansando en el campo. La luz permanecía encendida casi toda la noche. Aquel gesto de cubrirse los ojos con el brazo era su manera callada de adaptarse a mi miedo a la oscuridad.

Al despertarme descubrí que alguien había apagado la luz. Solo se distinguía el difuso estampado geométrico que la luz de la calle dibujaba sobre el techo y la pared. Pasé una pierna por uno de los laterales de la cuna encajando un dedo de mi pie en el espacio entre los barrotes y, con cuidado —no era una niña atlética—, me apoyé para pasar la otra pierna. Bajé al suelo frío y caminé de puntillas. Gabe me hizo sitio entre sus mantas igual que hacía todo lo demás: en silencio, metódicamente, con una aquiescencia bienintencionada pero estoica ante el deber. Un niño obediente. Desvelado, él también, a esas horas.

Le dije que había tenido una pesadilla y fui inventándomela al tiempo que se la contaba: un gigante terrible de puños blancos, con las mejillas hinchadas, se me había llevado a un lugar alto e inseguro del que era incapaz de bajar. Gabe me escuchó atentamente, se compadeció de mí un instante, maravillándose cada vez que yo susurraba «Y entonces» antes de añadir un nuevo horror. Yo nunca sueño, dijo; nunca sueño nada de lo que me acuerde después. Pese a estar separados apenas unos centímetros, sus rasgos estaban borrosos. Y aun así el muchacho de rasgos precisos, guapo y con buen color que durante el día era mi hermano, el hermano que yo veía cuando llevaba las gafas puestas, me resultaba mucho menos familiar que ese de bordes inciertos y una tenue oscuridad, con ese leve brillo en la boca o en la mirada cuando me decía que si era buena y no pataleaba, me podía quedar. Se lo prometí y él aceptó mis promesas, pero se arrinconó en un extremo de la cama estrecha, muy pegado a la pared —la pared que compartíamos con el edificio de los Chehab—, dándome la espalda y colocando la mano sobre la fría pared enyesada. Las suaves sábanas retenían aún el olor a sol que contrastaba con el aroma más cálido y cercano de la cabellera y la respiración y la piel de mi hermano. De espaldas a mí, me dijo que rezara para espantar las pesadillas; dijo que si rezaba, nuestra Santa Madre las alejaría.

Lentamente coloqué mi mano bajo la almohada, hasta encontrar la calidez de la suya. Dormía aferrado a su rosario. Retiró la mano hasta que con la punta de mis dedos solo pude tocar las frías cuentas.

Se durmió a trompicones, resistiéndose. Como si el Hombre de Arena, ese ser imaginario que trae el sueño a los niños, lo tuviera cogido del tobillo y tirara de él contra su voluntad. Como si tuviera que luchar por mantenerse despierto. Contemplé las siluetas que dibujaba la luz sobre la pared. Una era un rectángulo; la otra, un crucifijo. Intenté rezar algo, pero como la pesadilla que había descrito era de mentira, en realidad no tenía que pedir que me protegieran. Oí cómo la rodilla o la mano o la planta del pie de mi hermano golpeaba la pared de vez en cuando, a medida que el sueño lo arrastraba. Un ruido sordo y después otro y entonces supe que se había dormido.

Por la mañana había una ambulancia estacionada en la acera. Niños arremolinados, mujeres con las chaquetas echadas sobre los hombros, hombres en mangas de camisa. Por toda la calle se apartaban las cortinas y asomaban rostros por las ventanas, uno de ellos de aspecto macabro por la crema de afeitar. Primero un murmullo entre la multitud: mujeres llevándose los dedos a los labios o las manos al corazón, hombres hablando entre ellos a media voz. Y entonces, a medida que fueron pasando los minutos, la creciente agitación, el placer de saber que ocurría algo que haría que aquel no fuera un día como los demás: la emoción de la rutina interrumpida, de un anodino desayuno abandonado sobre la mesa, de libros de texto junto a la puerta. Una agitación que se dejó oír primero en las voces de los niños —una risa repentina, un grito agudo—, pero que después contagió también a los mayores —un estornudo y un jovial «¡Salud!» y otro gorjeo de risas—, como si por un instante se nos hubiera olvidado que la emergencia que habían sufrido en casa de los Chehab era lo que nos había congregado a todos sobre la acera mojada a las siete de la mañana.

El sanitario salió de espaldas por la puerta del sótano. Al sonido repentinamente sofocado del parloteo humano le siguió, sin dilación, un instante en el que todos los que se habían reunido en la acera contuvieron el aliento al ver sobre la camilla un cuerpo cubierto de pies a cabeza; a la vista, tan solo un mechón del pelo descuidado de Pegeen.

Tras el segundo sanitario, desde la puerta abierta, el llanto de la señora Chehab se elevaba como un lamento en espiral. La mayoría de las mujeres y muchos de los hombres que ocupaban la calle se santiguaron. Mi madre posó la mano bruscamente sobre mi hombro y ocultó mi cara en el delantal, que aún seguía un poco húmedo de la noche anterior. Instintivamente cerré los ojos y rodeé a mi madre con los brazos, aferrándome al delantal, a la áspera lana de su falda, refugiándome en aquella oscuridad tan familiar y sintiendo la repentina calidez de las manos de mi hermano, que me tapaba las orejas, intentando librarme del sonido de las plegarias y exclamaciones de las mujeres, del lamento de la señora Chehab, del doble portazo con que se cerraron las enormes puertas de la ambulancia.

Todo lo cual pude, no obstante, oír.

Fue a la tarde siguiente cuando subimos en solemne silencio los escalones de la casa de los Chehab y entramos en su salón abarrotado. Mi madre me hacía daño, con esa manera de cogerme de la mano mientras nos abríamos paso entre aquel bosque de adultos, para mí solo nudillos enrojecidos y alianzas de matrimonio y dobladillos de chaquetas, hasta que las figuras repentinamente se separaron y allí, frente al cristal de la galería, estaban la caja reluciente y Pegeen en su lecho de raso. Llevaba puesto su vestido blanco de graduación, con el rosario rojo de la confirmación entre sus dedos inmóviles. Junto a la cabeza de Pegeen había un único cirio solitario cuya luz se reflejaba en la ventana negra de tal manera que, por un instante, llegué a creer que su nariz fina y cerosa desprendía una llama propia.

Sentí un par de manos grandes que se posaban en mis brazos, cálidas y fuertes. Y entonces volé por los aires. La luz se hizo más brillante y la oscuridad desapareció. Me aferré al borde duro de la caja, resistiéndome aun cuando ya sentía estar cediendo, pegué la cara a la claridad de las mejillas de Pegeen, del color de la luna, la besé y vi mi propio rostro blanquecino brevemente reflejado en el cristal oscuro del mirador cuando volví a ocupar mi sitio entre las sombras congregadas en el suelo.

En casa, mi madre desprendió el alfiler de su sombrero y mi padre devolvió su sombrero de fieltro y el gabán al armario. La señora Chehab, dijeron, se había fijado en la mancha del abrigo de Pegeen y en los desgarrones de las mangas, en los círculos de hollín en las rodillas sobre las medias buenas, mucho antes de que la víspera sufriera aquella última caída por las escaleras del sótano. Pegeen siempre había sido una muchacha torpe, dijeron, pero Fagin, el director de la funeraria, sospechaba que algo más que la caída la había matado: algo en el cerebro, dijo.

Mi madre dio la vuelta al mantel bueno y mi hermano sacó sus libros. Aquella noche, para recuperar el tiempo perdido en nuestra visita a Pegeen, tomamos el té en silencio mientras mi hermano estudiaba junto a nosotros. El único sonido de la estancia era el repiqueteo de la taza de mi padre contra el platillo, que yo imité con similar estruendo. La visita a los Chehab nos había privado además de nuestro paseo hasta la taberna clandestina.

Mi hermano cerró el grueso libro que tenía ante él y estiró el brazo para coger otro de la pila que había junto a su silla, esa vez uno más viejo y encuadernado en piel, con páginas finas. Fue pasando páginas y entonces, con las manos metidas entre los muslos, se inclinó sobre el libro para leer. Vi cómo mis padres lo miraban, cómo miraban la coronilla de su cabeza inclinada. Me pareció que lo observaban con disimulo, como si, de haber levantado mi hermano la cabeza de nuevo, ellos hubieran apartado la vista.

Empezó a leer en voz alta. No leía en el mismo tono claro con el que recitaba sus poemas sino con delicadeza, sentado a la mesa con los hombros encorvados, las palabras rompiéndose aquí y allá bajo la carga de su nueva voz, más grave.

—«¿No se venden dos pajarillos por un cuarto?» —leyó—. «Con todo ni uno de ellos cae a tierra sin vuestro Padre. Pues aun vuestros cabellos están todos contados. Así que no temáis, más valéis vosotros que muchos pajarillos.»

Mi madre había inclinado la cabeza. Las manos de mi padre se aferraban a la taza de porcelana, detenidas en ese instante clandestino en el que debían mantenerse serenas frente al temblor que su paseo nocturno solía mantener a raya. En la calle, se oyó el traqueteo de un camión que transportaba botellas. Una voz alegre le gritaba a otra.

En el silencio que siguió, yo dije:

—*Amadán*.

Lo dije como lo había dicho Pegeen, con tristeza, sacudiendo la cabeza como si estuviera hablando en tono cariñoso de un niño travieso. Lo dije con la barbilla apenas sobresaliendo de mi taza de porcelana con sus posos de azúcar disolviéndose, desviando la mirada del rostro sobresaltado de mi hermano y mirando en dirección a aquella luz amarfilada. Y entonces, por segunda vez, lo repetí, esta vez en dirección a la taza.

—*Amadán*.

La bonita estancia se dio entonces la vuelta —el mantel blanco plegado y la madera negra embellecida y la luz de la sencilla araña— en el instante en que mi madre, cogiéndome con firmeza del brazo, me levantó de la silla con fuerza y me llevó al baño revestido de azulejos, donde llenó una taza bajo la corriente plateada de agua caliente y se puso a sumergir la pastilla de jabón en ella una y otra vez.

—Otra vez —dijo mi madre mientras yo probaba el agua amarga y, apoyada en el lavabo, la escupía.

En el salón, mi hermano, el estudioso, le preguntaba a mi padre qué quería decir *amadán*. Mi padre dijo:

—Tonto. Quiere decir tonto.

Incluso con el agua corriendo y la taza de agua jabonosa en los labios, pude oír las carcajadas de mi padre cuando mi hermano le preguntó:

—¿Y quién es el tonto?

Después de aquello, siempre que hacía falta rebajar el orgullo que sentían por la santidad de mi hermano, me llamaban «nuestra pequeña pagana». Aquella era su manera de no darse tanta importancia. Cuando el cura de la parroquia de San Francisco se presentó a decirles que claramente se veía vocación. Cuando llegó la carta del seminario.

—No nos entusiasma tanto el sacerdocio como a otros —dijo mi madre mientras secaba los platos el día en que el cura vino a tomar el té, enrojeciendo de orgullo, pero también apretando los labios para que quedara claro que la alegría que la embargaba por el éxito de Gabe no era para tanto. Había tantísimos hombres vanidosos, vagos o estúpidos en las rectorías, dijo, como en cualquier otro lugar.

—Un obispo —bromeó mi padre, posando la mano sobre mi cabeza— y una pequeña pagana. Hemos pasado del blanco al negro con estos dos.

Subí las escaleras que llevaban a la casa de Gertrude Hanson, con la mano apoyada sobre la ancha barandilla. La alfombra estaba hecha jirones y en el aire flotaba un familiar olor a polvo. La poca luz que había se colaba por el montante de la puerta de entrada o se filtraba en un único haz amarillo desde el sucio tragaluz, cuatro plantas más arriba. El piso de Gertrude Hanson estaba en la tercera planta. Golpeé la pesada puerta con los nudillos. En el pasillo hacía calor y el aire era irrespirable. Oí la voz de la señora Hanson en el interior, riéndose, y me puse de puntillas.

—Pasa, Marie —gritó la señora Hanson—. Sabemos que eres tú.

Porque aquella era mi rutina de los sábados por la mañana: Gerty y yo éramos las mejores amigas del mundo. Abrí la puerta y entré.

El salón principal de los Hanson estaba abarrotado de muebles: la gran mesa negra de comedor, ocho sillas tapizadas, un aparador de aspecto macizo, un carrito para el té, una vitrina con cristal combado para la vajilla de porcelana que, por aquel entonces, era el santo y seña de los buenos modales y la prosperidad de una familia. Dos veces, que yo recordara, había llegado a casa de Gerty un sábado por la mañana y me había sorprendido al encontrar el salón principal completamente vacío, tan solo con las lámparas, la vajilla buena y el juego de té apilados en una esquina sobre el suelo desnudo. «Embargados» era la palabra que Gerty empleaba, encogiendo los hombros. Pero aquella mañana, todo ocupaba firmemente su lugar; pude ver a la señora Hanson en una silla ancha situada justo a la entrada de la cocina, los pies descalzos sobre un mullido escabel, haciéndome señas con las manos.

—Pasa, pasa —dijo—. Pasa y saca a esta pobre criatura a tomar un poco el aire. Lleva cocinando toda la mañana.

La señora Hanson siempre había sido entrada en carnes, de muñecas gruesas y rostro amplio y redondeado, pero ahora, con su quinto hijo en camino, estaba enorme sentada en aquella silla, los pies y tobillos hinchados, la panza apretada contra la tela de franela de la que había sido la bata de su marido. Llevaba un pañuelo entremetido en el cuello de la bata, y el trocito de puntilla del borde, atrapado entre sus dos pechos redondos, la hacía parecer una mujer de un cuadro antiguo. Y como una mujer de un cuadro antiguo, llevaba el pelo negro en parte recogido, en parte cayéndole por los hombros; su piel blanca, sus mejillas, la frente y los brazos desnudos emitían un brillo extraño, como si reflejaran una luz especial. Al acercarme tímidamente se me ocurrió que la señora Hanson era tan hermosa como una mujer de algún cuadro, con su corpulencia y su abundancia, abundancia de pechos y pelo y carne húmeda, de rostro y facciones: grandes ojos negros y dientes brillantes y una boca ancha y risueña.

—Niñas, vosotras a la calle a jugar —dijo la señora Hanson. Se acarició la panza tirante—. Arbuckle el regordete y yo nos vamos a echar un sueñecito.

En la pequeña cocina cuadrada, Gerty se estaba secando las manos. Llevaba un delantal de percal con las cintas atadas dos o tres veces alrededor de su diminuto vientre y el dobladillo le caía muy por debajo de las rodillas. Flotaba en el aire el rico aroma de su labor matutina, expuesta en el alféizar de la ventana y sobre una mesa pequeña en un rincón: un pollo dorado que Gerty estaba cubriendo con un paño limpio de cocina, un bol de patatas mezcladas con apio y perejil, un pastel casero en el que se apreciaban, irregularmente espaciadas pero visibles, las marcas del tenedor que habían perforado la pálida corteza y una explosión dorada de zumo.

Gerty parecía un chico y era muy práctica, era con mucho la chica más lista de la clase, pero era también pequeña, como yo. Tenía los dientes separados y la piel cubierta de pecas. Se limitó a asentir con la cabeza cuando silbé, asombrada.

—¿Tú has cocinado todo esto?

—Está aprendiendo —dijo la señora Hanson—, pero tiene maña. Algún día será una gran cocinera. Será una gran madrecita cuando yo no esté.

La señora Hanson tenía un acento irlandés que le hacía engullir el aire a bocanadas, una especie de hipido silencioso que se tragaba el final de cada frase. Sonaba como si estuviera siempre al borde de la sorpresa o de la risa, sin aliento:

—Será como cenar en el Waldorf —dijo.

Gerty se quitó el delantal y lo colgó de la vieja boquilla del gas que había junto a la puerta. Hacía un año, le habían afeitado su pobre cabeza a causa de los piojos, pero ahora sus rizos negros eran tan espesos y ondulados que parecía una fregona seca. Le pidió a su madre dinero para tomarnos un refresco, recordándole lo mucho que había trabajado. Su madre volvió a reírse y mandó a Gerty al dormitorio a buscar el monedero. Al quedarnos a solas, la señora Hanson estiró el brazo, me agarró de la muñeca y, de una bocanada, volvió a tomar aire. Las piernas colocadas sobre el escabel retrocedieron a medida que la sangre oscura se le iba subiendo a la cara hasta que, repentinamente, desapareció.

—Cariño mío —susurró. Me abrazó aún más fuerte. Me apoyó en el grueso brazo de la silla. La señora Hanson olía a cosas sanas, a sol y a avena y a levadura, y cuando tomaba aire su aliento rebosaba calidez y dulzura—. Sal con Gerty a la esquina, así veréis a Dora Ryan camino de la iglesia. Id a verla. Después os tomáis el refresco. Entretenla, cariño. Entretenla fuera hasta la hora de la comida. —Volvió a tomar aire—. Hazlo por mí.

Giré un poco la cabeza. Podía sentir el aliento de la mujer en el rostro, ver sus dientes jaspeados color perla. Sin motivo alguno —a menos, claro está, que contemos la exuberante belleza de aquella mujer, la calidez de la pequeña estancia, el delicioso olor y la noticia reciente de que se celebraba una boda en el barrio—, lancé mis brazos al cuello de la señora Hanson y presioné con mis labios la húmeda y adorable mejilla de aquella mujer.

—Mi pequeña —dijo la señora Hanson, tocando mi espalda—. Ay, pequeñina, pequeñina.

Entonces Gerty volvió del dormitorio con las monedas en la mano y gritó «¿Y yo, qué?» y de un salto se aupó en el otro brazo de la silla de su madre, también acercando sus labios al rostro de aquella mujer. De repente las dos empezamos a cubrir a la señora Hanson de besos: mejillas, cejas, nariz, la comisura de su boca risueña. Nos abrazó a las dos y nos inclinamos sobre la tripa tirante para no caernos sobre sus rodillas.

—Me vais a asfixiar —decía la señora Hanson. Incluso los dientes quedaron atrapados entre nuestros labios—. Habrá que llamar a Fagin —gritó, como si fuera su último suspiro—. Moriré de cariño. —Teníamos las manos enredadas en el pelo espeso de la señora Hanson. Era sedoso, pero más fuerte que la seda, y las dos nos llevamos algunas hebras de cabello a la boca. Riéndose, la señora Hanson nos obligó a incorporarnos—. Con una de vosotras en el regazo ya es bastante —dijo tomando aliento, aquel color que volvía a subirle por el rostro— y Arbuckle el regordete ya me está reclamando su sitio.

—Se rio a pesar de que en aquel momento un intenso rubor le subió por el pecho hasta el cuello e inundó sus mejillas—. Marchaos —dijo dando otra bocanada.

Salimos con desgana, bajando las escaleras cogidas del brazo porque éramos las mejores amigas del mundo y disfrutábamos de la felicidad de prolongar, juntas, el repentino y primoroso afecto con el que habíamos colmado a la señora Hanson. Salimos a la calle y doblamos la esquina, donde ya había un coche negro y una multitud de muchachas, algunas acompañadas de sus hermanos pequeños. Y entonces, como si hubiera estado espe-

rando nuestra llegada sin aliento, distinguimos una explosión de blanco tras el cristal del vestíbulo y la puerta
se abrió de par en par para dar paso a la corpulenta
madre de Dora Ryan, con sombrero, guantes y un traje
azul nuevo, con una orquídea temblorosa en el hombro.
Y entonces apareció la propia Dora vestida de novia y
con zapatos blancos, con su anciano padre a su lado,
porque Dora no era una novia joven, quizá tuviera
unos treinta años y era maestra de tercero en una escuela pública algo alejada del barrio, una mujer de
hombros y rostro anchos que aquel día, con su vestido
de novia de raso y encaje y sus medias blancas y sus
zapatos blancos, con aquel velo corto que la protegería
de la suave brisa que pudiera soplar, estaba preciosa. La
seguían su hermano y su hermana vestida de rosa.
La familia se detuvo en lo alto de las escaleras mientras
un fotógrafo se acuclillaba delante de ellos. Bajaron a la
acera y entraron en el coche que los esperaba mientras
el resto contemplábamos la escena en silencio, hasta que
Gerty gritó «¡Buena suerte, Dora!» y todos los demás
niños nos hicimos eco de su deseo. Al otro lado de nuestro reflejo proyectado en las ventanillas del automóvil,
Dora Ryan nos saludó con la mano, como una reina.

Fue entonces, al arrancar el coche y alejarse de la
acera, cuando vi a Lucy la Grandullona al otro lado de
la calle. Respiraba por la boca, con el patinete entre las
rodillas enrojecidas, el manillar apretado con fuerza
contra su falda de niña pequeña. Su mirada se posó un
instante sobre mí y sentí cómo aquel día claro quedaba
en calma. Lucy se subió al patinete, que rebotó sobre el
bordillo, y siguió al coche nupcial, impulsada por una
pierna blanca y ancha que parecía tan sólida y pálida

como la propia acera. Las palabras que dejó escapar de un grito eran una variación de las de Gerty, «Buena suerte, buena suerte», pero en la voz áspera y suplicante de Lucy sonaban airadas, amenazantes. Algunas muchachas se taparon la boca con la mano, con los ojos muy abiertos. Otras se rieron con crueldad.

Y entonces, justo cuando estaba a punto de doblar la esquina, a punto de dejar para siempre el barrio camino del manicomio —porque qué otra cosa podía hacer su pobre familia con el cuerpo de mujer repentinamente enorme de Lucy, con su mente ordinaria e infantil, con sus accesos de violencia—, vi cómo Lucy la Grandullona levantaba la pierna en el aire y la dejaba allí suspendida con la elegancia de una bailarina.

Cuando llegamos a la iglesia, la boda ya había empezado. Oímos el sonido amortiguado del órgano tras las puertas cerradas. No se veía a Lucy por ninguna parte. Formamos una fila en el bordillo junto al coche alquilado, ahora parado y silencioso. El conductor estaba apoyado sobre el capó, fumando y leyendo el periódico. Cuando las puertas de la iglesia volvieron a abrirse y el sonido del órgano se derramó sobre nosotras como el agua del océano, nos pusimos en pie y nos limpiamos la falda. Yo tenía la esperanza de que la novia y el novio fueran los primeros en atravesar aquel oscuro portón, pero fueron los invitados quienes salieron, solos o en pareja, tanteando los escalones al bajar, entornando los ojos a la luz del sol. Se nos acercó un hombre trajeado y, con un cigarrillo atrapado en la comisura de la boca, nos enseñó cómo quería que colocáramos las manos: la izquierda debajo de la derecha y la derecha acopada, formando un pequeño embudo. Entonces sacó una abultada bolsa de papel del bolsillo del traje y dejó caer un poquito de arroz en nuestros puños ahuecados. Era un joven sonriente, bromista, del color del vino, tanto más encantador para mí por el inconfundible olor a alcohol que desprendía su aliento, una esencia adorable y masculina, pensaba yo, porque mi padre también olía así.

Cuando la acera frente a la iglesia y las escaleras se llenaron con los invitados a la boda, Dora y su nuevo marido hicieron finalmente su aparición. A la luz del sol, con aquella perfumada multitud a nuestro alrededor, era difícil decir si el novio era guapo. Era rechoncho y robusto, casi tanto como la propia Dora. Iba embutido en su traje oscuro, llevaba a la novia del brazo pero levantó el que tenía libre para protegerlos de la embestida de arroz; Dora y él bajaron los escalones. Solo cuando alcanzaron la protección del coche de alquiler y el novio tomó a la novia del codo para ayudarla a entrar, pudimos verle la cara un instante. Fue decepcionante: redonda y de pómulos poco marcados, con poca barbilla y una boca pequeñita que dibujaba, incluso a nuestros ojos, una sonrisa extraña. Se metió en el coche junto a la novia y nos ofreció solamente su perfil, que tampoco era nada prometedor, mientras el coche se alejaba.

Me volví hacia Gerty, que se encogió de hombros. Incluso sin la presencia de Lucy la Grandullona, algo se había venido abajo aquella mañana. La chispa había desaparecido.

En casa mi madre inhaló entre dientes cuando le conté cómo Lucy la Grandullona le había gritado al coche. Se santiguó, lanzó una mirada alrededor y dijo: «Nada bueno puede salir de eso», y repitió el gesto y la mirada a la mañana siguiente en misa, cuando Dora Ryan apareció flanqueada por su hermano y su hermana, su madre y su padre justo detrás, con el velo oscuro del sombrero cubriéndole el rostro. Aquella mañana, al padre Queen le habría resultado imposible atraer la atención de ninguna mujer en su parroquia, porque incluso al arrodillarse, santiguarse e inclinar las cabezas para rezar, todos los ojos se posaban sobre los hombros ligeramente temblorosos de Dora y la espalda tiesa de sus padres. Mi madre diría más tarde que quizá el novio fuera católico no practicante o que estuviera durmiendo la mona por los festejos de la noche de bodas o que Dora simplemente habría ido a misa con sus padres antes de partir en viaje de novios. Y quizá así fuera, pero la postura de la muchacha, los rostros sombríos de sus padres, decían otra cosa. Al terminar la misa, la familia se fue como había llegado: primero la muchacha (que de muchacha tenía ya poco, ciertamente, puesto que por aquel entonces ya era treintañera, de posaderas anchas, tobillos gruesos y con un traje y sombrero oscuros que le habían prestado justo la mañana anterior), flanqueada por sus padres y seguida por sus hermanos. Ninguno de ellos se detuvo a hablar con la multitud que esperaba en el exterior de la iglesia y abandonaron la iglesia «atropelladamente», como diría mi madre al comentar aquel extraño incidente en casa a la hora del desayuno. Cruzaron la acera y desaparecieron al doblar la esquina.

Mi padre dijo que aquel infeliz no había sido el primer novio en sufrir las consecuencias de la borrachera tras el gran día, por no hablar de la gran noche, y entonces le guiñó el ojo a Gabe, quien sonrió y asintió para demostrar que lo había entendido pero que después miró a mi madre y se ruborizó con aire serio.

La mirada de mi madre pasó de Gabe a mí y de mí a mi padre, y, después, más rápidamente y con más decisión, de mi padre a mí y de nuevo a mi padre.

—Tonterías —dijo levantando el mentón y pellizcándose la nariz una, dos veces, como solía hacer, como si en algún lugar del vecindario el olor a una tragedia aún por definir flotara en el aire—. He sentido mucha lástima por Dora Ryan esta mañana —dijo, mirando por encima del hombro hacia la cocina, iluminada por la luz de la mañana—. Claro que sí.

El lunes Gerty no fue a la escuela. Al pasar junto a su casa de camino a la mía, vi a una señora enorme sentada en los escalones. Llevaba delantal y zapatos negros desgastados, las medias caídas a la altura de los tobillos moteados, como anillos de carne sobrante. A pesar de que no hacía mucho calor y de la humedad en el ambiente, se refrescaba con un abanico de plumas. La mujer fijó los ojos en mí cuando me acerqué y, tímidamente, me alejé, crucé la calle y seguí caminando. Doblé la esquina y habría continuado hasta mi casa, pero justo cuando llegué a mi edificio, me embargó el convencimiento de que la desconocida de los escalones ya habría entrado y que el camino estaría despejado. Resolví volver a intentarlo. Los muchachos aún no habían empezado su partido tras las clases, pero algunos ya estaban arremolinados alrededor de la silla de Bill Corrigan. Uno blandía un palo de escoba; Walter Hartnett lanzaba una pelota de goma al aire. La señora Chehab estaba asomada a la ventana del salón, frotando la parte exterior del cristal con un trozo de periódico. Miró por encima del hombro y gritó:

—Te has pasado de casa, Mary querida. Te acabas de pasar.

No había ninguna razón para mentir a aquella mujer —la pobre mujer, como todavía la llamaban, tres años después de que Pegeen se cayera escaleras abajo—, pero sentí la urgente necesidad de hacerlo.

—Vuelvo al colegio —dije distraídamente—. Se me ha olvidado acordarme de algo. —Me llegaba el olor a vinagre del periódico mojado—. Me acabo de acordar de que se me ha olvidado una cosa.

La señora Chehab se rio, dejando entrever los dientes torcidos de su hija en su boca.

—No está bien eso de olvidarse de acordarse —dijo—. Mucho mejor acordarse de que te has olvidado.

Bajé la cabeza y me apresuré, caminando con los pasos repentinamente cortos y rápidos que creía le iban bien a mi mentira.

En casa de Gerty, como era de esperar, la escalera de entrada estaba vacía y una suerte de confianza en mi propia presciencia me hizo subir los escalones de dos en dos, pero en cuanto me adentré en la lóbrega luz marrón del portal vi que la mujer gorda estaba sentada en la escalera interior, a media altura, levemente apoyada en la barandilla. No había manera de pasar a su lado sin decir antes un «Disculpe, por favor», pero, con aquella mujer mirándome, tampoco podía dar media vuelta y salir disparada por la puerta. A regañadientes, coloqué la mano sobre el pasamanos y el pie sobre el primer escalón, simplemente porque no sabía qué otra cosa hacer.

Desde lo alto, la mujer dijo:

—Tú no vives aquí, ¿no? Te he visto pasar antes. —Tenía voz de hombre, grave y humosa, con un acento irlandés aún más marcado que el de los McGeever, los primos de mi padre que le hablaban en irlandés cuando venían para sus interminables visitas de los domingos y que a mí me hablaban en un inglés ininteligible con aquellas bocas tan cerradas—. Antes pensé que ibas a subir, pero pasaste de largo. —Se alejó de la barandilla y se enderezó con un gesto de cansancio, como si aquella conversación fuera una tarea que hubiera estado posponiendo. Colocó una mano en el escalón, invitándome a sentarme con ella. La otra mano seguía aferrada al abanico. Contra mi voluntad, seguí subiendo las escaleras. Las pantorrillas de la mujer, incluso en el sombrío hueco de la escalera, eran de un blanco brillante, con venillas grises y azules como pilares de mármol, las medias enrolladas a la altura de los tobillos firmes como la piedra. Despedía un olor a sótano, un olor a tierra fría. El delantal que cubría su blusa oscura y bajaba por su falda negra era también muy oscuro y estaba gastado de tanto llevarlo—. Seguro que eres amiga de la pequeña Gertrude Hanson —dijo esbozando una tímida sonrisa que dio calidez a sus palabras—. Imagino que vienes a buscarla. —Puede que un

poco de luz del montante de la puerta de entrada iluminara sus ojos cuando me miró, sentada en las escaleras.
El pelo corto, cuidadosamente rizado, era de una tona-
lidad dorada grisácea. Sacudió la cabeza—. Pero yo
estoy aquí para decirte que se ha marchado. Su padre
se la ha llevado esta mañana. Con los suyos, a Nueva
Jersey. No hay nadie en su casa.

Entonces me detuve.

—Oh —dije, y de repente la mujer se recostó.

Al principio pensé que intentaba verme con más claridad en aquella penumbra, pero después me di cuenta de
que había inclinado la espalda para retirarse el delantal
a un lado y buscar el bolsillo de la falda. Estiró una de
sus grandes piernas de marfil mientras maniobraba con
la mano libre bajo el delantal y, por un instante, miró al
techo, como si quisiera imaginar qué era lo que estaba
buscando. Sacó un penique y lo sostuvo delante de mí.

—¿Sabes rezar? —dijo.

Asentí, aunque sabía que no habría podido rezar una
oración si me lo hubieran pedido. La mujer se rio con
calidez como si también lo supiera. La risa le hacía parecer más joven. Con los McGeever en mente, esperaba
una mueca desdentada, pero la mujer tenía una dentadura fuerte y ordenada.

—Dame la mano derecha —dijo amablemente la mujer. Al verme bregar con los libros de la escuela en el
brazo y extender la izquierda, sacudió la cabeza y susurró—: La derecha, cariño —dijo con una peculiar expresión de lástima. Posó el abanico sobre su rodilla. Estiró
el brazo y cogió mi mano derecha, apoyada en la escalera. De repente, sentí que había perdido el equilibrio,
en aquellas escaleras sombrías.

—Ve a Santa María Estrella del Mar —dijo— y enciende una vela. —Apretó el centavo en la palma de mi mano—. No te preocupes si se te ha olvidado rezar. No dejes que eso te angustie. Bastará con que pidas que todo salga bien. Enciende una vela y pídele a Nuestra Señora que todo salga bien. No hay que pedir nada más.

Sus pálidos ojos recorrieron mi rostro de arriba abajo. A pesar de la penumbra que reinaba en la escalera, vi que aquella mujer podía leer todo en mi rostro: no solo que todas las oraciones se me hubieran borrado de la mente o que la izquierda y la derecha siguieran siendo un misterio para mí, sino también que ya había decidido que no entraría sola en la iglesia vacía. Nunca había entrado sola en una iglesia vacía. Si Gerty hubiera estado conmigo, habríamos ido juntas y habríamos convertido aquello en un juego, como a veces hacíamos los sábados por la mañana, riéndonos a las puertas y después entrando de puntillas por el pasillo que repetía el eco de nuestras voces, encendiendo la vela e inclinándonos con las manos en oración sobre el reclinatorio con exagerado fervor. Pero Gerty se había marchado con la familia de su padre a Nueva Jersey y su piso estaba vacío.

La mujer me sostuvo la muñeca y apretó el centavo sobre la palma de mi mano. Me di cuenta de que ella sabía que no la obedecería, pero aun así me preguntó:

—¿Lo harás?

Y aun así yo respondí:

—Sí, lo haré.

Una vez en la calle, volví a dar la vuelta a la manzana y subí las escaleras de mi casa. La señora Chehab ya no estaba, pero el aroma del vinagre para limpiar las ventanas aún flotaba en el aire. Huele a Semana Santa, pensé;

pero la Semana Santa ya había pasado. Era el aroma de la mezcla que empleábamos para pintar los huevos de Pascua, pero también el olor que me aguijoneaba la nariz en misa, cuando leían la parte de la Pasión en la que Jesús dice «Tengo sed» y le acercan una esponja empapada en vino y vinagre a los labios. Y entonces el ángel en la tumba vacía anunciaba: «Él no está aquí».

Gabe estaba solo en el piso, inclinado ya sobre sus libros. Levantó la cabeza al entrar yo. Sus ojos marrones con pestañas doradas parecían cansados en la penumbra.

—Mamá ha salido —dijo, aunque yo ya lo había notado nada más abrir la puerta: esa ausencia en el ambiente. Me observó mientras yo colocaba mis libros sobre la mesa, donde él ya estaba estudiando—. Llegas tarde. No deberías preocupar a mamá. Tienes que portarte bien.

Me encogí de hombros. El centavo renegrido seguía en la palma de mi mano y la suave reprimenda de mi hermano apenas añadía nada nuevo al hecho de saber que no me estaba portando bien, que había cogido el centavo sin intención de ir luego a la iglesia. Que ya se me había olvidado qué era aquello por lo que la mujer me había pedido que rezara, si porque se solucionara algo o para obtener respuesta a alguna pregunta. Coloqué la moneda sobre la mesa, entre los dos.

—He ido a ver a Gerty —dije—. Hoy no ha ido a la escuela. Se ha ido a Nueva Jersey.

Pero mi hermano me interrumpió:

—Mamá está en la ciudad —dijo y, repitiendo la frase que solía decir mi padre, añadió—: Ahora tienes que portarte bien y hacer tus deberes en silencio hasta que vuelvan.

Estiré el brazo y volví a coger el centavo. Aquella frase era de mi padre, «Ahora tienes que portarte bien», pero cuando mi padre la decía, las palabras eran una especie de guiño que me indicaba que también él entendía lo soso y aburrido que era portarse bien para la pequeña pagana que era yo. Cuando mi padre pronunciaba aquella frase, me estaba pidiendo que, al menos, fingiera; estaba diciendo que me admiraría todavía más si era capaz de fingir. Pero mi hermano lo decía de verdad. Junto a él, sobre la mesa, estaba el único vaso de agua que se permitía beber por las tardes —su sustento entre el desayuno y la cena— en preparación para la vida que lo esperaba en el seminario cuando llegara el otoño.

—Tengo que ir a la iglesia —le dije—. En casa de Gerty me encontré a una señora que me pidió que encendiera una vela por ella y le prometí que lo haría. Me ha dado un centavo.

Sostuve la palma de mi mano abierta para que viera la moneda negra, como si de otro modo no hubiera sido capaz de verla. Miró el centavo y después me miró a mí. Advertí que sospechaba que lo estaba engañando, aunque solo fuera por lo extravagante de mi gesto. Advertí una sutil decepción, una especie de tristeza que le cruzó la mirada. Mi hermano quería que fuera buena.

Apreté con fuerza la moneda en el puño.

—No tardaré —dije, y di media vuelta para marcharme.

—No tardes —dijo mi hermano—. Hazlo por mamá.

En la calle los chicos seguían ocupados con su partido y las chicas, que todas las tardes fingían no prestarles atención, se habían reunido en los escalones de la casa de los Chehab. Algunas de ellas eran mis amigas del colegio, otras eran muchachas mayores y su presencia hacía que se acentuara mi timidez.

Estaban todas inclinadas sobre sus regazos, como tenían por costumbre, con los brazos apretados debajo de las rodillas, las faldas prietas sobre los muslos para que no se les viera la ropa interior. Me llamaron y, con la moneda en la mano y sin intención alguna de ir sola a la iglesia, me uní a ellas. Se oyó el ruido del roce de las piernas desnudas, de los calcetines y zapatos, de las rodillas descubiertas al hacerse sitio. Me senté en un escalón bajo y me coloqué la falda mientras las otras muchachas se inclinaban hacia delante para preguntarme si ya me había enterado. Les faltaba el aliento incluso a aquellas que no decían nada, que solo se inclinaban para oír mejor, apretando los labios con cuidado, como si las palabras les dolieran en los dientes y mandíbulas.

En su noche de bodas, susurraron, Dora Ryan descubrió que el hombre con quien se había casado no era en absoluto un hombre.

Una mujer, dijeron. Una mujer vestida de hombre.

La sorpresa se dibujaba en sus bocas y en sus mandíbulas. Se inclinaron hacia delante, con el mentón apoyado en las rodillas. Algunas eran pecosas, otras tenían labios agrietados o espinillas o mal aliento. Algunas eran bonitas o prometían serlo. A algunas les castañeteaban los dientes, como cuando hacía frío. Pero todas disfrutaban con todo aquello. Con lo que decían, con el rápido movimiento de los ojos, con ese orgullo demencial, orgullo ante el descubrimiento de lo extraña y terrible que podía llegar a ser una vida. Se abrazaron los muslos contra el pecho. Calle abajo se oían las débiles voces de los muchachos que jaleaban a sus compañeros.

Sacudí la cabeza. Deseaba por encima de todas las cosas que Gerty estuviera allí conmigo para hablar con ella.

—¿Cómo puede ser? —dije—. ¿Quién haría semejante cosa?

Pero ni una sola de las muchachas presentes era tan inteligente como Gertrude Hanson. Las puntas de sus zapatos se volvieron hacia mí. Fruncieron el ceño, se lanzaron esas miradas de satisfacción propias de quienes apenas se posan sobre la superficie de las cosas sin llegar a entenderlas. La mejor respuesta que se les ocurrió fue que todo había sido una jugarreta: pura maldad, una jugarreta de patio de colegio, esa fue la mejor explicación que fueron capaces de ofrecer. Una jugarreta asquerosa que le habían hecho a la pobre y gorda Dora Ryan, una mujer que se había hecho pasar por hombre, una mujer vestida de hombre que la había engañado hasta el mismo día de la boda. Mira que plantarse así ante el sacerdote. Y besarla en la boca. Y darle la mano a Dora Ryan para cortar juntas el pastel de bodas. Y luego riéndose, creían ellas, riéndosele a la cara cuando se quitaran la ropa.

Todo ello dio lugar a nuevas conjeturas relacionadas con la noche de bodas y el instante en el que se desnudaron. Cuestión misteriosa y complicada para todas nosotras en aquel entonces, pero ahora se añadía mayor maldad a las vagas y variadas posibilidades de lo que ocurría entre mujeres y hombres.

Mientras las muchachas hablaban, un taxi aparcó frente a mi casa. Mi madre salió la primera y ayudó a bajar a mi padre, cuyo rostro quedaba oculto por el ala del sombrero pero cuyas piernas parecían débiles y flojas. Las muchachas observaban la escena en silencio, atraídas por el taxi, por el despilfarro que aquello suponía.

Nos sabíamos una canción de saltar a la comba: «Los ricos van en taxi, los pobres van en tren, andando los vagabundos, todo el mundo llega bien». Una de las muchachas sentadas detrás de mí empezó a canturrear, pinchándome en la espalda mientras yo observaba a mis padres subir juntos las escaleras.

—Seguro que la madre de Marie es rica —dijo otra.

Yo sabía que podían tomarme el pelo con libertad porque Gerty no estaba. Y como Gerty no estaba, yo estaba sola.

Me llevé el puño a la boca, inclinada sobre mi regazo. Notaba el sabor amargo y metálico del viejo centavo en mi mano. Si Gerty hubiera estado allí, las dos, las mejores amigas del mundo, nos habríamos dado el brazo, habríamos levantado la cabeza y nos habríamos marchado; en lugar de eso, me limité a cerrar los ojos un instante.

Se acercaba la hora de la cena y los muchachos que andaban por la calle empezaron a dispersarse. Cada vez que uno se marchaba, su partida quedaba marcada por el eco sordo y melancólico del palo de la escoba golpeando el pavimento. Cierto desasosiego se dejó sentir entre las chicas, cierta ira, cierta maldad que no había quedado del todo satisfecha con haberme tomado el pelo. Al empezar a atardecer, surgió entre ellas la desganada propuesta de dar una vuelta hasta la casa de los Ryan; dar una vuelta hasta la casa de Dora Ryan, verla regresar a casa desde el metro o atisbarla en la ventana con el velo de una cortina de encaje sobre su rostro avergonzado.

Las muchachas más mayores echaron a andar. Se levantaron y cruzaron la calle. Yo las seguí, con mi centavo. Dos de ellas se detuvieron a susurrar algo a algunos de los chicos que abandonaban el partido. Oí a uno de los chicos decir: «Sigue, sigue». Todos conocían ya la catástrofe de Dora Ryan. Al pasar detrás de la silla de cocina de Bill Corrigan, esas dos chicas acariciaron con las manos la chaqueta del traje de Bill y dijeron «Hola, Billy» lánguidamente, casi riéndose. Billy Corrigan levantó una mano enorme, alzó el mentón y giró un poco la cabeza para mirarnos tras aquellos párpados llenos de cicatrices. Vi que sus pálidos ojos buscaban algo. Entonces Walter Hartnett, que estaba sentado en el bordillo a los pies de Bill Corrigan, miró por encima del hombro y dijo: «¡Largaos!». Una de las chicas siseó «Cojo» y Walter respondió con un «¡Que te largues!» cargado de desprecio al tiempo que nos daba la espalda.

Seguimos caminando hasta la casa de Dora Ryan. Nos detuvimos al otro lado de la calle y estudiamos las ventanas a oscuras. El aire todavía era húmedo y el cielo incoloro parecía una cúpula sobre el barrio. Pasados unos minutos, una de las chicas susurró: «Se está escondiendo». Guardamos silencio, como si esperásemos alguna confirmación al respecto: una mano sobre una cortina en movimiento, una sombra tras el cristal. Mis ojos se posaron sobre los cubos de basura que había junto a la puerta del sótano. Esperaba ver, quizá, un trozo rasgado del velo de novia o una media blanca ondeando bajo una tapa abollada.

Pensé en la feliz boda de Dora, en sus zapatos de raso y el arroz y en los sonrientes invitados a la boda. Me pregunté si su felicidad podría haber quedado intacta si el novio y la novia no se hubieran quitado la ropa.

—Y ahora tendrá que intentar conocer a otra persona —dijo muy seria una de las chicas más mayores.

Le siguió un coro de «Ay, sí» dichos entre susurros, casi compasivos, como si de repente aquella energía cruel se hubiese calmado. Me oí a mí misma decir: «Una lástima», imitando a mi madre. Se hizo un breve silencio y, entonces, me pareció que, de mala gana, una a una las chicas comenzaron a asentir. «Ay, sí», dijo alguien. «Una lástima.» «Pobrecilla.»

No nos quedaba otra que irnos a casa. Dimos media vuelta y lentamente empezamos a dispersarnos, de manera que, al llegar a mi casa, volvía a estar nuevamente sola. Mi hermano bajaba las escaleras, rápidamente, con la gorra puesta y expresión seria. Al verme, levantó las manos. En la acera, me agarró por el codo.

—¿Dónde has estado? —me preguntó—. Te dije que volvieras a casa inmediatamente. —Mientras subíamos las escaleras, dijo—: ¿Has ido a la iglesia?

Y yo no fui lo bastante rápida para idear una mentira.

—No —respondí.

Se detuvo en el descansillo, frente a nuestra puerta. Se quitó la gorra y se mesó la espesa mata de pelo, un gesto muy propio de nuestro padre.

—¿Me has dicho la verdad? —dijo con firmeza—. ¿Sobre lo de esa señora que quería que encendieras una vela?

—Sí —respondí.

Gabe cogió el centavo de mi mano. Volvió a ponerse la gorra al tiempo que alzaba el mentón; en la lóbrega luz del pasillo parecía resuelto e ingenioso.

—¿Por qué te pidió que rezaras? —preguntó.

Me encogí de hombros. No era capaz de recordar la frase.

—Para que Gerty tuviera un buen viaje —dije yo—. A Nueva Jersey.

Los ojos de Gabe se movieron de un modo que me recordó a la mujer gorda de las escaleras leyéndome el rostro.

—Está bien —dijo, leyendo todo lo que en él se escondía—. Entra. Si papá se despierta, dile que estaré de vuelta en un periquete.

Dio media vuelta y bajó las escaleras.

Esperé a que se hubiera cerrado la puerta antes de entrar en nuestro piso. Inmediatamente me llegó el olor a vómito de mi padre. Me encontré a mi madre en el baño, apoyada en el lavabo, lavándose la cara con agua fría. Durante toda su vida, aquel era, después de la oración, el segundo mejor antídoto de mi madre contra el dolor y el sufrimiento: ve a mojarte la cara con agua fría.

Me deslicé tras su espalda y me senté en el estrecho borde de la bañera. Aún llevaba puesto el traje negro de chaqueta, la ropa con la que se arreglaba para ir a la ciudad aun cuando no fuera más que para ir a buscar a mi padre cada vez que nos avisaban, casi siempre de la confitería del señor Lee o de la funeraria del señor Fagin —los dos únicos establecimientos que aceptaban llamadas telefónicas para aquellos vecinos que aún no disponíamos de teléfono—, diciendo que mi padre no se encontraba bien.

Esperé a que mi madre cerrara el grifo. Solo quería decirle a aquella espalda ancha, a aquellas firmes caderas, «El hombre con el que se casó Dora Ryan no era un hombre de verdad», solo para que mi madre pudiera decir «Tonterías», como tenía por costumbre, y así hacer que todo volviera a la normalidad, pero mi madre se dio media vuelta con la áspera toalla cubriéndole el rostro y pareció sorprenderse al verme allí plantada.

—Ah, Marie —dijo, mirándome por encima de la toalla. Más adelante se disculpó por no haber encontrado la manera, en aquel momento, de haberme dado la noticia de una forma más delicada—: La pobre Gerty ha perdido a su madre. Me lo ha dicho la chica de Fagin. Murió esta mañana. Agonizando. —Y añadió—: Que Dios la tenga en su gloria.

En aquel baño solamente había un ventanuco estrecho, situado en lo alto de la pared revestida de azulejos, que daba directamente al oscuro patio de luces, pero aun así la luz iluminó el rostro de mi madre. No había lágrimas en sus ojos, tan solo unos mechones de pelo mojados que caían sobre su frente ancha, pegados a las mejillas. Comenzó a secarse las manos en la toalla de aquella manera suya tan eficiente, de vengavamos.

—Una niñita —decía mi madre—. Una hermanita para Gerty. Se va a llamar Durna. —Mi madre dobló la toalla con cuidado y, volviendo a colocarla en el toallero, dijo—: Ya era muy mayor para tener otro hijo. Y añadió—: Hay una mujer en la calle Joralemon, encima de la panadería; esa mujer podría haberla ayudado a la pobrecilla. ¡Si se lo hubiera pedido…!

Sentada en el frío borde de la bañera, recordé la sen-

sación de vértigo que me había invadido cuando era
más pequeña, cuando sentía que el reflejo del agua me
levaba y de una sacudida me sacaba de la bañera y el
frío me hacía castañetear los dientes. De repente, elevé
los brazos en dirección a mi madre. La oí chasquear
la lengua —un chasquido de lástima por la muerte de la
señora Hanson o por la puerilidad de mi pose, o por
ambas cosas— antes de que cruzara el escaso espacio
que nos separaba para abrazarme.

Fingí un dolor de barriga para evitar el velatorio de la
señora Hanson. Dije que había pillado la gripe de mi
padre. Lo que me daba miedo era que, cuando volviera
a ver a Gerty, mi amiga se pareciera a esos niños desali-
ñados de la escuela, niños de pelo mohoso y uñas negras, de dobladillos descosidos y tapones de cera de
color caramelo en los oídos. Pero en el funeral de su
madre en Santa María Estrella del Mar, Gerty llevaba
una boina y un abrigo nuevos de tartán y, cuando volví
a subir las escaleras para llamar a su puerta —dando
las gracias al descubrir que no había ninguna señora
gorda en el pasillo—, sonrió al verme. Gerty sonrió.
Seguía teniendo los dientes separados y las pecas de
siempre en la nariz, el pelo revuelto más peinado y los
rizos más marcados y bien trenzados que nunca. Posó
su mano en mi codo. Una mujer mayor vestida de oscuro salió de la cocina a ver quién era, pero volvió a
entrar.

—Ven a ver a Durna —dijo Gerty.

Pasamos por el reluciente comedor y entramos en la
habitación de sus padres, donde yo solo había estado

dos o tres veces para rezar el rosario. Una luz difumi-
nada por las cortinas inundaba la estancia. A los pies
de la cama había un moisés. El papel de la pared parecía un tupido tapiz de rosas y hojas de parra, y la colcha estaba salpicada de rosas bordadas. Apoyada junto
a una pared había una cómoda alta, en cuya parte superior descansaba la gorra de portero del señor Hanson. Entre las dos ventanas, un tocador con frascos de
perfume, tarros de crema y un cepillo de plata con el
pelo negro de la señora Hanson aún enredado. Las ventanas estaban abiertas tras las cortinas, y la luz, así
como el olor metálico del aire iluminado por el sol,
inundaba la habitación. Se oía el tráfico, gente caminando por la calle. Gerty me cogió de la mano. Juntas
nos acercamos a la cunita y nos asomamos. El bebé
tenía el pelo claro, apenas un toque dorado en la coronilla; las mejillas sonrosadas, dedos rollizos y una boca
como dos petalillos de rosa, labios del color de las rosas.

El bebé se despertó cuando me tropecé con el moisés,
pero sus ojos, de un azul intenso, se serenaron al instante. Pestañas pálidas como el trigo. Agitaba los brazos. Las muñecas y sus manitas eran regordetas y estaban llenas de hoyuelos. Y entonces en su carita se dibujó
una sonrisa desdentada. Esa sonrisa era toda para mí,
pensé yo, pero Gerty, gran entendida en la materia en
esos pocos días, me susurró que solo se trataba de gases.
La luz del sol entraba a raudales en aquella estancia; las
ventanas estaban abiertas de par en par, pero no soplaba ninguna brisa y solo alcanzábamos a oír el ruido
de los coches y las carretas y el de algunos niños que
andaban por la calle. Cuando la pequeña empezó a pro-

testar, Gerty la sacó del moisés, con la mantita colgando. La sostuvo apoyada en el hombro, le acarició la columna arriba y abajo con las puntas de los dedos, con tanta destreza como cualquier adulto. Y entonces Gerty pasó rápidamente a la pequeña, ya calmada, a su brazo. Llevó sus labios a aquella frente hermosa.

Sentí entonces tal ataque de envidia —de querer ser Gerty, de tener un bebé tan adorable a mi cargo— que la mera idea me provocó escalofríos, sabiendo como sabía que acababa de desear aunque fuera por un instante que mi madre hubiera muerto.

De la cocina nos llegó el silbido de una tetera y, después, el golpeteo de los biberones tintineantes en una cacerola de agua hirviendo. Oí a la señora que estaba en la cocina hablar entre dientes para sí, cerrar la nevera, dar un portazo a la puerta del horno. Me llegó el olor a pan recién hecho.

Jamás volveríamos a ver a la señora Hanson en aquellas habitaciones. Tampoco la veríamos esperar a Gerty junto a la verja a la salida de la escuela. Ni nos la encontraríamos en la tienda, ni en los corros que se formaban después de misa. Allí estaban su peine y su cepillo, los frascos de cristal con sus perfumes, allí estaban sus hijas y su marido, aquel adorable bebé; pero ella había desaparecido para siempre. Y aunque llegaría un día en el que Gerty, sentada detrás de mí en las escaleras, inclinaría repentinamente la cabeza sobre las rodillas y sollozaría sin emitir ningún sonido ni dar explicaciones durante lo que a mí me pareció una hora eterna, en aquel instante, en aquella hermosa habitación con el adorable bebé en los brazos de Gerty, yo creía solamente que el mundo radiante y bullicioso había decidido ignorar la desaparición de la señora Hanson y que esa era la manera en la que todas las desgracias —la de Gerty y la de los Chehab y quizá incluso la de Dora Ryan, siempre que encontrara a otra persona— se cerraban, olvidadas, desvanecidas en un abrir y cerrar de ojos.

En sus últimos días, al despertarse, mi madre preguntaba: «¿Estoy en casa?», porque no quería estar en Irlanda, pero en sus últimos días de vida siempre que lograba conciliar el sueño terminaba soñando que la estaban llevando de regreso a aquella espantosa costa. «¿Estoy en casa?», preguntaba con lágrimas en sus ojos legañosos.

En los primeros días de su postrera enfermedad, respondíamos con un «Sí»; Gabe y Agnes, una amiga de Gabe que nos echaba una mano, y también yo, e incluso así respondían las enfermeras que acudían a visitarla. Pero cuando vimos cuánto la angustiaba aquello, cómo tiraba de la sábana y giraba la cabeza, empezamos a entender y corregimos nuestra respuesta:

—No —decíamos, para tranquilizarla—. En casa, no. Estamos aquí, en Brooklyn.

—Quiero verlo —dijo una vez.

Yo ya había descorrido la cortina y levantado la persiana. Y, con una rodilla apoyada en el alféizar, forcejeé para abrir la vieja ventana cuyo marco había sido pintado y repintado demasiadas veces. Lo golpeé con la mano, maldiciendo en voz baja, hasta que mi hermano, que estaba sentado en la silla del comedor que había acercado a la cama, me miró con impaciencia y me preguntó si necesitaba ayuda.

Abrí la ventana de un tirón y el sonido de la calle, el olor de la calle, inundó la habitación repentina, casi tangiblemente, subiendo por las paredes, cruzando el techo y bajando hasta la cama. El olor a humo del tráfico y a asfalto caliente, a basura y al fuego de las incineradoras.

—Ahí tienes —dije—. Huele a Brooklyn.

Alguien discutía en la calle, voces de niños maldiciendo y gritando. De alguna parte llegaba el sonido enlatado de una radio.

—Y también suena a Brooklyn —dije, y vi cómo Gabe me lanzaba una mirada desde el otro lado de la cama de nuestra madre.

El barrio estaba en decadencia, aquel edificio mismo estaba muy descuidado. Gabe y mi madre dormían con las luces encendidas en todas las habitaciones, para mantener a raya a las cucarachas. Agnes me contó que cuando entraron en el piso de la primera planta y arrasaron con todo —algún asunto relacionado con drogas—, uno de los policías que llamó a la puerta le preguntó a mi hermano por qué seguía allí, por qué no se había llevado a mi madre a un barrio mejor, a Jersey o a Long Island.

Gabe le explicó que nuestra madre había criado allí a su familia. Que había llegado a Brooklyn recién casada. Que si se viera obligada a marcharse, guardaría luto por aquel lugar, dijo mi hermano.

—Lo superaría —dijo el policía.

—Mi padre pasó sus últimos días en esta habitación —le respondió Gabe.

Y el policía lanzó una mirada compasiva alrededor, pero levantó las cejas con ese gesto irónico de «Hombre, seamos realistas» tan propio de los neoyorquinos.

—Dudo mucho que tu padre vaya a volver —dijo amablemente.

Después, cuando tres adolescentes flacuchos atracaron a Gabe por la calle —jovenzuelos, los llamó él—, me preguntó por teléfono:

—¿Qué ha pasado para que estos chicos se hayan vuelto tan duros?

No debería haberlo hecho, pero me reí a carcajadas.

—Mira dónde vives —le respondí.

—Ahí tienes —le dije a mi madre, de pie frente a la brisa caliente que había entrado junto al ruido del tráfico y las voces callejeras—. Brooklyn.

Mi madre miró a Gabe, que le sostenía la mano.

—Quiero verlo —volvió a decir.

La tensión de la vigilia de mi hermano se reflejaba en sus hombros hundidos y ojos cansados. Posó la mirada en mí, que en ese momento estaba de pie junto a la ventana, y volvió a mirar a mi madre.

—Está bien —dijo con suavidad. Se levantó lentamente, empujando hacia atrás la vieja silla del comedor. Se inclinó sobre la cama y deslizó las manos debajo de mi madre. Lo observé, algo sorprendida, mientras la levantaba, con la ropa de cama colgando—. Ábreme la puerta —dijo por encima del hombro mientras salía de la habitación con nuestra madre en brazos como una niña.

Se puso de lado para que ambos cupieran por el pasillo y yo los adelanté en el salón. Habíamos cubierto el suelo de madera con ácido bórico para mantener a las cucarachas a raya, y aquellos días algo de aquel pálido polvo flotaba sobre todas las cosas. A veces me hacía recordar: arena de Siria y Monte Líbano.

Abrí la puerta. Gabe la cruzó con nuestra madre en brazos. Los seguí escaleras abajo, atónita, llena de objeciones, pero incapaz de objetar nada. Lo observé sortear con cuidado los giros. Me pregunté por un instante si tendría pensado llevar a mi madre así hasta el hospital. En el vestíbulo, la puerta del piso de la primera planta seguía parcheada con tablones de contrachapado. Gabe se giró para mirarme y asintió antes de salir a la calle. Mi madre tenía los ojos cerrados. En brazos de mi hermano parecía tan pequeña y ligera como una niña pequeña. Abrí el portón y bajé por delante para abrir la puerta principal. Nos golpeó el calor. Gabe sacó a mi madre a la luz del sol, bajando la escalera de entrada. Había niños sentados en los escalones del otro lado de la calle y de sus transistores salía música enlatada. Nos atravesaron con la mirada, con la boca abierta. Una pareja de transeúntes se nos quedó mirando en el instante en que Gabe bajaba los escalones con mi madre en brazos. Caminaron hasta el bordillo, mirando por encima del hombro, tratando de evitarlo. También Gabe se acercó al bordillo y se giró para contemplar la casa. Yo recogí apresuradamente la sábana y la manta que se arrastraban por la acera.

—Estás aquí, mamá —oí que decía mi hermano—. Donde siempre hemos vivido.

Mi madre levantó la cabeza. A duras penas liberó una de las manos de entre las ropas enredadas de cama y se la llevó a los ojos para protegerse del sol. Contempló la calle y después nuestro edificio, la luz azulada del verano reflejada en el cristal de la puerta principal, el ven-

tanal curvo —también protegido con algo de contrachapado—, y después lanzó una mirada a la cuarta planta,
donde un fragmento de la cortina de encaje, hecha a
mano por ella, se había colado por la ventana abierta.

—En casa no —oí decir a Gabe, tranquilizándola—.
En Brooklyn.

Mi madre me llamó desde la cocina. Por aquel entonces, Gabe ya estaba en el seminario de Long Island, un lugar de gran belleza al que se llegaba tras un largo trayecto en tren. Había árboles muy altos y el césped crecía en montículos y los jóvenes entraban y salían de la sombra del follaje con las cabezas inclinadas, sosteniendo con delicadeza los devocionarios entre las manos, como niños pequeños que llevasen orugas en la palma de sus manos.

—Ya va siendo hora de que aprendas algunas cosas —dijo mi madre.

Sobre la superficie estrecha y corrugada del escurridor situado junto al fregadero había un recipiente con harina y una botella de suero de leche, la caja de bicarbonato, una caja de uvas pasas, un paquete de sal y una latita de semillas de alcaravea. Sobre la mesita situada debajo de la ventana, una escudilla, una cuchara y la taza de medir. Había también una tarjetita estrecha en la que mi madre había escrito, con cuidada caligrafía, la receta para el pan de soda.

Ya iba siendo hora de que aprendiera algo de cocina, dijo mi madre.

Permanecí de pie en el umbral de la cocina, muy desganada. «¿Por qué?», me daban ganas de preguntar.

Mi madre me ató un delantal a la cintura.

—Bueno —dijo, y entonces hizo un movimiento de cabeza en dirección a la mesa, la escudilla, la cuchara y la tarjetita con la receta.

La miré. El sol de la mañana que atravesaba la única ventana de la cocina le iluminaba las mejillas. También dejaba ver unos tonos verdes en sus ojos marrones. A ambos lados de su ancha frente, su pelo oscuro encanecía.

—Venga —dijo mi madre—. Empieza. —Al verme dudar, posó con impaciencia su mano sobre mi hombro y me giró en dirección a la mesa, la escudilla y la cuchara—. Lee la receta con atención y dispón los ingredientes. Están todos aquí. Yo te vigilaré. No pongas esa cara de boba, Marie. No te quedes aquí plantada mirándome como si hablara chino. Venga. —Me dio otro toquecito en el hombro—. Lee la receta una vez más y dispón los ingredientes. No es difícil. Ya va siendo hora de que aprendas.

«¿Por qué?» Eso era lo que yo quería decir, pero tenía la absoluta certeza de que esa pregunta me metería en líos. De mala gana me giré hacia la mesa. Me pesaban los pies. Cogí la tarjetita. Mi madre tenía costumbre de hornear pan los sábados por la mañana mientras yo salía a buscar a mis amigas. Siempre lo hacía.

—Léela con atención —dijo mi madre. Asentí con la cabeza, fingiendo hacerlo. El sol que atravesaba la única ventana me daba con fuerza en los ojos—. Ahora, toma lo que necesites.

Cogí el recipiente con harina y lo puse sobre la mesa.

Cogí el suero de leche y las pasas. Volví para coger la sal y la latita de semillas de alcaravea y me quedé plantada delante de la escudilla, la cuchara y la taza de medir. Al otro lado de la ventana, al otro lado de los barrotes grises de la escalera de incendios, la colada que mi madre había hecho aquella mañana ondeaba sobre el tendedero: sábanas y fundas de almohada, mis blusas de la escuela y las camisas de mi padre, colgadas del revés, los brazos y los puños ondeando de una manera que me mareó de lástima.

—¿No se te ha olvidado algo? —dijo mi madre a mis espaldas. Miré los ingredientes que había reunido sobre la mesita. El sol había vuelto el suero de leche de un color azulado.

—No —dije yo.

Mi madre me cogió de los hombros y me dio la vuelta.

—¿Estás dormida? Aquí tienes el bicarbonato. Sin esto, no te saldrá.

Cogí la caja de bicarbonato y una vez más me situé frente a la mesa.

—¿Y ahora qué te pasa? —preguntó mi madre.

Me encogí de hombros. Detrás de la colada ondeando al viento se veían las ventanas y las escaleras de incendios de nuestros vecinos, las coladas danzantes de una docena de familias más, los altos postes marrones que sostenían las cuerdas de tender y los cables de la luz.

—Alabado sea Dios —dijo mi madre—. Lee la receta, Marie.

Miré la tarjetita. Mi madre había empleado tinta marrón. Su caligrafía era preciosa y claramente legible. La P mayúscula que encabezaba la tarjeta era increíble:

perfectamente formada, perfectamente proporcionada. Mi madre había estudiado con monjas irlandesas.

—¿Marie? —dijo mi madre.

Ese tono suyo de voz me resultaba más familiar que el mío. Yo sabía cuándo a mi madre se le había agotado la paciencia.

—Dímelo tú —dije dulcemente—. Dime lo que tengo que hacer.

Detrás de mí, oí a mi madre cruzar los brazos sobre el delantal.

—Tienes la receta delante —dijo—. Y a no ser que esté completamente equivocada, sabes leer. Lee.

Agaché la cabeza como había visto hacer a los caballos y a los perros cuando no se dejan guiar.

—Que me lo digas tú —volví a decir.

Oí cómo dio un taconazo en el suelo.

—Ni hablar. —A mi madre siempre le salía un acento irlandés muy marcado cuando se enfadaba, como los pedazos de carne que salen del fondo del puchero—. Te lo he escrito para que lo leas, así que lee.

No me di la vuelta.

—Que me lo digas —dije.

—Las recetas se escriben para leerse —dijo mi madre.

Volví a agachar la cabeza.

—Prefiero que me lo digas tú.

En el silencio que siguió, pude oír, muy tenue, el sonido de la calle, allí donde yo quería estar: coches circulando y niños gritando. Se oían también los portazos distantes cada vez que se cerraba una puerta en los pisos de las plantas inferiores, las pisadas sobre las escaleras. El quejido de la polea de algún tendedero. El zureo de algunas palomas sobre la ventana.

—Mide la harina —dijo mi madre muy despacio, ablandándose. Moví un poco los pies para hacerle sitio a mi triunfo: mejor que arriesgarme con una sonrisa furtiva.

Puse la mano en la taza de medir.

—¿Cuánta? —dije.

Y entonces, sin siquiera darme la vuelta, supe que era mi madre la que sonreía.

—Tendrás que leer la receta para saberlo, ¿no crees?

Fue un milagro que no nos termináramos matando la una a la otra aquella mañana soleada, decía mi madre cada vez que lo contaba, mucho tiempo después. Lentamente, tras una serie de insignificantes concesiones por nuestra parte —un poquito de orientación, otro poquito de lectura, algún darnos la vuelta airadas y ciertas concesiones—, los ingredientes terminaron en la escudilla y el pan fue tomando forma hasta quedar finalmente dispuesto en la fuente negra. Cuando mi madre se me adelantó para marcar una cruz sobre la superficie del pan, le temblaban las manos de ira.

—No sé qué bicho te ha picado —dijo mi madre, colocando la fuente de un golpetazo sobre los fogones y metiéndola de otro golpetazo en el horno caliente—. Eres la niña más cabezota que conozco.

Mi madre recogió los ingredientes, cerró las puertas de los armarios de un portazo y lavó la escudilla y la cuchara en el fregadero.

Se volvió para mirarme. La luz del sol había atrapado el verde de los ojos de mi madre, ahora entrecerrados, como si estuviera mirando a través de un bosque verde oscuro.

—Eres la niña más rara del mundo —dijo—. Mira que negarte a leer una simple receta.

Secó la escudilla y la recogió. Secó la cuchara.

—¿Podrías, al menos, vigilar la hora y sacar el pan en cuarenta minutos? Tengo que ir a recoger a tu padre a la ciudad. ¿Te encargarás?

Dije que sí, pero mis ojos miraban la luz de la ventana.

Mi madre me cogió de la barbilla y me obligó a mirar el reloj que había sobre la cocina.

—Cuando la manecilla grande llegue al doce —dijo—, saca el pan. Utiliza un paño. ¿Lo harás? Cuando la manecilla grande llegue al doce.

—Me sé las horas —dije con tanta hosquedad que me arriesgué a que se enfadara de nuevo.

Una vez más mi madre estudió detenidamente mi cara, que parecía perdida en la espesura de los árboles del bosque de su mirada.

—Y también sabes leer —dijo, midiendo sus palabras—, pero parece que hoy no es una cuestión de saber, ¿verdad? Es más cuestión de querer. Lo que te estoy preguntando es si querrás hacerlo.

Me volví hacia la luz de la ventana. Me quité las gafas. Menuda pieza estaba hecha: podía oír la acusación de mi madre antes incluso de que ella dijera nada.

—Está bien —dije, antes de desplomarme en la única silla que había junto a la mesa—. Lo haré. —Me crucé de brazos, mirando con una fijeza exagerada el pequeño reloj de viejo cristal empañado que había sobre los fogones, sus números y sus dos manecillas reducidos a barras negras—. Aquí estoy —dije con impertinencia—. Vigilando la hora.

Conociendo la voz de mi madre tan bien como la conocía, ya me la imaginaba diciendo: «Ay, menuda pieza estás hecha». Conociendo los límites de la paciencia de mi madre, casi podía sentir la bofetada en mi mejilla.

Pero mi madre se limitó a quedarse de pie junto a mí con las manos en las caderas, estudiando a la cabezota de su hija una vez más, mientras aquella misma hija mantenía su mirada fija y miope en el reloj.

—Imagino que así es como serán las cosas —dijo con suavidad, más para sí que para que yo la oyera—. Te estás haciendo mayor. —Y entonces, durante un breve instante, posó con dulzura su mano sobre mi cabeza—. Que Dios nos asista a las dos —dijo, y salió de la cocina.

Mantuve la mirada fija en la pequeña esfera del reloj hasta que mi madre regresó con su sombrero y su abrigo, el bolso en el brazo.

—Treinta minutos más —me advirtió.

Renuncié a preguntarle a qué parte de la ciudad iba y suspiré con impaciencia.

—Sí, mamá...

La oí cerrar la puerta. Volví a ponerme las gafas y dejé que mi vista vagabundeara por el mundo sólido, por los fogones de quemadores negros, por la puerta esmaltada del horno. Por el fregadero y el escurridor. Por los azulejos de la pared y la estrecha alacena, donde había una caja de cerillas amarilla y una estatuilla de la Virgen con manto azul. Por la mesa bajo mi codo y la tenue media luna de bicarbonato derramado que marcaba el lugar exacto que había ocupado la escudilla, por la ventana y la luz y la ropa en el tendedero. La luz del sol había abandonado ya el frescor de la mañana y calentaba con la fuerza con que lo haría el resto del día.

Eché un vistazo alrededor. Naturalmente, quería salir de la cocina, abandonar el piso y llamar a mis amigas, algo que hasta aquella misma mañana había sido mi rutina de los sábados, pero me resistí. Volví a mirar fijamente el reloj. Lo que yo necesitaba era un libro o el periódico, pensé. Me imaginaba a mi madre volviendo a casa y encontrándome allí, con el periódico extendido ante mí y una perfecta hogaza dorada de pan enfriándose junto a la ventana, frustrando todos sus pronósticos. Menuda satisfacción me daría.

Dejé la silla de la cocina, ensayando la mirada inocente que le brindaría a mi madre a su regreso —convencida ella, naturalmente, de que el pan se habría quemado— cuando me descubriera tranquilamente sentada a la mesa con el periódico extendido ante mí y una perfecta hogaza de pan enfriándose en el alféizar.

Atravesé el salón, pero el periódico de la noche anterior ya no estaba allí. Entré en la habitación de mis padres. El truco estaría en ser capaz de transmitir, a través de mi mirada atónita, mi absoluta incredulidad ante el hecho de que mi madre hubiera sido siquiera capaz de dudar de mí. La ropa de andar por casa de mi madre y el delantal estaban tirados de cualquier manera sobre la cama. ¿A qué parte de la ciudad habría ido?, me preguntaba.

Entré en mi habitación; mía y solamente mía desde que Gabe se había marchado al seminario. Desde que se había marchado al seminario, siempre que venía a casa, Gabe dormía en el sofá del salón y colgaba sus ropajes oscuros en el armario del recibidor, como las visitas. Desde mi ventana vi a Gerty Hanson y a otra chica pasear del brazo hacia la parte de la calle donde jugaban los chicos. Ladeé la cabeza para ver cómo subían los

escalones cuatro plantas más abajo, allí donde el gru-
pito de las habituales ya estaban sentadas.

Yo sabía que no tardaría más de un minuto en bajar
corriendo y contarles que mi madre me obligaba a quedarme en casa horneando el pan. Que, como mucho,
estaría con ellas en cuarenta minutos, pero cuando llegué a aquellas escaleras, las chicas estaban partiéndose
de risa, riéndose de manera exagerada con las manos
sujetas en el regazo. Gerty acababa de contarles una
historia que repitió para que la oyera yo, una historia
que su padre le había contado sobre un hombre muy
borracho que estaba arrojando tomates a la puerta de
una iglesia, nada menos que durante un funeral.

—Pero a ti, ¿qué demonios te pasa, hombre? —contaba su padre.

Y el hombre, encogido como un lanzador sobre el
montículo en un partido de béisbol, le dijo a su padre:

—¡Al infierno con el demonio! —Y tiró el tomate.

A menos que contemos con lo absurdo que resultaba
que la pequeña Gerty pronunciara la palabra «infierno»
con una voz áspera de estibador, yo era consciente de
que la historia no era tan divertida como para merecer
las risas alocadas de las demás chicas. Aquellas risas
tenían por objeto desviar la atención del partido que los
chicos jugaban en la calle y obligarlos a mirar. Que
los chicos gritaran «Eh, callaos», como hacían justo en
ese momento en que las chicas volvían a partirse de risa
al contar Gerty la historia por segunda vez.

—Vaya gallinero, siempre cacareando —se dijeron los
chicos con la voz de sus padres, mientras las chicas sa-
cudían la cabeza, como hacían sus madres, y fingían no
haber oído nada.

Cuando las risas remitieron y los muchachos volvieron a su partido, anuncié que mi madre me tenía atrapada. «Ya era hora de que aprendiera algo de cocina», repetí, lo que llevó a Gerty a contar otra historia divertida sobre cómo su tiíta había intentado esconder hacía poco una cazuela de chirivías quemadas en el montaplatos. Todas sabíamos que la tiíta de Gerty ni siquiera sabía pelar una patata cuando llegó del otro lado del charco para hacerse cargo de la casa.

—Todavía no sabe ni escalfar un huevo —dijo Gerty con cierta arrogancia—. He intentando enseñarle cientos de veces, pero es incapaz de aprender. —Levantó un dedo, para instruirnos a todas—. Una gotita de vinagre en el agua es suficiente.

—Bueno, yo no quiero aprender —dije yo—. Una vez has aprendido, se espera que cocines siempre. —Me sorprendió comprobar cómo mis propias palabras me aclararon lo que, hasta entonces, no había sido más que un vago impulso de rechazo. Me miraron por encima de las rodillas, aquella pandilla de chicas: una vida entera de horas pasadas en la cocina se cernía sobre todas nosotras—. Prefiero ser como tu tiíta.

Gerty sacudió la cabeza.

—Mi padre dice que, si se pudiera, sería capaz de quemar hasta el agua.

Las chicas se rieron de nuevo, golpeando el suelo con los pies y dándose palmaditas en las rodillas. Y los chicos, que jugaban su partido de béisbol callejero, nos miraron y gritaron: «¡Callaos de una vez!».

No había manera de evitar aquel futuro.

Volví a casa cuando aún quedaban quince minutos de reloj. Abrí la puerta del horno y utilicé un paño para sacar la pesada hogaza de pan. Yo sabía que estaba más blanca de lo que debería, pero sea como fuere yo ya había apagado el horno para librarme de aquella tarea. Volví a reunirme con las chicas justo cuando se disponían a marcharse y dar un lento paseo calle abajo, fingiendo que solo queríamos ir a comprar un refresco.

Cuando volví a casa, mi padre estaba en el salón y mi madre le estaba sirviendo el té. Mi madre me hizo señas con un dedo y me llevó hasta la cocina, donde la hogaza de pan, sobre la tabla de cortar, estaba más dorada de lo que yo la había dejado.

—¿A qué hora la sacaste? —preguntó levantando una ceja.

—Cuando me dijiste —respondí vagamente.

—Apenas estaba hecha —dijo.

Me encogí de hombros, dando a entender tanto que no era culpa mía como que aquello no iba conmigo.

Mi madre cortó el pan recalentado y se lo llevó a mi padre, sentado a la mesa cubierta con mantel. La seguí con la mantequilla. El sitio de Gabe estaba ahora vacío. Desde que se había marchado al seminario, teníamos por costumbre escuchar la radio después de la cena.

Servimos el té. Mi padre extendió la mantequilla sobre la gruesa rebanada de pan y me guiñó un ojo antes de dar un bocado. Masticó y movió la boca como si se le hubiera quemado la lengua. Tragó y bebió un sorbo de té.

—Demasiado bicarbonato —dijo mi madre antes de dejar su pedazo de pan apenas mordisqueado en el plato. Entonces posó las manos en su regazo, la espalda bien derecha —. Has debido de poner el bicarbonato dos veces —dijo, con la severidad suficiente para demostrarme que sabía que aquello era un sabotaje—. No sé cómo no me he dado cuenta.

Y lo cierto era que yo había añadido bicarbonato cuatro veces, a sus espaldas. Su impaciencia —«Alabado sea Dios, lee la receta, Marie, cómo vas a aprender si no lees la receta»— la había obligado, en tres ocasiones distintas, a darse la vuelta.

—Tendrás que acostumbrarte a atender, Marie —decía mi madre—. Nunca aprenderás a cocinar si no atiendes. Una cocina puede ser un lugar peligroso si no atiendes.

—Bah, aprenderá —decía mi padre, divertido—. Ya aprenderá cuando le toque.

Incliné la cabeza y me estudié las manos. No aprendería, lo sabía. Claro que no aprendería. Gerty Hanson había aprendido, pero yo no.

Lentamente levanté la mirada, me volví a ajustar las gafas, muy satisfecha de mí misma, pero con mucho cuidado para no delatarme. El día se había nublado y el salón estaba en penumbra. Mi padre había devuelto su rebanada de pan al plato, pero como si quisiera transmitirme su solidaridad, seguía sosteniendo parte de la corteza dulcemente entre el dedo pulgar y el índice, quizá porque no quería herir más mis sentimientos dejándolo sin más en el plato. Sus otros tres dedos, delicadamente en alto, temblaban. Su mano ancha, sobre el mantel blanco y el plato de porcelana, era de un color inesperado para mí: las uñas grises se hundían demasiado en la carne amarilla e hinchada. A pesar de lo delgado que era, mi padre estaba muy hinchado. Miré su cara sonriente. Aunque tan solo estábamos a unos pasos de distancia, separados por el mismo mantel y la misma mesa de siempre, sentí que se me desviaba la mirada, como a veces me ocurría cuando las cosas parecían contraerse repentinamente muy lejos. En mi recuerdo, flotaba en el aire cierto olor a éter.

Aquella noche me encontré a mi madre sentada en mi cama cuando salí del baño en bata y zapatillas.

—¿Qué tal? —me preguntó.

—Muy bien, gracias. ¿Y tú? —sorprendida por su presencia, respondí exactamente con las palabras que mi madre utilizaba siempre que la gente le hacía esa misma pregunta por la calle. Me pareció algo sorprendida. Me dijo que muy bien, gracias, casi como por instinto. Tenía las manos en el regazo. La espalda, derecha.

—Claro que —dijo, dejándolo caer, como si de hecho fuéramos dos señoras del barrio que se hubieran encontrado en plena calle— estoy un poco preocupada por tu padre. —Entonces me dijo que al día siguiente mi padre iría al hospital para ver si podían curarlo.

—Lo siento muchísimo —dije con el decoro propio de una conversación con un conocido en plena calle.

No me sentí amenazada por la noticia, alegre como era, porque mis pensamientos se centraban únicamente en la extraña visión de mi madre sentada ociosamente, así me lo parecía a mí, en el borde de mi cama. Por aquel entonces entraba en mi habitación bastante a menudo, pero siempre deprisa y corriendo, a limpiar el polvo de los muebles o barrer el suelo, colocar la ropa limpia en la cómoda, darle la vuelta al colchón o frotar el armazón de la cama con amoniaco para protegerme de las chinches. Entraba todas las noches para arroparme, besarme en la frente y recordarme mis oraciones. Aquella quietud, allí sentada con las manos vacías, hacía que su presencia resultara extrañísima.

Me preguntó si me gustaría acompañarlos al hospital. No podría subir para ver cómo ingresaban a mi padre, debías tener más de dieciséis años para entrar en las plantas, pero sí podía entrar hasta el vestíbulo.

Le dije que me parecía bien.

—En la salud y en la enfermedad —dijo mi madre mirándose las manos antes de levantar la vista y mirarme creo que con cautela—. Es algo que tienes que repetir cuando te casas. Cuando pronuncias tus votos.

—Ya lo sé —dije.

Levantó el mentón e incluso esbozó una sonrisa, con esa sutil admiración que sentía por Gabe.

—¡No me digas! —dijo. Me miró con cierto regocijo—. ¿Y qué más sabes?

Recité la frase al completo:

—En las alegrías y en las penas, en la riqueza y en la pobreza, en la salud y en la enfermedad, hasta que la muerte os separe.

Hasta que no vi a mi madre impresionada por mis conocimientos, jamás se me había ocurrido preguntarme cómo era posible que me supiera aquellas palabras, si las había aprendido en la escuela, en el cine o con mis amigas. Cuando me preguntó, le dije:

—Con mis amigas.

Mi madre inclinó de nuevo la cabeza:

—Entonces, tus amigas hablan del matrimonio. De las

cosas que pasan —dijo mi madre inclinando de nuevo la cabeza. Creo que se ruborizó.

Le di la espalda para coger mi cepillo de la cómoda. Empecé a cepillarme el pelo, todavía húmedo después del baño. Podía ver el reflejo de mi madre en el espejo del tocador, sentada con la espalda bien recta al borde de mi cama, las manos en el regazo.

—Ah, pues claro —dije con indiferencia.

—Entonces ya sabrás —dijo mi madre— lo que pasa.

Y en el espejo me vi todavía arrebolada por el agua caliente de la bañera.

—Ah, pues claro —dije, sin estar segura de qué era lo que estaba admitiendo.

A mis espaldas, la oí suspirar.

—Te estás haciendo mayor —dijo casi en el mismo tono en que lo había dicho aquella misma tarde, divertida y melancólica, sin un ápice de impaciencia. Oí el familiar chirrido de los muelles al levantarse mi madre de la cama—. Es bueno que sepas esas cosas. —Su voz, igual que el sonido de los muelles, parecía ascender hacia el techo, como si se hubiera quitado un peso de encima—. Mañana iremos a la ciudad después de misa —dijo—. Ahora, a dormir.

Por la mañana, al salir de misa, los tres tomamos el tranvía hasta el hospital. Mi padre llevaba un bolso negro. En el vestíbulo, me puso la mano sobre la coronilla.

—Ahora sé buena chica —dijo haciendo ese gesto que hacía con la lengua, como saboreando la dulzura de aquella broma.

Se inclinó y yo le besé la mejilla, que olía a loción de afeitar. Y al abrazarle con tanta fuerza, casi le tiré el sombrero. Me dio unas palmaditas en la espalda y colocó ambas manos sobre mis hombros, como solía hacer en la puerta de la taberna clandestina, como para mantenerme allí, inmóvil, mientras él subía las escaleras con mi madre para el ingreso.

Cuando mi madre volvió, las dos salimos del hospital y cruzamos la calle para contemplar el gran edificio. Mi madre señaló con el dedo. Nos llevó un rato dar con la ventana correcta. Y entonces lo vi, saludándonos con la mano desde detrás del reflejo del cielo.

A plena luz del día, en la acera frente a la iglesia de Santa María Estrella del Mar, una mañana de domingo a principios de junio cuando yo tenía diecisiete años, Walter Hartnett me preguntó:

—¿Qué te pasa en el ojo?

Nuestras madres charlaban, los bolsos colgados del brazo y ambas tocadas con un sombrero. El sol se reflejaba, brillante, en los parabrisas, en los guardabarros niquelados, en los portamonedas de las señoras que formaban aquella multitud congregada tras la misa, en la acera blanca y la calzada, incluso en las campanas de la iglesia de color apagado. También se reflejaba en él, cuando lo miré: el pelo oscuro y aquella cara tan pálida, los ojos grises translúcidos al sol.

—No le pasa nada —dije yo—. Solo que a veces este ojo me da la lata. Cuando hace mucho sol.

—Bueno, pues no dejes que se tuerza —dijo él—. Se te pone una cara muy rara.

De vuelta en casa, ante el espejito que había encima del estrecho lavabo del baño, lo vi: mi ojo derecho, completamente cerrado, caía hacia la comisura de la boca y me hacía parecer un matón de barrio mascando chicle; mis gafas, de montura gruesa y de cristales de culo de vaso, se mantenían firmes sobre la nariz a pesar de las contorsiones del rostro que había detrás.

Por un instante me acordé de Walter Hartnett de niño, con aquella manera suya de ponerse las manos a la espalda, sosegado y prudente detrás de Bill Corrigan el ciego. Me acordé de la sagacidad con la que Walter asentía cada vez que Bill Corrigan anunciaba una de sus imposibles decisiones. Como si solo el ciego y él pudieran ver lo que los demás eran incapaces de ver.

Abrí el ojo culpable. Le sonreí al espejo y dije: «¡Qué te parece!». Me quité las gafas y me estiré la piel bajo los ojos, diciendo: «¿Así mejor?». Walter Hartnett. El señor Hartnett. Me cepillé el pelo hacia atrás —oscuro y espeso, pero, al igual que el ojo, con vida propia— y me miré detenidamente en el espejito, que solo me mostró el borrón de mi cara y mi pelo y mis dientes al sonreír y, entonces, abrí los ojos tanto como me fue posible y dije en voz alta: «¿Así mejor, señor Walter Hartnett?».

Cuando llamó aquella tarde —su voz, tan diminuta y milagrosa dentro de aquel gran receptor negro—, se disculpó por haber sido tan grosero. No era asunto suyo, dijo, lo que yo hiciera con mis ojos. Más adelante, al reconstruir aquella conversación durante la que sería la primera noche de mi vida en la que fui incapaz de conciliar el sueño, le respondí:

—No es necesario. —Pero lo cierto era que apenas había murmurado una palabra.

—A veces soy muy mandón —dijo—. Me viene del trabajo. Me cargan con mucha responsabilidad. ¿Quieres salir a tomar un refresco?

Cuando mis hijas empezaron a salir con chicos, les dije:

—No olvidéis la regla de oro. Si se pone a mirar por encima de vuestra cabeza cuando estéis hablando, libraos de él. Walter Hartnett...

Pero entonces mis hijas levantaban las manos en un gesto de desesperación.

—¡Jesús, mamá! ¡Vale ya con la historia de Walter Hartnett!

Walter Hartnett, sentado en el taburete de la confitería, miraba por encima de mi cabeza cada vez que alguien aparecía por la puerta situada en una esquina del local a mis espaldas. Hasta tal punto repetía aquel gesto que incluso a mí me daba la impresión de poder verlas, de poder ver a esas otras personas que entraban refugiándose del sol de la tarde, como si fuera capaz de percibir sus frías sombras proyectándose de pie sobre mi espalda, silueteadas por un instante, y Walter miraba por encima de mí para ver de quién se trataba. «¡Hola! —decía si las conocía, dejándome muchas veces con la palabra en la boca—. ¿Qué tal?» Y se llevaba un dedo al rostro a modo de saludo. O una mirada —reservada a los desconocidos que entraban en el local— siguiendo a quienquiera que entrara en la confitería, preguntándose, calculando, evaluando al recién llegado como hacen los hombres solos; un hombre solo e indefenso ante el descaro de su mirada. Y entonces sus ojos grises volvían a posarse en mi cara. Seguía un segundo de absoluta indiferencia, de aburrimiento quizá, y después un lento caer en la cuenta —«Ah sí, tú»—, un lento acercamiento a medida que su atención volvía a mí una vez más —«Vaya, qué contento estoy de estar aquí contigo»—, incluso a veces una sonrisa en aquellos ojos de oscuras pestañas, y entonces volvían a moverse rápidamente, por encima de mi cabeza, para saludar levantando la barbilla o solo para observar a quienquiera que fuera aquel cuya sombra se proyectaba sobre mi espalda. Entonces sus ojos volvían a mi rostro, mirándome sin verme una vez más y, poco a poco, la lenta tarea de reconocimiento empezaba de nuevo.

Aquella manera de no prestarme atención debía de ser, por fuerza, algo instintivo. Walter jamás habría podido adivinar el efecto que tenía aquella reacción, pero para mí era, a veces, devastadora y vertiginosa. Cuando terminamos el refresco y nos levantamos de los taburetes, me temblaban los pies del mareo al que habían sido sometidas mis esperanzas, mi corazón. No sé cómo mis tacones se tropezaron con el alza de su zapato ortopédico y, en el enredo, al caer sobre él, Walter deslizó su brazo bajo el mío.

—Poco elegante —dijo, pero los dos nos ruborizamos.

De nuevo en la acera, aunque la mayoría de los transeúntes parecían ser parejas, jóvenes y mayores, que paseaban del brazo, nosotros caminamos sin tocarnos. El paseo de los domingos por la tarde. El sol se ponía ya con aquel intenso color anaranjado, pero al este el cielo seguía de un azul frío, de mañana de domingo. Sus andares apenas dejaban ver una leve falta de ritmo, un tirón prácticamente imperceptible, pero no una cojera. De haber girado a la derecha y haberme acompañado en silencio hasta mis escaleras, yo lo habría seguido con la cabeza gacha y no habría dicho nada más, pero giró a la izquierda y yo lo acompañé. Hablaba de su trabajo.

De que era fijo y de que tenía suerte de tenerlo. Nombró a algunos amigos que tenían trabajos que no le desearía ni a un perro —en la compañía de transportes Brooklyn-Manhattan, en la diócesis, en los remolcadores del puerto—. Me dijo que me olvidara del bajo Manhattan y que, llegada la hora, buscara trabajo en el ayuntamiento de Brooklyn. ¿Quién querría trabajar en el centro de Nueva York? Todo eso mientras sus ojos seguían a las parejas con las que nos cruzábamos o lanzaban miradas al otro lado de la calle para ver quién andaba por allí.

Cuando se detuvo, pensé que quizá lo había hecho por haber reconocido a alguien que venía en nuestra dirección, pero se giró hacia mí y entonces, a la sombra de una farola, sus ojos me reconocieron de nuevo; y una vez más su indiferencia dio paso a un intenso placer. Señaló una casa de ladrillo a su espalda.

—Tengo que subir un minuto —dijo, dejando entrever las pocas ganas que tenía de dejarme, que casaban muy bien con ese interés por mí que parecía acabar de recordar allí mismo—. ¿Prefieres subir o esperas aquí?

—¿Esta es tu casa? —dije.

Con una ligera inclinación de cabeza me dijo «¿De quién va a ser?».

—Subo —le dije.

Él y su madre vivían en la última planta, como mi madre y yo. «Viudas de pajarera», las llamaría él más adelante. Entró y gritó «¿Mamá?», pero la casa estaba completamente a oscuras, salvo por la luz del atardecer y la de la farola recién encendida junto a la ventana. Se acercó a una lamparita y la prendió. La tulipa color ámbar y la bombilla oscilaron levemente.

—Debe de haber salido —dijo—. Siéntate, no tardo nada.

Cruzó el salón, entró en el comedor adyacente y pasó a una tercera estancia. La cocina, quizá. Tomé asiento. El sofá estaba tapizado con una tela de brocado azul oscuro y tapetes de encaje sobre los brazos y el respaldo. Había un cuadro de la Sagrada Familia sobre la chimenea recubierta de madera. En el centro, la Virgen y el bueno de san José y el niño Jesús de blanco. Un jarroncillo de cristal con lilas marchitas sobre el mantel. Dos sillas robustas con el mismo brocado azul noche, frente a mí. Junto a una de las sillas, un costurero. Sobre la mesita entre ambas, cuatro fotografías ovales. Me levanté a mirarlas. Un retrato de boda de sus padres, el padre con bigote, se parecía mucho a Walter; un retrato de bebé de Walter, con los ojos muy abiertos y sujeto por detrás; otro de Walter en pantalón corto y con un lazo enorme de la primera comunión en un brazo y, por último, un retrato idéntico al Walter de ahora, aunque más pensativo y serio —o quizá conteniendo las ganas de reír— con su traje de graduación.

Sentí una punzada de envidia, tonta como era en aquellos inicios de mi primera incursión por las penas irracionales del amor. Envidia de la madre viuda que lo había conocido toda su vida, que había oído sus primeras palabras, secado sus primeras lágrimas —¿habrían llorado porque tenía una pierna más corta?—; incluso del padre bigotudo, ahora enterrado en el Cementerio del Calvario, donde también se encontraba mi padre; envidia de todos los instantes felices que Walter había vivido sin que hubiera rastro de mí en ellos.

Me llegó su voz desde el otro extremo del piso. Walter estaba al teléfono. Parecía hablar con bastante gravedad, repitiendo números. ¿Sería algo relacionado con aquel trabajo suyo tan importante? Incluso hoy en día soy incapaz de decir si aquella llamada fue una treta. Sospecho que Walter no era tan listo.

Volví al sofá. Cuando Walter entró en el salón, llevaba dos botellines de cerveza abiertos. Me ofreció uno, pero yo rechacé la invitación y me reí por lo absurdo que me parecía aquello. Entonces miró la botella marrón y dijo: «Vaya, pero si ya está abierta». Como si yo hubiera roto una promesa. Colocó la cerveza rechazada sobre la cubierta del radiador y se sentó en el sofá. A mi lado.

—Mi madre no tardará en volver —dijo, mirándome como si fuera la primera vez: el cuello, la blusa, el cinturón, las manos en mi regazo—. Seguro que quiere saludarte.

Asentí, señalando los retratos sobre la mesita.

—¿Es su retrato de bodas? —pregunté.

—Sí —dijo él.

—Era muy guapa —dije yo.

—No me importaría casarme —me dijo.

Dio un trago a la cerveza. Empezó a hablar de su trabajo. De lo buen trabajo que era. De lo estupenda que era la oficina. De lo fácil que le resultaría ahorrar para comprarse su propia casa. Cuando se casara. Walter estaba muy cerca de mí. Y yo, ¿quería casarme?, me preguntó, y cuando le dije «Sí, claro, algún día», aquel lento reconocimiento de mi presencia. Se inclinó hacia delante, como para verme mejor. Bien podríamos haber sido las dos únicas personas en el vasto universo que estuvieran de acuerdo en que algún día nos gustaría casarnos, por lo mucho que pareció complacerle mi respuesta.

¿Y niños?, preguntó. ¿Quería tener niños?

Claro, cómo no.

Claro, cómo no. Sus ojos, más oscuros con la suave luz de aquel piso, se posaban solamente en mí, en mi cara, como si después de todo yo fuera aquello que había estado buscando toda la tarde.

Cuando se inclinó para besarme, no solo fue mi primer beso de verdad sino también la primera vez que probé la cerveza. Sostuvo la botella abierta sobre mi hombro durante un instante mientras se apretaba contra mí, humedeciéndome la blusa, de manera que al fuerte olor a cerveza se añadió un ligero sabor a alcohol en mi boca. Entonces bajó el brazo para posar la botella en el suelo y, subiéndolo de nuevo, me puso la mano en un pecho. Atónita y, quizá, temerosa —puesto que ya había conocido la sensación de triunfo y la angustia que provocaban sus atenciones cambiantes—, no hice el menor movimiento. Delicadamente —al principio pensé que hacía la señal de O.K. con el pulgar y el índice justo encima de mi corazón—, me desabrochó la blusa y deslizó sus dedos por debajo. Me retiró el sujetador. Expuesto a la habitación a oscuras, mi pecho parecía brillar con luz propia. Suspiró e inclinó la cabeza. Al verlo acercar su boca hacia mí, sentí el terror momentáneo de no saber lo que se disponía a hacer y, cuando lo comprendí, sentí el terror multiplicarse por cien. Cerró la boca sobre mi pezón. Y tiró y estiró.

Naturalmente, yo ya había visto a mujeres dar el pecho en diferentes ocasiones, en habitaciones cerradas, y fue aquel recuerdo lo que confundió mis emociones.

Walter respiró a fondo, como un bebé mamando, y sentí el aire cálido de su nariz en mi piel. Le puse la mano en el pelo. ¿Estaría mal aquello? Si lo frenaba en ese momento, ¿volvería a mirarme de nuevo con aquella gélida indiferencia, volvería a apartar sus ojos de mí?

Walter llevó su mano a mi espalda y me apretó contra él y, pese a que la habitación parecía cada vez más cálida, sentí cómo su saliva se enfriaba sobre mi piel. Sentí sus dientes sobre mi carne, con suavidad al principio, pero después con un dolor punzante que me obligó a contener la respiración. Se agarró aún con más fuerza y yo grité, pero eso solamente le hizo volver un poco la cabeza, como si quisiera aferrarse aún con más fuerza a mí con sus muelas. Me habría hecho sangrar de no haber sido por el portazo del vestíbulo de entrada. Se detuvo, levantó la cabeza. Un portazo en el interior y quizá pasos por el vestíbulo.

—Tápate —me dijo, y se estiró para coger la cerveza del suelo.

Mi pobre pecho estaba empapado y dolorido, el pezón rosado hinchado, alarmantemente transformado. Busqué los botones a tientas. Walter se apoyó en el sofá y dio la impresión de que se despegaba de él, la cerveza en una mano y la otra apoyada en el muslo. Caminó un poco, algo encorvado y cojeando de veras, hacia la botella que había dejado sobre el radiador. Pero entonces oímos el tintineo de las llaves y otra puerta que se abría, una planta más abajo. Soltó una maldición y, dándome la espalda, sacudió la cabeza con pena. Y, sin pronunciar ni una sola palabra más, salió cojeando de la estancia.

Me quedé sentada un par de minutos bajo la luz de la

lámpara. Pensé que quizá Walter no regresaría. Sentí que la sangre me inundaba el pecho. Cuando regresó, me pareció que se había lavado las manos y la cara, y que se había peinado. Ya no llevaba la botella de cerveza, pero cogió la segunda de la cubierta del radiador y la llevó hasta la pesada silla situada al otro lado de la habitación. Se dejó caer en ella y dio un largo trago a la botella.

—Cuando nos casemos —dijo—, querrás vivir en el entresuelo. Por los carritos de bebé y todo eso, pero creo que es barato. Tendrás a ciento y la madre pasando por la puerta. A mí me parece que es mejor vivir más arriba. —Terminó la botella en dos o tres largos tragos. Se llevó la mano al pecho y le salió un eructo silencioso, como si ya estuviéramos casados, como si ya lleváramos casados algún tiempo—. Será mejor que te vayas —dijo en tono amistoso.

Bajamos las escaleras. Cada giro me llenaba de pánico. ¿Y si su madre entraba por la puerta ahora, qué vería en nuestras caras? Pero Walter se tomó su tiempo. En la calle —hacía muy bueno, había comenzado a soplar una leve brisa que me refrescaba la piel—, me pasó el brazo por la cintura mientras paseábamos. Pasamos por delante de la iglesia. ¿De verdad había sido aquella misma mañana cuando me había mirado con la luz del sol iluminándole el rostro y me había preguntado «Qué te pasa en el ojo»?

—Bueno —dijo—, al menos no tendremos que pelearnos por la iglesia en la que nos casaremos, si la tuya o la mía. Nuestras madres se pondrán contentas. ¿Qué te falta, un año hasta terminar el instituto, no? —preguntó.

Le dije que sí.

—Encuentra un trabajo en Brooklyn —dijo—. No vayas a Nueva York.

Aparecimos por la esquina opuesta de la manzana. El señor y la señora Chehab estaban en la galería del entresuelo, dándole la espalda a la calle con una lámpara entre ambos. Walter se detuvo ante nuestras escaleras.

—Ya hemos llegado —dijo.

Se llevó las manos a los bolsillos y cambió las piernas de postura. Puede que fuera el efecto de las dos botellas de cerveza. Había otra pareja paseando por el lado opuesto de la calle, hacia el metro, y los siguió con la vista. Esa vez yo también me fijé en ellos. La mujer vestía una falta ajustada que le marcaba un buen trasero y taconeaba. El hombre vestía una chaqueta larga, con cinturón. Juntos, Walter y yo volvimos a mirarnos, pero esa vez no sufrió aquella amnesia momentánea, desinteresada. En lugar de eso, alzó el mentón y se llevó un dedo al aire —como había estado haciendo toda la tarde cada vez que reconocía a alguien en la confitería o por la calle, un «Yo a ti te conozco» mudo— y bajó la vista, deteniendo los ojos en mi pecho, el que había dejado al descubierto y del que había mamado. Sonrió. Yo a ti te conozco.

En aquellos instantes de angustia durante mi primera incursión en los placeres irracionales del amor, sentí tanto la emoción del reconocimiento de Walter como la negra y cálida acometida de la vergüenza.

—Entra —dijo él, tocándome la cadera—. Entra y dile a tu madre que tienes novio.

Tanto pensar y tanto preocuparse, tanta fe y tanta filo-
sofía, tantos cuadros, historias y poemas; todo eso y
más dedicado al estudio del cielo y el infierno y tan poco
aplicado al estudio de lo que nos hace hundirnos en las
profundidades del sueño. Dormirnos. Todas las oraciones que había rezado a lo largo de mi vida antes de irme
a la cama, todas las oraciones que obligué a rezar a mis
hijos —el padrenuestro, el avemaría, el gloria, el confi-
teor, si había algún pecado de por medio—, todas eran
plegarias fallidas. En última instancia era la acción de
gracias, aquella sencilla plegaria que rezábamos antes
de comer, la única que habríamos debido murmurar:
«Bendícenos, oh, Señor, y bendice estos alimentos que
vamos a recibir».

En el trayecto de regreso desde el Cementerio del Calvario en el coche de la funeraria, apretada junto a mi
madre, me sumergí en el sueño más dulce que jamás
había conocido. Habían metido a mi padre bajo tierra
y mi mundo se había hecho añicos, pero la cabezada en
el coche de Fagin de camino a casa fue un largo sorbo
de néctar, dulce, profundo y fragrante, bañado de luz de
marfil (¿era el sol del invierno el que atravesaba la ventana?), ese sueño que solamente nos sobreviene tras haber llorado a mares. Cuando el coche aparcó frente al
restaurante donde tendría lugar el almuerzo que se celebraría tras el funeral, mi madre me despertó con suavidad. Solamente Gabe, con su alzacuello, mostró su desaprobación. Mi hermano tenía los ojos rojos, inyectados
en sangre. Sus pálidas mejillas estaban demacradas.

—¿Te has dormido? —dijo. Había viajado en el
asiento delantero, junto al conductor—. ¿Cómo has podido dormirte?

Tumbada junto a mi madre en la cama que compartíamos —Gabe había vuelto a casa directamente de su primera parroquia diciendo que el sacerdocio no era lo suyo—, pasé mi primera noche de insomnio llena de alegría, vergüenza y confusión. No podía ponerme la mano sobre el pecho, dolorido y amoratado alrededor del pezón (lo había visto en el espejo del baño al desvestirme), con dos marcas de mordiscos de color rosa, porque no quería que mi madre, incluso en la oscuridad, pudiera ver lo que estaba haciendo. No podía reprimir mi ardiente sensación de vergüenza. La sentía enrocarse, como un alambre, columna abajo. La sentía sobre mí, haciendo saltar la chispa de algo resplandeciente y fulgurante que hacía que la culpa y la confusión se asemejaran al placer, a la alegría. Estaba enamorada. Walter Hartnett, con aquellos ojos grises, me amaba. Al año siguiente me casaría en la iglesia de Santa María Estrella del Mar y aquellos ojos jamás volverían a posarse en mí con gélida indiferencia. Yo te conozco.

En la oscuridad, mi madre dijo:

—¿Quieres un poco de leche caliente, Marie?

—No —dije.

—¿No puedes dormir?

—No —dije.

—¿Puedes al menos intentar estarte quieta? —dijo mi madre—. Son las tres de la madrugada y mañana tengo que ir a trabajar.

—Lo siento —susurré.

El tictac del reloj que había en la mesita de noche jamás había sonado tan cruel. Las ventanas eran pinceladas anchas y desiguales de un gris pálido pintadas precipitadamente sobre la larga pared negra que había detrás de la cama. Las ventanas estaban abiertas al fresco de la noche, pero no soplaba ninguna brisa. Los sonidos que llegaban de la calle eran distantes, indistinguibles. Ni siquiera se oían los arañazos de algún ratón correteando entre los muros o la tos de mi hermano desde la habitación contigua. En nuestra calle reinaba el silencio. Todos habían caído en brazos de la fría luz de marfil y se habían dormido.

—¿Es Walter Hartnett un buen muchacho? —susurró mi madre.

—Sí —dije yo, incapaz de añadir nada más. Sentí un arrebol súbito en las mejillas.

Mi madre se dio la vuelta, haciendo rebotar el colchón que compartíamos, y se tapó el hombro con la sábana fina.

—Me cae bien su madre —dijo—. Su familia es de Armagh.

Antes de que terminara ese mes, Walter empezó a bajar una parada de metro más allá todas las tardes al volver a casa del trabajo y a pasar por delante de nuestra casa, donde siempre fingía sorpresa al encontrarme sentada en los escalones esperándolo. Se apoyaba en la balaustrada, posaba la punta de su zapato ortopédico con alza en la acera y hablaba de su trabajo, de nuestra boda, de los tipos de hombre que no le gustaría llegar a ser. Sus ojos siempre se deslizaban de mi cara a mi pecho y después volvían a elevarse hasta mi rostro, con las cejas levantadas, como diciendo: «¿Te acuerdas?». Como si el arrebol que asomaba en mis mejillas no le indicara ya que me acordaba.

Fuimos juntos al cine y una vez a una fiesta, donde se bebió media botella de whisky y se apoyó pesadamente sobre mí de camino a casa. Condujimos en caravana hasta un lugar de veraneo propiedad de un tal juez Sweeney, cuya hija salía con un conocido de Walter. Hicimos un picnic sobre el inmaculado césped, pero solo podíamos entrar en la casa para utilizar el lavabo. En el camino de vuelta, Walter dijo: «Quizá sería mejor comprar una casa así».

Yo lo cogía del brazo o él me pasaba el suyo por la cintura. En el cine, me pasaba el brazo por encima de los hombros. Al final de la velada, me besaba con suavidad, siempre de pie sobre la acera, al pie de nuestros escalones. Nunca en la puerta, porque —imaginaba yo—no quería que yo me diera la vuelta y viera cómo se marchaba cojeando escaleras abajo.

Incluso hoy en día soy incapaz de decir si fue por falta de oportunidades o si estaba predestinado a ocurrir así, pero jamás volvió a repetirse la intimidad de aquella primera tarde de domingo. Y aun así, aquella intimidad seguía allí, estaba en cada roce que se producía entre nosotros, en cada gesto de sus pálidos ojos. Las horas empleadas aquella primera noche de insomnio tratando de imaginar qué diría o qué haría cuando volviera a mover su boca hacia mí dieron paso a noches de insomnio en las que solo recordaba con gran detalle todo lo que Walter había hecho aquella vez, sus dientes y su lengua, sus dedos en mi espalda. Caminaba a su lado en un estado de trémula expectación. Sentía el tamborileo de las pulsaciones en mis venas siempre que nos aproximábamos a su manzana. ¿Sería aquella la noche en la que finalmente me volviera a preguntar «¿Quieres subir?». Al salir de aquella fiesta en la que había bebido demasiado, se había apoyado pesadamente sobre mi hombro junto a un portal oscuro y momentáneamente desierto y había dejado caer su cabeza sobre mi pecho un instante, su pelo había acariciado mi mentón y yo había tenido que controlarme para no tomar yo misma mi pecho y ofrecérselo. En el césped de la casa de verano del juez Sweeney, tan parecido a un parque, se había tumbado, se había estirado sobre la hierba a mi lado, apoyándose en los codos. Charlaba con los demás, con la mejilla apoyada sobre mi brazo mientras hablaba y mascaba y reía, los movimientos de su mandíbula me inundaban del insoportable recuerdo del sofá oscuro, la lámpara ambarina y el pecho desnudo, que parecía iluminado desde dentro.

Fue al tocar aquel verano a su fin cuando me llamó para decirme:

—Ven mañana a la ciudad a comer conmigo, ¿vale?

Yo no tenía ni idea de lo que me esperaría, pero antes de salir de casa me cambié el vestido de algodón sin mangas con cremallera a la espalda por una blusa a rayas con botones y un cinturón de charol. Me puse zapatos nuevos, guantes nuevos, una combinación nueva y un sombrero nuevo con un detalle rojo. Llegué al restaurante antes que él y me senté sola a una mesa, algo que jamás había hecho hasta entonces. Los vasos de agua arrojaban temblorosos aros de luz porque las piernas me temblaban bajo el mantel blanco, bajo la falda a rayas, bajo la combinación rosa. Lo vi entrar. Guapo, ataviado con un traje de lino que imitaba el tejido de *tweed* que no le había visto antes, con cintura estrecha y cinturón. Entonces, me quité las gafas y sonreí en dirección a Walter, hasta que su silueta se materializó al otro lado de la estrecha mesa.

—Bonito sombrero —me dijo, y se sentó—. Menudo sitio este, ¿eh? Vuelve a ponerte las gafas, sin ellas no te reconozco.

Yo había estado en aquel restaurante hacía tres años, para asistir al almuerzo que se celebró tras el funeral de mi padre, pero no podía decírselo sin que me temblara la voz.

Volví a ponerme las gafas y dije:

—Bonito traje.

Extendió los brazos.

—¿Te gusta? —Esbozó una sonrisa. No era más que un muchacho normal y corriente, de pelo castaño y ojos grises bastante bonitos, pero aquel día estaba guapo, con aquel traje, la camisa blanca, la corbata pálida. Dientes pequeños, derechos. Bonitas orejas—. Me lo ha prestado un amigo, porque voy de camino a la casa de veraneo del juez Sweeney, a pasar el fin de semana.

Apoyé mis manos enguantadas sobre el borde de la mesa y apreté los botones de mi blusa contra ellas.

—¿A qué? —pregunté.

Sus ojos rozaron los míos y después se alejaron para seguir el auge y caída de su servilleta al sacudirla.

—Pues parece que Rita Sweeney y yo nos vamos a casar —dijo, colocándose la servilleta en el regazo.

Aquella era, con toda certeza, una imagen propia de dibujos animados, quizá de algunos que yo ya había visto en el cine, con Walter o con alguna otra persona, pero cuando recuerdo aquel instante, veo las lágrimas brotando y acumulándose tras los cristales de mis gafas como en dos peceras, porque sabía que lloraba, pero no derramé ni una sola lágrima.

No era solo que la familia de Rita tuviera algo de dinero, me explicó mientras él comía y mi comida —que había pedido él— permanecía intacta en mi plato, aunque sí era cierto que Rita estaba en una mejor posición que nosotros dos, con nuestras dos madres viudas, que terminarían solas en sus pajareras si nosotros nos casábamos. Era simplemente que, en realidad, Rita era más guapa. No tenía ninguna tara visible, dijo. No como tú y yo.

—Tú, ciega —dijo—. Yo, cojo.

Y continuó sin dejar de comer.

—No te dejes engañar y te creas eso de que en este país todo el mundo es igual. Las mejores oportunidades las tienen los guapos. Estoy dándoles a mis futuros hijos la mejor oportunidad que puedo darles. ¿Qué clase de padre sería si no lo hiciera?

Las lágrimas se mecían como el mar tras mis gafas.

—Tú has estado bárbara —dijo—. Quería invitarte a un buen almuerzo.

Volví caminando al metro con las lágrimas aprisionadas bajo las gafas, inundando mis ojos al fin. A través de las lágrimas, vi los edificios, las farolas, los coches con sus parabrisas relucientes, incluso las manchas oscuras de las personas que flotaban. Las vi pasar junto a mí deslizándose, bamboleándose y chocando entre sí, a la deriva por efecto de aquel torrente.

Ya en casa subí las escaleras y todo lo que me parecía terrible de aquella casa y aquella calle, de mi vida hasta ese momento, quedó bañado por las lágrimas: la esquina de la escalera donde los empleados de Fagin se las habían visto para bajar el ataúd de mi padre. El sofá donde hacía un año había encontrado a mi madre contando el montón de billetes arrugados de un dólar sobre su regazo, ojerosa e insomne. La cama que antaño había pertenecido a mis padres pero que entonces compartíamos mi madre y yo porque Gabe había perdido su vocación.

Me senté en el borde de la cama. Quería quitarme las gafas, arrojarlas al otro extremo del dormitorio. Arrancarme de cuajo el sombrero nuevo de la cabeza y lanzarlo por los aires. Llevarme las manos al cuero cabelludo y arrancarme aquella cara feúcha. Desabrocharme el vestido, quitarme el cinturón, la delicada combinación. Llegar a tocarme el cuello y despegar la carne del hueso, abrir la cremallera de mi espalda, salir de mi propia piel y arrojarla al suelo. Espalda hombro tripa y pecho. Pisotearla. Levantar el puño hacia Dios por la forma que Él me había dado en aquella primera oscuridad: sin una pizca de atractivo, sin una pizca de amor.

La puerta de la segunda habitación se abrió y apareció mi hermano con el breviario en la mano. Llevaba todavía los pantalones del traje de mil rayas de algodón que se había puesto aquella mañana para ir a trabajar, pero ya se había quitado la chaqueta y la corbata. Se había desabrochado el cuello y tenía el pelo revuelto —daba la impresión de que había estado durmiendo—, los hombros inusitadamente hundidos, como si se estuviera preparando para recibir un golpe.

—Ay, Señor —dijo—. ¿Y ahora qué pasa?

Al parecer, yo no había dejado de llorar.

De pie en el umbral del dormitorio que antaño habíamos compartido, mi hermano escuchó la historia de mi infortunio, con el dedo aún marcando la página de su breviario, el libro apoyado contra su pecho. Yo no esperaba encontrármelo en casa. Me dijo que su oficina había cerrado antes por el calor.

Permaneció allí, inmóvil en el quicio de la puerta, con el libro apretado contra el pecho, mientras yo relataba mi versión de lo que fuera que me había roto el corazón. Cuando hice una pausa, tragando saliva y lloriqueando, se limitó a decir:

—Lávate la cara. Voy a por mi sombrero.

En mi desesperación, obedecí sin más. Crucé con desgana el salón hasta el baño, los brazos caídos. Me lavé la cara con agua fría. Al salir del baño, Gabe me estaba esperando. Se había puesto el sombrero, la corbata y la chaqueta del traje.

—Esto se resuelve dando un paseo —dijo, y abrió la puerta.

No me dio la mano. Tampoco me ofreció el brazo. Bajamos juntos las escaleras, sin tocarnos, como dos niños. Mi hermano abrió el portón para dejarme pasar y después hizo lo propio con la puerta principal. Bajamos los peldaños marrones juntos y, en la acera, se metió las manos en los bolsillos y con un gesto me indicó que fuéramos hacia la derecha. Lo seguí. Hacía calor. Se me había olvidado cuánto calor hacía, porque antes, al salir en dirección al restaurante, me había bañado y refrescado con colonia y, al regresar, el calor se había sumado a la devastación general.

El asfalto quemaba como las brasas. El aire se había espesado por el calor. Al otro lado de la calle alguien había colocado la silla de cocina del ciego Bill Corrigan, pero estaba vacía. Apenas había niños en las escaleras de entrada. Estaban sentados en los peldaños más altos, cerca de sus casas, donde había algo de sombra. Parecían débiles y malnutridos. El sol golpeaba con fuerza el ala de mi sombrero y amenazaba con hacerme agachar la cabeza. El asfalto caliente hacía que las suelas de mis zapatos nuevos parecieran flexibles y pegajosas.

Hacía un calor asfixiante. El calor, un recordatorio de lo que yo había podido vislumbrar cuando mi padre agonizaba pero que, sin pretenderlo, había conseguido olvidar: que la cotidianidad de los días era un velo, una fina tela que distorsionaba la vista. En momentos como aquel todo lo que era frágil, terrible e inmutable se representaba con absoluta claridad. Mi padre no volvería a la tierra, mi vista no se curaría, yo nunca saldría de mi propia piel ni me casaría con Walter Hartnett en una iglesia bonita. Y, puesto que aquello era cierto en mi caso, también era cierto, a su manera, para todos los demás. Mi hermano y yo saludamos a los conocidos al pasar: mujeres del barrio, tenderos en la puerta buscando un poco de aire fresco. Todos ellos, me parecía ahora que el velo había desaparecido en parte, con la mirada hundida por la decepción o por el fracaso o por alguna pena solitaria.

Incluso con aquel calor, flotaba en el aire espeso el olor a humo de las fábricas.

Mi hermano paseaba a mi lado y, aunque llevaba la chaqueta abotonada y la corbata apretada, al ir con las manos en los bolsillos, parecía caminar sin prisa. Se detuvo en la primera esquina, se encogió levemente de hombros y giró a la izquierda para cruzar la calle. Pronto me di cuenta de que en realidad caminaba sin un destino en mente —se detenía en todas las esquinas, giraba arbitrariamente, extendía la mano para que yo dejara pasar el tráfico— y a mí me daba igual. A mí lo mismo me daba caminar así que hacer cualquier otra cosa. Cuando lo vi por primera vez con la chaqueta y la corbata puestas, había temido por un instante que me llevara a la iglesia.

En la siguiente manzana, un joven se detuvo delante de nosotros, se quitó el sombrero, se frotó la ancha frente con un enorme pañuelo blanco. Se estaba colocando el sombrero de nuevo cuando pasamos a su lado.

—¿Padre? —le oí decir—. ¿Padre Gabe?

Mi hermano se dio la vuelta y saludó a aquel hombre de mirada amable, que pareció vacilar un instante, posando primero sus ojos en el cuello de Gabe y después en mí. Era bajo y tenía un rostro redondeado y aniñado, rubicundo por el calor. Llevaba la camisa y el traje de color claro manchados de sudor. Daba la impresión de haber empapado en agua su ancha corbata azul y, tras escurrirla, habérsela puesto otra vez. Alzó de nuevo el sombrero al presentarme y me fijé en que le había dejado una marca roja en la frente. Tom Commeford.

—¿Cómo está usted, padre? —dijo.

Mi hermano alzó la mano.

—Ya no soy sacerdote —dijo Gabe. Se tocó la corbata, como queriendo señalar la ausencia del alzacuello—. No era lo mío.

El joven nos miró con verdadero pánico. Me miró de nuevo y yo me encogí de hombros, los dos unidos por un instante por el enigma de la vocación perdida de Gabe. La sensación era la de estar de pie en un muelle con un desconocido, contemplando cómo un rostro familiar desaparece en el horizonte y ser repentinamente consciente de que todos los lazos con él dependerían en adelante de la presencia de la tierra bajo tus pies, o del mar. Durante un instante, me sentí más cercana a aquel joven desconocido que a mi hermano, el sacerdote fracasado que estaba junto a mí.

—¡Vaya por Dios! —dijo el joven—. Lo siento. —Imposible saber si lo sentía por la vocación perdida de mi hermano o por su propia e inoportuna metedura de pata. Me miró de nuevo, como si yo lo supiera—. Ya se sabe que cuando uno es cura... —empezó a decir, pero Gabe lo interrumpió.

—¿Qué tal todo por la fábrica de cerveza? —preguntó jovialmente—. ¿Mucho trabajo?

—Sí, claro —dijo el hombre. El esfuerzo que estaba haciendo por recuperarse se vio debilitado por el sonrojo creciente de su piel.

—¿Seguís fabricando cerveza seca? —preguntó Gabe, y el joven se rio, como si fuera un chiste graciosísimo.

—Sí, sí —dijo.

—Me alegro —dijo Gabe—. Saluda de mi parte a todos, ¿quieres? —extendió de nuevo la mano—. Me alegro de verte, Tom.

—Me alegro de verle, padre —dijo, y rápidamente apretó los labios. No se mordió la lengua literalmente, pero era evidente que habría querido hacerlo.

Gabe levantó la mano, en un gesto similar a la absolución.

—No pasa nada, Tom —dijo con dulzura.

Mientras paseábamos, mi hermano me explicó que aquel joven trabajaba en la fábrica de cerveza que había formado parte de su primera parroquia. A veces acudía a misa de doce. Muchos obreros de la fábrica hacían lo mismo.

Yo dije:

—Ah, ¿sí?

—¡Por todos los demonios, qué horror! —dijo Gabe.

Se echó atrás el sombrero. Se pasó un pañuelo por la frente. Las plantas de los pies empezaban a quemarme y se me estaba formando una ampolla en el talón izquierdo. El vestido se me pegaba a los omoplatos y sentía correr hileras de sudor por la espalda. Gabe me tocó levemente en el codo para hacerme cruzar al otro lado de la calle, en sombra, pero allí hacía el mismo calor. En una esquina, se detuvo en una confitería y me preguntó si me apetecía un refresco. Miré hacia arriba, me llegaron los aromas mezclados a café, periódicos y leche rancia y dije que no con la cabeza.

Al entrar en el parque, me sorprendió lo lejos que habíamos llegado, pero entonces ya sentía las piernas hinchadas, embutidas en las medias, y cojeaba a causa del dolor que me provocaba la ampolla. Encontramos un banco a la sombra:

—Sentémonos, antes de volver —dijo Gabe con aire de derrota, como si hubiéramos acordado de antemano que no nos detendríamos.

Nos sentamos juntos a la sombra, en el banco moteado por el sol. Gabe cruzó las piernas y apoyó las manos cruzadas en el regazo. Me incliné hacia delante para quitarme el zapato izquierdo. Sentí desgarrarse la fina piel de la ampolla, junto a la piel y la seda de mis medias. Llevaba la media ensangrentada. Ya era media tarde y el parque se había llenado de gente que buscaba un poco de alivio para tanto calor. Algunos habían encontrado ya un lugar sobre el césped. Otros llegaban con cestas de *picnic*. Había niños con bates y guantes de béisbol que colgaban como olvidados en sus manos. Madres con carricoches. Hombres sin chaqueta. Algunos con la camisa manchada de sudor. Mi hermano se quitó el sombrero y lo colocó sobre el banco, entre ambos. Se aflojó la corbata y buscó en el bolsillo sus cigarrillos y cerillas. El aroma que desprendía la cerilla al encenderse y de aquella primera calada tenía algo de limpio, de fresco incluso. Vi a mi hermano darle otra calada al cigarrillo y me fijé en lo hermoso que era su rostro: la suave barba de tres días, el brillo ambarino de su piel, su pelo claro. Había algo adorable en la precisión de su raya del pelo en la sien y las orejas, en el eje de su mandíbula. También sus manos eran muy finas. Sus dedos, alargados. Envueltos en tela blanca el día de su ordenación, habían puesto en mi boca la hostia sagrada. El día de la ordenación de Gabe había sido un precioso día de invierno. Mi madre y yo habíamos viajado juntas en tren hasta el seminario. En el camino de vuelta habíamos ido directamente al hospital, para que mi madre pudiera subir a contarle a mi padre todo lo que habíamos visto.

Abrí el bolso y saqué mi pañuelo. Me quité las gafas para limpiar las gotas de sudor bajo mis ojos. Mis padres habían dicho: «No nos entusiasma tanto el sacerdocio como a otros», y «Lo de ser sacerdote está muy bien, pero también está muy bien formar una familia».

Al salir del hospital aquella tarde, mi madre me había dicho: «Tu padre habría preferido que tu hermano se casara».

Ya sin gafas, volví a mirar a mi hermano una vez más, mis ojos atraídos, quizá, por el movimiento de su brazo, el cigarrillo en los labios, el anuncio —a juicio de mi visión periférica— de una bendición. Allí estaba de nuevo tal y como a mí me gustaba, con aquel rojo dorado de su pelo y de su piel, la familiar mancha borrosa de su perfil vista a través de mi visión distorsionada: tal y como lo había conocido de pequeño, cuando compartíamos aquel dormitorio. No estaba sentado cerca de mí —puesto que el calor exigía mantener una buena separación—, pero yo era consciente de la cómoda cercanía física que habíamos conocido de niños.

Me llevé el pañuelo a los ojos y volví a ponerme las gafas. Levanté la vista y miré hacia el parque, como hacía mi hermano. Me fijé en los radios relucientes y plateados de un carricoche muy elegante que pasaba por allí. Y después en una mujer que caminaba junto a su hijo desgarbado, con un dedo enguantado levantado al aire.

—Anda que... —susurró Gabe cuando dos muchachas adolescentes que yo conocía entraron en el parque. Iban vestidas con rígidos alzacuellos y grandes pajaritas anchas y rojas como las de los niños cantores. «Las fachendosas», las llamábamos.

—Sacrilegio —dijo Gabe, divertido—. Y con este calor.

—Van a Bishop's.

—Pues entonces ya les vale.

Una de las chicas me saludó. Al devolverle el saludo,

la otra hizo lo mismo. Entonces la primera chica fingió tropezarse. Se agarró al brazo de su amiga, riéndose con gran estruendo y posó su mirada en Gabe.

Yo vi el flirteo. Él no. Me sentí la mayor de todos ellos.

Nos fijamos en un joven que pasaba con la chaqueta al hombro y un libro grueso en la mano. Después, en una pareja de policías con sus porras bamboleantes. En un trío de marineros delgados. Vi una paloma pavonearse por el suelo, debajo de otro banco. Apenas oía el trinar de los pájaros entre los árboles, difícilmente audible sobre el estruendo distante del tráfico.

Gabe arrojó su cigarrillo al suelo, a sus pies. Levantó el sombrero. Nos separaba un gran espacio en el banco. Se inclinó hacia delante, por encima de las rodillas, con el sombrero en las manos. Habló sin volver la cabeza.

—Más que ninguna otra cosa, merece nuestra compasión —dijo con suavidad—. Esa pierna mala. Semejante desgracia. A veces una desgracia como esa puede hacer de quien la sufre una persona más compasiva. Cabría esperar que fuera siempre así, pero muchas veces esa desgracia las vuelve crueles.

Levanté la mirada, hacia la espesura de los árboles recortada contra el cielo incoloro. Yo había amado a Walter Hartnett por aquella cojera, por el zapato ortopédico, tanto como lo había amado por su sonrisa inteligente y sus ojos grises.

—Muchas veces esa desgracia —dijo Gabe— hace a la gente menos compasiva. Les hace sentirse agraviados por Dios. Lo he visto. Si Él me ha dado forma, sostienen, ¿por qué entonces eligió darme esta forma? ¿Por qué cargarme con todo este dolor innecesario? Parece hecho a propósito —hizo una pausa—. Una vez, estábamos jugando al béisbol; Walter también, pero era muy pequeño; eso fue muchísimo antes de que se convirtiera en presidente de las ligas callejeras de Brooklyn. —Levantó la mirada para ver si yo me había reído. No me reí—. Pasó una ambulancia —prosiguió—. Nos rebasó y se detuvo frente a la casa de los Corrigan. Como es lógico, fuimos corriendo a ver qué pasaba. Los sanitarios ya estaban a medio subir las escaleras de los Corrigan cuando de repente, de la casa contigua, salió una enfermera corriendo, moviendo los brazos y diciendo: «Aquí, la señora está aquí», conque dieron media vuelta, bajaron las escaleras de los Corrigan y subieron las de la casa del vecino. Nosotros íbamos detrás. En un visto y no visto salieron de nuevo con una anciana. Era la señora Cooper, no sé si la recuerdas, en una camilla. Muerta, dijo uno de nosotros. Borracha, dijo otro. Pero entonces la enfermera dijo: «Meteos en vuestros asuntos», y nos ahuyentó a todos. —Mi hermano sostenía el sombrero entre las rodillas. Lentamente, le daba vueltas con las manos—. Así que reanudamos nuestro partido, pero empezamos a discutir, como hacen los críos. Cada uno de nosotros decía una cosa, con más seguridad que el resto. ¿Estaba muerta o borracha como una cuba? Entonces todos miramos a Bill Corrigan, como si le tocara a él tomar la decisión, pero Bill se apretaba firmemente las rodillas con los puños. Le caían unos lagrimones enormes por la cara. «¿Es mi madre?», dijo cuando nos acercamos, en un tono de voz que jamás le habíamos oído, entrecortado y entre susurros. — Lentamente, Gabe daba vueltas al sombrero entre las manos. En la copa había un trozo de raso, elegante y fino, eclesiástico—. En cierta ocasión mencioné a

Bill en un sermón. Quería hablar de la fe o de la clarividencia, pero cuando dije que de niños habíamos tenido un árbitro ciego, todos se rieron, así que lo dejé estar. —Se encogió de hombros. Cada vez más niños con bates y guantes de béisbol pasaban ante nosotros—. Supongo que fue al ver aquellos lagrimones en todo un hombre hecho y derecho. ¿Cuántos habíamos visto llorar a un hombre? Creo que fue aquella debilidad lo que sacó nuestro lado cruel. —Hizo una pausa mientras contemplaba los senderos que cruzaban el parque—. Le dijimos «Pues claro, Bill. Era tu madre. Está muerta». —Lo dijo en un tono cortante, imitando a los chavales de la calle que antaño habían sido—. Y nos quedamos allí plantados. Bill dejó caer la cabeza. Los hombros perdieron la compostura. Fue cuestión de un par de segundos, pero durante ese par de segundos, pareció destrozado. Toda su vida, el resto de su vida, como quiera que la hubiera imaginado, arruinada. Tan solo durante unos segundos. Aquello era obra nuestra. Así, sin más, como quien no quiere la cosa. Le hicimos sufrir. —Sacudió la cabeza y entornó la mirada. La voz le nacía de muy dentro—. Durante unos segundos, lo saboreamos. —Sacudió la cabeza—. Fue Walter quien finalmente le dijo la verdad. «¡Que no, que es broma! No era ella. Era la vieja de al lado.» Y entonces todos empezamos a darle a Bill palmadas en la espalda y a reírnos por cómo lo habíamos engañado. Tardó un rato en pillar la broma. —Se quedó mirando el parque, el sombrero entre las manos—. Menuda broma.

A pesar de lo tarde que se nos había hecho y aun después de todo lo que había llorado, la costumbre de querer a Walter Hartnett no me había abandonado, así que di por supuesto que mi hermano me estaba contando aquella historia no para reconocer que también él había sido cruel sino para demostrar que en una ocasión Walter había sido amable.

—Líbrame de mis enemigos, oh Dios mío —dijo Gabe, incorporándose de repente—. Líbrame de quien hace el mal. —Hizo una pausa—. Después de aquello, no volví a disfrutar de los partidos de béisbol con Bill Corrigan allí sentado. Prefería quedarme en casa. —Gabe posó la mano en el banco, entre ambos—. Siento mucho lo que haya pasado, Marie —dijo con tono cansado—. En el mundo abunda la crueldad. —Y entonces levantó el sombrero y lo agitó, señalando los senderos que atravesaban el parque y todas las personas que los cruzaban—. Considérate afortunada si eso es lo más amargo que te va a pasar en la vida.

Dándole la espalda, me incliné una vez más para examinar la ampolla que tanto me dolía bajo la media. No le creí. No creí que pudiera haber algo más amargo que aquello. Tampoco consideré entonces que también mi hermano pudiera haber deseado arrancarse su propio pellejo; que en aquellos días pudiera haber cargado con su propia visión arruinada de un futuro imposible.

—¿Podrás caminar hasta casa? —oí que decía.

Le dije que no tendría problema siempre que fuéramos despacio.

Se llevó el sombrero a la cabeza y se lo ajustó con garbo. Al ponerse de pie, lo miré, con mi ojo derecho entrecerrado por la luz del sol. Le toqué el brazo. Incluso a través de la manga de la chaqueta, sentí cómo se apartaba levemente. Algo en él, en sus músculos, en sus huesos, le impedía acercarse.

—¿Y a mí quién me va a querer? —dije yo.

El ala del sombrero le ocultaba los ojos. Detrás de él, el parque bullía con desconocidos.

—Alguien —me dijo—. Alguien te querrá.

Dos

En cierta ocasión, al despertarme, me encontré con que una rueda negra de radios plateados e intermitentes se había instalado en mi ojo izquierdo. Tom ya se había levantado. Sin hacer ruido, trajinaba como tenía por costumbre aquellas mañanas oscuras de invierno del final de nuestra madurez, pasando como una sombra a los pies de la cama, silueteado por la luz tenue del pasillo. Como siempre, tarareaba una melodía que a ratos se convertía en canción susurrada, con voz grave. *Believe me if all those endearing young charms*, una tonadilla con letra de Thomas Moore. Iba en camiseta interior y calzoncillos y en la habitación flotaba un olor a su jabón y crema de afeitar.

Hasta que no me ponía las gafas, todo era borroso e indistinto. Todo, salvo esa imagen de color negro que se había adueñado de mi vista. Con la cabeza aún en la almohada, me tapé el ojo derecho con una mano, después el izquierdo. Era el izquierdo.

—Algo va mal —dije, incorporándome lentamente—. Tengo algo en el ojo.

De repente, Tom guardó silencio. Alcanzó mi lado de

la cama y se sentó con cautela en el borde del colchón. Apoyó un dedo torcido bajo mi mentón para levantarme la cara, mientras se inclinaba hacia mí. Yo miré el techo en penumbra, para no parpadear. Me llegaba el olor a pasta de dientes de su boca, el jabón de sus hombros carnosos, la loción de afeitar en su mano cálida.

—No veo nada —dijo. Le pedí que encendiera la lamparilla.

Al inclinarse hacia la mesilla de noche, el colchón se balanceó por efecto de su peso. Se dio la vuelta. Ahora, la luz que iluminaba el techo era de un dorado suave. Tom volvió a levantarme el mentón, con suavidad, con cierta timidez, como el preludio de un beso, y volvió a examinarme los ojos con atención.

—No veo nada raro —dijo.

Fue el miedo, así como la sorpresa ante el titilar del deseo que me recorrió la espalda cuando Tom me colocó su mano cálida en la cara, lo que me hizo hablarle con tanta impaciencia.

—Dame las gafas.

Las cogió —podría haberlo hecho yo misma—y me las puse. Me cubrí el ojo izquierdo con una mano y la habitación recuperó sus contornos precisos. Le miré a la cara, cuyos rasgos volvía a distinguir con claridad. Me fijé en la rojez provocada por la irritación de la cuchilla, en la gotita de sangre de la mejilla. Tenía la piel suave, si bien le asomaban ya arrugas que parecían dibujadas a lápiz. Sus labios eran finos, serios. El mentón flácido. Me daba la impresión de que había pasado mucho tiempo desde la última vez que lo había mirado tan de cerca. Me tapé el ojo derecho con una mano y la rueda negra se impuso a todo lo demás.

—Algo va mal —volví a decir. Extendí la mano, como para quitar lo que quiera que estuviera allí—. Tengo algo negro en el ojo izquierdo. —Tracé un círculo en el aire y de nuevo intenté arrancar aquella mancha. Era consciente de lo ridícula que debía parecer, como una loca con aquel camisón fino, el pelo aplastado, aferrándome a la nada—. Es intermitente. Son como radios que giran. No desaparece al parpadear.

Volví a taparme el ojo izquierdo y miré a Tom. Sabía que a los hombres casados solía fastidiarles tener una esposa enferma. El barrio estaba lleno de historias parecidas. Pero Tom había bajado la cabeza y las arrugas se le habían hecho de repente más profundas. Su cara reflejaba más preocupación que otra cosa y en su voz no había ni rastro de impaciencia.

—Mejor será que llamemos al médico —dijo.

Lo oí canturrear de nuevo en la cocina mientras esperaba a que descolgaran el teléfono en la consulta. La tonada era su manera de insistir en que estaba perfectamente tranquilo, que apenas nada había cambiado en los últimos minutos, nada especialmente perjudicial o insuperable. Oí que se lo explicaba todo a Gabe cuando bajó a desayunar: parece que a Marie le ha pasado algo en el ojo izquierdo, dijo. Esta noche.

Al caer la tarde yo llevaba ya puesto un parche y Tom me acompañó hasta un hospital de Manhattan. Siendo una pareja católica, las iglesias deberían haber sido el punto de referencia de nuestras vidas, pero lo cierto es que fueron los pasillos revestidos de azulejos de aquellos viejos hospitales de ciudad los que marcaron los instantes más importantes de nuestra vida en común. Los nacimientos de nuestros cuatro hijos, la muerte de mi madre, las operaciones de amigdalitis y de apendicitis que se sucedieron, la hernia de Tom, la crisis nerviosa de Gabe y, en aquel momento, esa cirugía, al día siguiente, para reparar mi ojo izquierdo. ¿Y no sería un pasillo parecido a aquel el que serviría de escenario para nuestra despedida final?

Pero en ese momento Tom me agarraba del codo con una mano, mientras en la otra llevaba la bolsa que mi oftalmólogo me había mandado preparar pero que la enfermera encargada de tramitar los ingresos aseguraba que no necesitaría. Tom se las arregló para conseguir una habitación individual y, en cuanto me instalé en ella, consiguió una bandeja con cena para él, aunque yo solo podía beber unos sorbitos de agua. Había la extraña domesticidad nocturna, el olor a comida, el sonido del telediario de la noche en el televisor, el entrechocar de los cubiertos y nuestra conversación de ida y vuelta sobre asuntos mundanos mientras el hospital seguía con su ruidoso trajín de llamadas a los médicos y reparto de medicamentos, de enfermeras que entraban de vez en cuando para darnos esta o aquella información relativa al preoperatorio.

Por la mañana —un marrón amanecer urbano que asomaba por la ventana estrecha y hundida de la habitación—, Tom estaba allí otra vez, pero tan solo me tocó la mano y me besó la cabeza antes de que vinieran a llevarme a quirófano. Me trasladaron en la misma cama en la que había dormido, de manera que cuando maniobraron para sacarla por la puerta y la giraron para ir en dirección al ascensor, miré atrás y le dije adiós con la mano, como si fuera una pasajera de un tren en marcha. Se quedó solo en la habitación extra-

ñamente vacía, sin la más mínima sombra de preocupación en su franca sonrisa ni en su ademán desenvuelto al decirme adiós con la mano, pero sí con des-
carado temor y pesar tanto en su mirada como en su
ancha frente.

Siguieron diez días de ceguera. Me habían vendado
ambos ojos a fin de que el sano no vagara libremente y
arrastrara, sin querer, al que acababan de arreglarme.
Me parecía excesivo, le dije al médico, pero me aseguró
que era por mi bien: una pequeña molestia ahora para
lograr un mejor resultado más adelante. Reconocí aquella frase con la que intentaron engatusarme en mi primer parto cuando, en el culmen del dolor, me retiraron
el éter. Un poco de paciencia, dijo el oftalmólogo —ya
reducido por mi ceguera a un par de yemas secas de los
dedos y al olor de lo que quiera que le olía el aliento, a
café o a beicon matutino, a kétchup o a cebolla si venía
después de comer—, a cambio de un ojo bien curado en
el futuro.

—Mis ojos —le dije mientras la ceguera me obligaba
a levantar el mentón a medida que hablaba, menuda
pieza— nunca han *currado* bien. —Pero el médico debía
de ser oriundo de Europa del Este y no entendió el juego
de palabras sino que se limitó a tocarme el mentón con
sus dedos hinchados.

—Sea paciente —dijo.

—Una paciente paciente —respondí yo, pero él siguió
sin reaccionar, aunque en alguna parte de la estancia
Tom y Gabe estaban riéndose.

—Doctor, mi esposa siempre tendrá la última palabra
—dijo Tom.

En algún lugar de la habitación, durante aquellos largos días de oscuridad entre vendajes, mis hijos permanecían sentados, hablando sobre todo entre sí, principalmente sobre dónde habían conseguido aparcar y a qué hora habían salido de casa, a qué hora deberían marcharse para evitar el tráfico, si por el túnel o por el puente, si por carretera o por autopista. Yo oía el ruido que hacía su ropa de invierno, el abrocharse y desabrocharse de las cremalleras, las hebillas, los chasquidos. Oía el tintineo de las llaves de los coches y el olor a tubo de escape. Escuchaba sus voces familiares con una vaga indiferencia. Repiqueteo y tintineo. Aquella fue la primera vez que percibí que sus vidas seguían adelante sin mí.

Al despertar, estaba incorporada en la cama. Imposible saber la hora. Escuché: ni el estrépito de las bandejas de la comida, ni el olor de la calle en la ropa de las visitas. Quizá la calma del cambio de turno, la quietud de la noche o de la primera hora de la mañana. El sonido del tráfico de la ciudad era lo bastante apagado y esporádico como para que fuera ya de noche o a primera hora de la mañana. El almohadón me servía de apoyo y mis manos colgaban muertas a los lados de la manta térmica, cuya textura había empezado a conocer igual que una persona con buena vista habría conocido un rostro familiar. Quise oír mi voz y la manera vacilante con la que lo hice me recordó a cómo una persona ciega movería a tientas las manos hacia algo que acabara de escapársele.

—Hola —dije al fin con un hilo de voz, sintiéndome como una tonta por hablarle a una estancia vacía en mitad de la noche o una o dos horas antes de que sirvieran el desayuno; pero aun así, cediendo a la insensatez

a fin de que no se apoderara de mí el miedo, añadí—:
¿Hay alguien ahí?

Tuve una visión terrible y solitaria de mí misma en
aquella cama blanca, la nariz al aire, la gasa cubrién-
dome mis ojos. Me imaginé la habitación de hospital a
oscuras, pero como había pasado mucho tiempo desde
la última vez que viera la habitación —y aun entonces,
solo fugazmente—, no podía estar segura de que los
detalles fueran reales o imaginados: si el lugar era realmente así o una compilación de todas las habitaciones
de hospital en las que había estado a lo largo de mi vida.
Me imaginé el edificio, el latir sordo de los cuerpos dur-
mientes que había en su interior, en una habitación tras
otra, en una planta tras otra, encima y debajo. Había
algo del Cementerio del Calvario, de las Puertas del Paraíso, en aquellas hileras de camas pálidas y en todos
aquellos desconocidos de ojos y oídos enfermos, las cabezas hacia atrás, las bocas abiertas, respirando suavemente hacia aquella luz grisácea entre la noche y el día.

Me pareció oír el ruido de alguien moviéndose a cierta
distancia de la cama: una respiración y el sonido amortiguado de un suave movimiento procedente de una
parte invisible de la habitación invisible.

—Yo —dijo una voz ronca. Después, tras un tímido
intento de aclararse la garganta—: Estoy aquí.

Dudé. Reconozco que tuve miedo. Sentí cómo mis
ojos inútiles se movían bajo los vendajes.

—¿Quién es? —dije. Los días de ceguera habían dado
a mi voz un tono impaciente y receloso.

Lo reconocí, cómo no, por su risa.

—Tom —dijo—. ¿Quién si no?

Dado que Walter Hartnett me había dicho que no me convenía trabajar en Nueva York —y ¿acaso la pobre Pegeen Chehab no había dicho que era un lugar asqueroso?—, todas las mañanas estudiaba los anuncios por palabras del periódico mientras mi madre y Gabe se preparaban para ir al trabajo. Cuando volvían del trabajo por la tarde, les decía:

—No hay nada para mí.

Yo solía estar en pijama o en bata, medio dormida y aburrida. El piso olía a pintauñas o a sales de baño o a los cigarrillos que había empezado a fumar en el instituto, con la esperanza de aparentar algo de *glamour*.

Mi madre cogía el periódico, siempre desordenado y leído de cabo a rabo, o lo recogía de la basura si yo me había acordado de tirarlo.

—Aquí —decía señalando un anuncio en el que buscaban mecanógrafas u operadoras de centralita—. O este —decía sosteniendo el periódico bajo mis narices—. ¿Qué me dices de este?

—Sí, pero eso está en Manhattan —decía yo lanzando al periódico una mirada llena de desdén o, fingiendo sorpresa ante la insensatez de mi madre, decía—: Pero si eso está en Wall Street. Allí no voy a ir.

Gabe trabajaba para IT&T, una compañía telefónica, en Park Avenue. Salía de la cocina con la única copa que se tomaba después de trabajar en la mano, el cuello de la camisa desabrochado bajo la corbata aflojada.

—No va a haber manera de sacarla de Brooklyn —decía, o bien—: No es más que una chica de barrio.

Gabe atemperaba la ira de mi madre guiñándole un ojo, asintiendo con la cabeza y posando una mano sobre su hombro en lo que realmente no era sino una súplica de paz.

Todo lo que Gabe deseaba en aquellos días, decía, era paz y tranquilidad para poder leer.

Tras terminar el instituto, Gabe me había concertado en dos ocasiones una entrevista para formar parte del personal de secretariado de su oficina y en dos ocasiones me había negado a acudir. Incluso mi madre, que había encontrado trabajo como modista en Best and Company, había dejado de darme la tabarra para que trabajara allí como dependienta. Todas las tardes de aquel verano y aquel otoño nos sentábamos cara a cara en el pequeño salón, a la luz del atardecer.

—Nuestra Marie —decía Gabe, el cuello de la camisa abierto y su copa diaria en una mano— jamás saldrá de este islote soberano, mamá. Jamás saldrá de Brooklyn. —Y diciendo eso conseguía infundir en mi madre algo de paz, esa paz que alguien como él necesitaba para poder leer—. Será mejor que vayas haciéndote a la idea.

Bien es cierto que, llegado el momento, cuando el barrio tal y como lo habíamos conocido se había hundido y había dejado de ser lo que había sido, fue Gabe quien no quiso marcharse.

A finales de septiembre, un día en que volvía de misa con mi madre y Gabe, cogí el periódico dominical del sofá. Mientras ellos preparaban el desayuno en la cocina, me senté a la mesa a leer el periódico —siguiendo mi costumbre— y fui pasando las páginas distraídamente hasta que una de ellas se dobló. Alguien había recortado cuidadosamente una columna de gran tamaño. Me quedé mirando la página, atónita. Habían recortado parte de un anuncio de zapatos para mujer y la esquina de una historia que empezaba en la primera página, algo relativo al primer ministro británico, a quien por aquel entonces Gabe tenía por un gran héroe. Miré debajo, en el dorso de la página, y vi que se trataba de la primera de las páginas de sociedad: los enlaces matrimoniales. Aquella era la página de la que alguien había recortado cuidadosamente aquella larga columna. Cerré el periódico justo cuando Gabe llegó con el té y un plato con tostadas y, como quien no quiere la cosa, me preguntó:

—¿Alguna novedad por el mundo?

De no haber advertido la recelosa y fugaz mirada que Gabe lanzó al periódico desplegado sobre la mesa, podría haberle respondido a lo Joan Blondell (justo la noche anterior había ido al cine con Gerty), «¿Tú te crees que yo soy tonta?».

—Nada interesante —dije sin más.

Naturalmente, era Gabe quien había recortado la columna: el anuncio de la boda de Walter. Mi madre no leía el periódico —de hecho, se quejaba enérgicamente por el tiempo excesivo que sus hijos dedicábamos a su lectura—, pero Gabe lo leía de cabo a rabo a primera hora de la mañana, especialmente por todo lo que estaba pasando en Europa. Debió de haberse levantado del sofá mientras mi madre y yo aún dormíamos y entrado en la cocina a buscar las tijeras, así que bien podría habérselo dicho al estilo de Hollywood, «¿Tú te crees que yo soy tonta? ¿No me creías capaz de atar cabos?».

Yo sabía que la boda de Walter ya se había celebrado, naturalmente. Lo sabía por la gente del barrio a la que habían invitado. De hecho, había sido testigo de todo desde la ventana de mi cuarto, había visto a Bill Corrigan y a su madre subirse a un taxi, su madre vestida con ropa de domingo un sábado por la mañana.

Pero algo en el gesto de Gabe, en su generosidad y futilidad, me hizo limitarme a doblar el periódico y arrojarlo sobre una silla.

—No me apetece seguir leyendo —dije—. Es aburridísimo.

Gabe asintió, quizá algo avergonzado, pero satisfecho.

Lo vi, con la camisa arremangada, sacar los platos y cubiertos del aparador. También él había ido al cine la noche anterior con la chica de su oficina con la que salía. Agnes. Cuando llegó, mi madre y yo ya nos habíamos ido a dormir. Lo había seguido con la mirada al pasar su silueta delante de nuestra habitación para llegar a la suya, había oído el ruido de los zapatos al caer y el tenue tintineo de su cinturón al desvestirse. Supe, sin oírlo, que se había arrodillado a rezar antes de meterse en la cama. Me había quedado escuchando un rato, hasta oír su respiración constante, el sueño que parecía resistírsele. Al darme la vuelta en la cama, había visto en la oscuridad iluminada por la luz de la calle que mi madre estaba despierta, escuchando también.

Me levanté de la mesa para ayudarlo. De repente parecía contento, como si su estratagema hubiera funcionado. Al ir yo a retirar una taza y un platillo, me dio un golpecito juguetón y fraternal en la cadera. Aún olía a domingo, a loción de afeitar y almidón. Empezó a hablarme de las noticias, de Checoslovaquia y Alemania, de la posibilidad de una guerra. Asentí, sin prestar apenas atención. Estaba claro que, de haber visto la fotografía de la novia inmaculada, la habría estudiado detenidamente. Habría leído, con todo el sufrimiento del mundo, los detalles relativos a sus acompañantes y su vestido, a su sofisticada educación. Mis ojos se habrían posado largo rato sobre el nombre: Walter Hartnett, hijo de Elizabeth Hartnett y del difundo padre bigotudo.

Gabe había querido librarme de todo aquello. Y había creído que podría hacerlo.

Mi madre entró con una bandeja de huevos fritos y beicon. Mi hermano se había soltado y hablaba con gran elocuencia, de pie en un extremo de la mesa, mientras mi madre servía los platos. Las dos lo mirábamos, sentadas en nuestras sillas. He ahí, pensé yo, el lenguaje de los hombres tímidos, de hombres demasiado solos con sus lecturas y sus ideas: política, guerras, países lejanos, tiranos. Hombres capaces de enterrar la cabeza en todo aquello con tal de apartar la mirada del corazón roto de una mujer.

Cuando al fin se sentó y mordisqueó su tostada, levanté mi taza y dije:

—*Amadán*.

Mi madre chasqueó la lengua, con desaprobación. Gabe se rio. Naturalmente, pensó que me estaba refiriendo a la política. Más adelante elogió mi perspicacia.

Una tarde noche a finales de octubre mi madre entró en la cocina. Aún llevaba puestos el sombrero y los guantes. Yo pelaba patatas junto al fregadero. Al tocar el verano a su fin, mi madre había dicho que, si no encontraba trabajo, al menos tendría que encargarme de preparar la cena para aquellos miembros de la familia que sí trabajaban; aunque para entonces mi ineptitud para la cocina era ya tan evidente que mi madre únicamente se atrevía a asignarme la tarea de poner las patatas a cocer o sacar la carne y condimentarla con sal.

—Fagin necesita una chica —anunció mi madre, aún con sombrero y guantes y la cartera en el brazo—. Tienes una entrevista con él mañana por la mañana, a las nueve.

Estiré el brazo para cerrar el grifo del fregadero. La miré por encima del hombro.

—¿El de la funeraria? —dije.

Mi madre asintió, sonriendo. Más feliz que una perdiz.

—Me lo encontré camino a casa. La chica que tiene empleada, la adorable Betty, está embarazada. Lo dejará tan pronto como Fagin encuentre sustituta. Ponte el vestido bueno. Si le gustas, tendrás un buen trabajo fijo, aquí mismo, en Brooklyn. Justo lo que querías.

—Empezó a quitarse los guantes, sonriendo: las cosas iban viento en popa—. Siéntate, cariño —dijo con generosidad, todas las batallas anteriores perdonadas ahora que había ganado—. Voy a cambiarme, yo terminaré de preparar la cena. —Esa era la rutina de siempre, pero mi madre lo dijo como si me estuviera haciendo un favor. Dio media vuelta y salió de la cocina. Canturreando. Canturreando.

Las patatas que acababa de pelar estaban amontonadas en el escurridor junto al fregadero, rodeadas de un charquito de agua sucia tras haberlas lavado. Las patatas recién peladas eran de un blanco enfermizo. Aún desprendían un olor a humedad y tierra fría. Con sus ojos ciegos y sus silenciosos rostros amarillos, no parecían más que lo que eran: pálidas criaturas subterráneas criadas sin luz. Sustento.

¿A quién podía extrañarle que yo detestara cocinar?

—No quiero trabajar para Fagin —dije débilmente. Sabía que mi madre aparentaba no haberme oído.

La funeraria estaba situada en un edificio a ocho manzanas de distancia. El señor Fagin, alto y ancho de espaldas, de cabeza pequeña, me recibió en la puerta, justo en ese momento había salido a comprar el periódico. Los dos subimos juntos las escaleras hasta su oficina, situada en la segunda planta. En la planta baja, me explicó mientras ascendíamos, se celebraban los velatorios; en el sótano, él y sus ayudantes preparaban los cuerpos, y la planta segunda estaba dedicada a la administración. Él y su madre vivían en la tercera.

Abrió la puerta del despacho y estiró el brazo para invitarme a pasar primero y, con aquel gesto mudo, lo recordé al instante del día en que se celebró el funeral de mi padre, cuando para mí no había sido más que una corpulenta figura oscura que nos dirigía silenciosa pero eficazmente: hasta el ataúd o el coche, hasta el banco de la iglesia, haciéndonos entrar y salir del abarrotado cementerio. De aquellos terribles días yo no guardaba ningún recuerdo de su cara, solamente de su benévola sombra.

Y aun así su rostro era, o así me lo pareció entonces sentada frente a él, sorprendentemente agradable. Tenía bolsas bajo los ojos, pero sus pómulos eran suaves y rosados y lucía una pequeña pero apacible sonrisa. Había sido pelirrojo. Y aunque ya era casi por completo canoso, el pelo ondulado y aplastado con agua le daba un aire juvenil. Parecía más un policía o un sacerdote en buena forma que el director de una funeraria. La estancia que empleaba como despacho no era demasiado grande, pero estaba abarrotada de cosas: un enorme escritorio oscuro, dos sillas de terciopelo delante del mismo, estanterías y un aparador, además de una mesita con una jarra de cristal con jerez, una botella de whisky y otra de ginebra. Se sentó de espaldas a la única ventana de la estancia por donde se veía un frondoso árbol cuyas hojas ya estaban tiñéndose de tonos amarillos y dorados. En las estanterías había carpetas clasificadoras de color negro, pilas de devocionarios, una Biblia y un diccionario, así como las obras completas de Charles Dickens encuadernadas en piel.

Más adelante, me confesó que tenía la intención de rescatar el nombre de Fagin del muy cabrón. Un escritor al que amaba, admiraba y detestaba como solo cabe hacer con un hermano.

En una de las baldas reposaba también, entre los libros, la cabeza sin cuerpo de una muñeca de porcelana, muy bonita y de pelo rizado, labios de rosa de pitiminí y lo que bien podrían haber sido pestañas humanas en sus ojos cerrados. Una modelo, me contaría tiempo después, para preparar el rostro de una niña en su descanso eterno. Aquella muñeca era el único objeto que me hacía sentir incómoda.

Me preguntó educadamente por mi madre y mi hermano e intentó recordar con precisión, a la manera de Brooklyn, el nombre de la calle y el cruce de nuestra casa.

—¿Vivís al lado de los Chehab, los dueños de la panadería? —preguntó.

Dije que sí.

Asintió solícitamente.

—Pobre Pegeen —dijo, y frunció los labios para transmitir, con profesionalidad, tanto su pesar por la pérdida de los Chehab como su más absoluta resignación ante lo irremediable—. Una gran belleza.

El señor Fagin me caía lo bastante bien como para creer que había pronunciado aquellas palabras como una cortesía y no porque le fallara la memoria.

—No hay nada peor para una madre que enterrar a un hijo —añadió—. Los peores días de mi vida son aquellos en los que tenemos esos entierros.

Todo en su manera de hablar sonaba a Brooklyn, su manera de pronunciar —«nada», «madre»—, pero aún quedaba algún vestigio del acento irlandés que debió de tener de niño —«poooobrrre Pegeen»— que me recordaba a mi padre.

El trabajo era bastante sencillo, según me explicó. En

los veinte años que llevaba al frente del negocio siempre había tenido una joven en nómina. Naturalmente, la empleada en cuestión no participaba en la preparación de los cadáveres. («Gracias a Dios», dije yo, sorprendiéndome de haberlo dicho en voz alta. Fagin se rio.) Yo me limitaría a ejercer de anfitriona, dar la bienvenida a los dolientes, acompañarlos a la estancia correspondiente, repartir los recordatorios y pedir a los asistentes que firmaran el libro de condolencias o que tomaran asiento para rezar el rosario. En los velatorios que se celebren en las casas de los difuntos, dijo Fagin, tendrá usted que permanecer en la puerta, coger los abrigos, indicar a los recién llegados dónde descansa el cuerpo. Yo le sería de especial ayuda cuando tuviéramos que celebrar un velatorio en la funeraria y otro en una casa particular, como preferían «los mayores», porque en ocasiones le resultaba difícil estar en dos sitios al mismo tiempo.

Se rio de nuevo:

—Si quiere que le sea sincero, siempre me resulta difícil estar en dos sitios a la vez. Podría decirse que me resulta del todo imposible —dijo, y enarcó las cejas pelirrojas.

Sentí todavía un mayor alivio al ver que no era un hombre serio.

Apoyó los codos en la mesa y extendió las manos ante sí. Eran manos grandes, rellenitas, ingrávidas, de tan pálidas.

—Tal como yo lo veo, sus obligaciones en este establecimiento serán dos —dijo moviendo las manos arriba y abajo—. Intentaré explicarle la primera… —buscaba la palabra adecuada—, delicadamente —y volvió a enarcar las cejas—. Aquí solo trabajamos hombres —empezó—. Mis dos ayudantes y yo. Aunque, claro está, recibimos cuerpos tanto de hombres como de mujeres. Quizá más mujeres, si le soy sincero. Los maridos, los hijos y los hermanos se acercan al ataúd de sus parientes y observan nuestro trabajo: el pelo, el maquillaje, el bonito vestido para el entierro. Sin necesidad de que medie palabra, pueden pensar, algunos, no todos, que durante los preparativos ha habido... —se detuvo un instante y se miró con preocupación los enormes dedos para después posar sus ojos directamente sobre mi rostro, que iba acalorándose— cierta intimidad. —Volvió a hacer una pausa, observó mi reacción y entonces sonrió, aparentemente satisfecho de que lo peor ya había pasado—. Como es natural, nadie lo menciona. En los veinte años que llevo en este negocio, no ha habido un solo marido, padre, hermano o hijo que haya dicho jamás una palabra al respecto, pero yo diría que ese pensamiento se les pasa por la cabeza. Por ello, siempre he querido tener a una mujer en la empresa. No para que haga el trabajo, como es natural, ni para que se haga cargo de los cuerpos, ¡qué barbaridad! —Entonces, posó sus dos manos ingrávidas durante un segundo sobre el escritorio, como si buscara recuperarse de aquella visión—. Pero sí para ofrecer alguna respuesta a aquellos hombres a los que se les pueda pasar ese pensamiento por la cabeza, me refiero a lo relativo a la intimidad. Así podrán decirse... —alteró la voz, que repentinamente adquirió un tono pensativo—: «Bueno, esta joven trabaja para él. Quizá ella le ha abotonado el vestido, la ha maquillado o le ha arreglado el pelo». Al decirse estas palabras, de alguna manera se libran de ese recelo. Ya no tienen que darle vueltas.

Volvió a hacer una pausa para calibrar mi reacción. Yo me limité a asentir para demostrar que había entendido todo, aunque si quieren que les sea sincera (una expresión que, como no tardaría en aprender, era la favorita del señor Fagin), en aquel momento no entendí nada.

En el árbol verde y dorado que había a espaldas del señor Fagin, las hojas iluminadas por el sol se movían con las sombras saltarinas de los pájaros. Una dulce brisa otoñal entró por la ventana abierta, ligeramente mezclada con el hedor de la basura del callejón.

—Además hay otro asunto —dijo el señor Fagin, volviendo su atención a las dos ideas que tenía atrapadas entre sus anchas manos—. La vigilia, sea larga o corta, es una carga para la mente. No me refiero al velatorio —dijo con rapidez—. El velatorio es un alivio, mucho más de lo que la gente cree. Me refiero a la vigilia que precede a la muerte. Usted probablemente lo sepa por su pobre padre («pobrrrre padrrrre»). No hizo falta que nadie me contara, cuando me llegó su cuerpo, lo mucho que había sufrido. Saltaba a la vista. Tras una larga enfermedad como esa, la mente de todas las personas que han guardado vigilia está entumecida. Estoy convencido de que no hace falta que se lo recuerde. —Desvié la mirada unos instantes y posé mis ojos en mi regazo, para evitar que se me llenaran de lágrimas. Yo había pasado la vigilia de la muerte de mi padre en el vestíbulo del hospital, leyendo revistas, contemplando a los desconocidos que pasaban por allí, muchos de ellos con ramos de flores u ositos de peluche, algunos llorando. Habían sido mi madre y Gabe quienes habían permanecido junto al lecho de mi padre.

—Una muerte repentina tampoco es muy distinta. Es peor, creo yo —dijo el señor Fagin—. Fíjese en Pegeen. Porque cuando se produce una muerte repentina, todo el mundo piensa en los días que la precedieron, en los días que terminaron siendo una vigilia, una vigilia a la que todos asistían sin saberlo. —Sacudió los hombros y pareció estremecerse levemente—. Peor. Y aquí es donde entra usted. —Abrió la mano derecha y la extendió hacia mí, como diciendo «Aquí tiene» —. Usted es el ángel del consuelo —dijo, señalándome con su mano—. Usted es un consuelo para la vista cansada. —Cerró de golpe la mano hasta dejar tan solo el grueso pulgar extendido, con el que tocó la estantería situada detrás de sí—. En tiempos de Charles Dickens, existían los niños plañideros. Niños plañideros profesionales. De ahí saqué la idea. Está en *Oliver Twist*, el libro que mancilla mi buen nombre —sonrió con ironía—. ¿Ha leído usted *David Copperfield*?

Dado que aún no estaba segura de querer el trabajo, no sentí el impulso de mentir.

—No —respondí.

Yo había leído *Un cuento de Navidad* en el instituto y había sentido una enorme frustración al descubrir que nadie, ni tan siquiera mi maestra de inglés, sabía si de verdad a Scrooge lo habían visitado los espíritus o si solo lo había soñado.

—Debería leerlo —dijo el señor Fagin.

De repente, se puso en pie y cogió el libro de la estantería. Parecía un hombre corpulento con aquel traje, pero aun así su cabeza, tan pequeña, le hacía parecer más joven. Al volverse hacia mí con el libro en sus manos, uno de los volúmenes de la estantería se inclinó suavemente y ocupó el espacio vacío. Así permanecería durante los diez años que trabajé con Fagin, hasta que en mi último día, ya casada y embarazada de mi primer hijo, se lo devolví, pidiéndole disculpas por no haber sido capaz de seguir la trama.

El señor Fagin volvió a tomar asiento y deslizó un ejemplar de *David Copperfield* por el escritorio. Tomé el libro con mi mano enguantada y lo coloqué en mi regazo. Pesaba más que un misal.

—En aquellos tiempos sabían lo que se hacían —prosiguió el señor Fagin—. Ver a alguien joven, a una adorable joven como usted al final de una larga vigilia, es un alivio para la vista cansada. Nos recuerda a la vida. A volver a la vida, también esperanza de resurrección.

Guardó silencio un instante, evaluándome. Me ardían las mejillas. Nunca nadie se había referido a mí como una «joven adorable». Se miró las palmas de las manos, como para asegurarse de que había explicado con la suficiente claridad las dos cosas que tenía pensado decir. Volvió a posar las manos sobre el escritorio y alzó la vista.

—¿No tiene otro vestido? —preguntó.

Me sorprendió la pregunta. Dije que sí y, sin estar segura de querer el trabajo, añadí:

—Puedo pedir otro prestado.

—¿Tiene algún vestido bonito? —preguntó.

Volví a responder afirmativamente, pero sin demasiada convicción, y el señor Fagin dijo, hablando para sí:

—Seguramente tendrá la ropa del instituto, faldas y jerséis.

—Claro —dije yo.

—Para las horas de visita lo mejor son los vestidos

—dijo—. De lana, en tonos oscuros, pero negros no. El azul marino o el verde oscuro van bien. De tela buena, con buen corte. Elegante. Con un toquecito de perfume tras las orejas. Betty utiliza Noche en París.

Abrió el cajón del escritorio y sacó una tarjetita, que deslizó hasta mí.

—Muriel, en el departamento de señoras de Abraham & Straus, en el centro. Vaya a verla. Domina su oficio. Le ayudará a elegir algo de ropa. Tengo cuenta. Cómprese cinco buenos vestidos y cárguelos en mi cuenta. Y vaya con su madre. Ella sabe distinguir la calidad. Con ella, no se equivocará.

Cogí la tarjetita y la metí entre las páginas del libro.

De nuevo, el señor Fagin estudió mi rostro.

—¿Ve bien sin esas gafas? —preguntó.

—Bastante bien —mentí, porque ahora sí quería el trabajo. Nunca me había comprado cinco vestidos a la vez. Me costaba lo mío convencer a mi madre de que me comprara aunque fuera solo uno cada temporada. Cinco a la vez. Jamás había oído nada parecido.

—Quíteselas —dijo, y me las quité—. ¿Cuántos dedos ve?

El sol sobre las ramas doradas a sus espaldas brillaba tan fuerte que moteaba su mano rosada.

—Dos —dije.

Se rio.

—Tres. Pero no ha bizqueado. Nada peor que una chica cuatro ojos bizqueando. Puede ponerse las gafas aquí en la oficina, pero quíteselas cuando acuda a un velatorio. No creo que se caiga escaleras abajo.

Asentí y volví a ponerme las gafas. Fagin me estudió una vez más.

—Lo hará bien —dijo.

Nos pusimos en pie y me señaló de nuevo la puerta sin pronunciar palabra. En el vestíbulo de paredes artesonadas extendió la mano. Aquellas manos grandes y suaves suyas brindaron un apretón cordial. Aquellas manos eran las mismas que habían recibido el cuerpo consumido de mi pobre padre. Justo detrás de él, vi una estancia con sillas y flores y el borde de un ataúd resplandeciente. Con el libro grueso apretado contra mi pecho como si acabara de volver de misa, me volví a mirar al señor Fagin. Su mano aún sostenía la mía y descubrí en aquel instante, como si fuera algo que pudiera recordar, que hacía ya muchísimos años había sido Fagin quien me había levantado para besar a Pegeen Chehab en su ataúd.

El trabajo resultó ser tan sencillo como el señor Fagin me lo había descrito. Seguí a Betty, una morena robusta, durante una semana y, después, hice lo mismo que Betty había hecho. Hablaba muy poco, en voz baja, me hacía a un lado mientras los amigos y familiares del fallecido se congregaban para consolarse y cotillear y, frecuentemente, para discutir entre sí con cuchicheos callados y furiosos. Viajaba en el coche fúnebre, en el asiento delantero, junto al conductor, a los cementerios que había por toda la ciudad: al Bronx, Queens e incluso a Long Island, que hasta entonces solo había visto en el viaje en tren al seminario de Gabe. Permanecía en pie tras los dolientes con los tacones clavados en la tierra, mientras la vigilia llegaba a su fin en lo que parecía un día soleado de campo o de lluvia amortiguada por los árboles, entre el paisaje gris de las tumbas. Contemplaba los barrios arbolados donde resolví vivir algún día y, cuando volvía a la funeraria con un poquito de sol en las mejillas o de hierba en mis zapatos buenos, el señor Fagin bromeaba diciendo que ese año no sería necesario acoger a ningún niño necesitado. Conmigo ya tenía bastante.

En ocasiones percibí, y empecé a entender, el primer aspecto de mi trabajo que el señor Fagin había intentando explicarme aquella mañana. Un marido o un padre afligido podían mirar a su esposa anciana o a su joven hija asintiendo con tristeza al oír las palabras de consuelo —está preciosa, cuánta paz desprende, la misma belleza de siempre— para, de repente, mirar a su alrededor. Incluso sin gafas, veía cómo sus ojos se posaban en el propio Fagin, situado siempre al fondo de la estancia, o en alguno de sus jóvenes ayudantes, siempre en la puerta, y por un instante, con gafas o sin ellas, casi era capaz de ver ese inoportuno pensamiento: todo aquello por lo que el cuerpo de la esposa, la madre o la hija en cuestión —en la funeraria de Fagin decíamos simplemente «el cuerpo»— había pasado en las horas posteriores a la muerte. Quién la había tocado y cómo. Entonces, me miraban a mí y en mí encontraban una especie de respuesta y, quizá sin saberlo, se quedaban tranquilos.

El segundo aspecto, la cuestión que guardaba relación con *David Copperfield*, no me resultó tan fácil de entender, pero con el paso de las semanas empecé a comprenderlo. Me eché unas gotitas de Noche en París tras las orejas y en las muñecas. El perfume, junto a los buenos vestidos de A&S y los caros zapatos de tacón que me había dado mi madre, me permitían aparentar ser algo más, parecían otorgarme una madurez desconocida en mí. Vi a mujeres adultas, mujeres de la edad de mi madre, inclinar tímidamente la cabeza cuando las saludaba en silencio en la puerta de la funeraria. Los ancianos me tomaban la mano, agradecidos, o se apoyaban en mi brazo extendido. Hombres jóvenes que quizá no me habrían prestado atención alguna por la calle se llevaban la mano al corazón y susurraban «Gracias, muchas gracias», cuando yo los acompañaba hasta una silla o les entregaba un recordatorio al marcharse. Durante mi primer año en la funeraria de Fagin, en tres ocasiones distintas, uno de aquellos jóvenes me esperó en la puerta de la funeraria o a la salida del edificio al caer la tarde para preguntar mi nombre.

Ni una sola vez tuve que aventurarme por el sótano, pero sí aprendí a reconocer el peculiar olor de lo que allí ocurría y que se colaba entre el aroma más fuerte de los arreglos florales, mi perfume y el olor propio de Brooklyn: un olor empalagoso y avinagrado que en ocasiones flotaba en el aire pero que rápidamente se disipaba al abrir una ventana o una puerta. Pasadas las primeras semanas, también dejé de tener miedo de la visión del cuerpo yacente en su ataúd.

Si el cuerpo era de un niño, cosa infrecuente pero no insólita en el transcurso de los años que trabajé con Fagin, me limitaba a quitarme las gafas y a bajar la vista. Aprendí a desaparecer al oír el lamento de una madre. A pesar de las muchas veces en las que a lo largo de los años había pensado en Pegeen Chehab de pie al principio de las largas escaleras, hasta que empecé a trabajar en la funeraria jamás me había detenido a considerar la variedad de desgracias que podían llevarse a un niño de este mundo: rotura del apéndice, tos ferina, tisis, neumonía, envenenamiento por plomo, infección por una mordedura de perro una vez («Un ángel», había dicho el señor Fagin de la pequeña) y accidentes, muchos accidentes. Atropellados, ahogados, electrocutados por un ventilador de mesa. Un muchacho larguirucho había intentado saltar de un tejado a otro y había caído en el callejón oscuro que separaba los edificios; incluso dentro de su ataúd una podía sentir cuán extraño le parecía su propio cuerpo.

Mucho después, cuando mis hijos se quejaban de que como madre yo había mostrado una cautela excesiva ante las cosas más simples y me tachaban de ansiosa, supersticiosa y atormentada por sueños que presagiaban el desastre, les decía: «No diríais eso si hubierais visto lo mismo que yo».

Sin embargo, no tardé en desarrollar cierta indiferencia rutinaria hacia los muertos, ya fuesen adultos, jóvenes o viejos, hombres o mujeres. Puede que tuviera que ver con las particularidades del arte del señor Fagin (había oído a dos ayudantes quejarse en más de una ocasión por la torpeza con la que aplicaba el lápiz de labios), o puede que guardara relación con el hecho de que todo director de pompas fúnebres, como cualquier otro artista desde el célebre historietista Al Capp a Leonardo da Vinci, tuviera un estilo propio y reconocible, un estilo que hacía que todo el mundo se pareciera entre sí.

Pero también se debía, creo yo, a la propia ausencia de vida de los cuerpos, que los volvía a todos, en cierto modo, indistinguibles y anónimos. A pesar de que no era más que una forma de hablar entre los dolientes, jamás dudé de que el cuerpo en aquella estancia no estuviera «dormido, nada más». No había ningún sueño natural semejante a aquel, ni unos ojos que pudieran abrirse de nuevo si se cosían con tanta firmeza como aquellos. Y luego estaba la sensación que transmitían aquellos ojos, la mano, el pómulo, el brazo: rígidos y fríos y tan duros como si estuvieran rellenos de crin. Tampoco entre los rostros conocidos —en los años que trabajé para Fagin, vi a mi maestra de quinto curso, al padre de Dora Ryan, al hombre que vendía helados italianos en un carrito, a la anciana señora Fagin, al señor Chehab y, cómo no, al mismísimo Bill Corrigan—; había escasa continuidad entre los vivos y los muertos. Tuvieron que pasar varios meses en la funeraria antes de que yo pudiera reunir el coraje necesario para inclinarme sobre un ataúd para ajustar un rizo o un par de rosarios caídos, o hacer desaparecer una mancha errante de lápiz de labios, pero, una vez hecho, me acostumbré a ello sin miramientos.

Cuando los muchachos que me esperaban a la salida del velatorio y, más adelante, los jóvenes uniformados que comenzaron a llenar la ciudad en cuanto estalló la guerra, me preguntaban cómo era capaz de soportarlo —estar en presencia de los muertos un día tras otro—, yo soltaba el humo del cigarrillo y me reía con naturalidad: «Solo son cuerpos —decía—. Como muñecas. Como cáscaras vacías. Podrían ser un simple saco de patatas».

Argumento de partida que, en más de una ocasión, aquellos muchachos empleaban por la noche, cuando deslizaban sus manos bajo mi blusa o sobre mis medias: «Solo somos cuerpos, al fin y al cabo, solo somos muñecos». Un argumento que a menudo y hasta cierto punto no me disgustaba, ya que me permitía dejarles hacer. Al cumplir veinte años, imagino que mi corazón ya se había curado, y todo lo que aún pudiera relacionarse con aquello había dejado de dolerme, como la brillante boda en la iglesia bonita, por no hablar de la casa de campo; pero yo no era tonta.

Eso fue lo que le dije a Gabe una noche, ya tarde; al alba, para ser exactos, cuando el amanecer se abría ya paso por la ventana de la cocina e iluminaba la cortina del comedor, pero aún no había alcanzado el sofá donde mi hermano estaba sentado en bata y zapatillas, esperándome despierto con un libro en las manos. Yo acababa de regresar de una cita con un soldado a cuya madre acabábamos de enterrar el día anterior. Era un muchacho tranquilo, uno de entre un montón de doce hermanos. Esa docena de hijos, junto a los tíos, tías y primos que los acompañaron, habían llenado la entrada, el pasillo y el recibidor de Fagin con estruendosas risas, saludos, discusiones, conversaciones y lágrimas. Eran tantos que, cuando el sacerdote dirigió el rosario cada noche, el volumen de aquella respuesta colectiva —«Santa María, madre de Dios»— habría bastado, según Fagin, para hacer volar de un soplo las plumas del mismísimo arcángel Gabriel.

Sin embargo, Rory, mi cita, era un joven callado, delgado y de rostro melancólico. Cuando entró por primera vez en la funeraria, yo le había cogido la gorra y los tres días siguientes se había convertido en mi sombra. A mí me parecía algo feúcho. Ya uniformado, había vuelto a casa desde Camp Crowder para enterrar a su madre y al día siguiente debía regresar al cuartel. Hoy, me corregí, mientras se lo explicaba a Gabe. Tras el funeral y el trayecto en coche hasta el cementerio, habíamos cenado juntos y habíamos visto una película. Después, lo había acompañado a su casa para recoger su petate. Algo le había pasado a las cañerías y había niños en pijama por todas partes, tapándose la nariz con una mano, llorando, riéndose, pegándose entre sí con lo que parecían escobas y desatascadores. En aquel mundo caótico, la desaparición de su madre había sido felizmente olvidada. Daba la impresión de que nadie caía en la cuenta de que aquel pobre chico se marchaba. Así pues, le dije a Gabe, solo por compasión lo acompañé a la estación a esperar el tren, donde nos besamos apasionadamente (eso no se lo conté a Gabe) y compartimos un paquete de dónuts y una botella de whisky (eso tampoco) hasta las cinco y cuarto de la madrugada.

Había vuelto a casa en taxi. Un despilfarro, sí, pero... ¿acaso no era mejor prevenir que curar?

Gabe estaba sentado en mitad del sofá en bata y zapatillas.

—Yo también he decidido alistarme —dijo calladamente—. Es mejor entrar antes.

Sentí un ligero balanceo, todavía borracha. A pesar de la ansiedad que me atormentaría como madre, de las supersticiones que había asimilado de niña, en lo primero que pensé al oír a Gabe no fue en su seguridad, sino en su dormitorio y su cama, que volverían a ser mías si se enrolaba en el ejército.

—Y ahora estoy aquí sentado, preocupado por dejar sola a mamá.

Sentí el impulso de sentarme a su lado y darle una palmadita en la mano, pero el whisky que había bebido me hizo dudar. Ya me había sermoneado. Cuando salgas, toma solo una copa, con una te bastará. Los chicos te respetarán. Y se sentirán agradecidos por no tener que pagar más. «Si te tomas licencias en las cosas pequeñas —me había dicho, citando vete a saber a quién—, caerás poco a poco en la ruina.»

—Mamá no se quedará sola —dije yo, pasando el peso de mi cuerpo inestable de una pierna a la otra—. Estoy yo.

Levantó el brazo y dio un golpecito al reloj.

—Son las seis de la mañana —dijo con bastante razón—. No has estado en casa en todo el día. Acabas de llegar.

Miré alrededor de la estrecha estancia para evitar su mirada desaprobadora.

—Ay, venga —dije, tratando de forzar a mi lengua a obedecerme—. Este era un caso especial. Un muchacho que vuelve al cuartel. Acaba de enterrar a su madre. No podía dejarlo solo en la estación. Tampoco es que salga hasta tan tarde todas las noches. —Esa misma noche tenía una cita con el hijo de la florista, un joven que también se había enrolado.

Gabe se miró las manos.

—Sales demasiado —dijo—. Y eso no es bueno, Marie. Sé que quieres compensar lo ocurrido con Walter, quieres demostrar algo sobre ti misma. Sobre tu atractivo, supongo, pero esas no son formas. Bebiendo, correteando de acá para allá. Te meterás en líos.

Sabía a lo que se refería con la expresión «te meterás en líos» y me sorprendió descubrir lo furiosa que me puse. Un relámpago de ira negra me recorrió el cuero cabelludo. Furiosa al descubrir que mi hermano pensaba eso de mí, que sus pensamientos hubieran reptado en aquella dirección, allí sentado en la oscuridad con su libro, nada menos que con su libro de oraciones, esperando que yo llegara a casa; pensando allí en la oscuridad que yo andaría corriendo de acá para allá por toda la ciudad (¿dónde, en los fríos bancos de la estación de tren?), desnudándome ante algún desconocido, yendo tan lejos como me fuera posible solo para demostrarle a Walter Hartnett que se había equivocado.

Me incorporé, todavía con cierta inseguridad.

—Maldito cura —dije en voz baja, pero lo suficientemente alto como para que pudiera oírme. No lo habría dicho de no haber sido por el whisky—. Menudo santurrón. —Tampoco eso—. Qué mente tan sucia —dije. Y fue tanto el whisky como la verdad que había en las palabras que mi hermano había dicho sobre Walter Hartnett lo que me hizo romper a llorar—. No permito que nadie se tome tantas libertades. Yo no. Y no voy a consentir que tú creas que sí. —Di una patada en el suelo—. ¡No te lo consiento! —Le vi mirar por encima de mí, en dirección a la habitación donde dormía mi madre y repetí, en voz más baja pero no menos airada—: No lo consentiré.

Abrí el bolso que llevaba colgado del brazo. Dentro estaba la botella vacía de whisky, un recuerdo de aquella noche. Dentro también estaba el horario en el que Rory había escrito su dirección y mi pañuelo, manchado por la barra de labios y el azúcar con canela que le había limpiado de la boca antes de que saliera corriendo a tomar el tren. Saqué el pañuelo y me lo llevé a la nariz:

Noche en París y Old Spice. Había sido una noche deliciosa.

Gabe se levantó del sofá y posó sus manos sobre mis hombros con suavidad, manteniendo cierta distancia entre ambos. Más para impedir que yo despertara a nuestra madre, sospeché, que para consolarme en mi solo parcialmente justificada indignación —al fin y al cabo, yo sí había permitido que se tomaran ciertas libertades—. Agaché la cabeza para evitar el rostro serio de mi hermano.

—¿Qué sabes tú de nada? —le pregunté, desafiante—. Un soltero empedernido como tú. ¿Tú qué sabes? No estás casado.

Puede que se riera un poco. Su regocijo me puso aún más furiosa que su censura. Levanté la vista y dije:

—Anda y cásate, niño de mamá. Cásate con Agnes. —Pronuncié su nombre como lo habría pronunciado una niña espabilada y burlona, la clase de niña que yo jamás había sido—. Entonces podrás decirme lo que tengo que hacer.

Gabe frunció los labios y en su rostro se dibujó un súbito arrepentimiento, como si aquellas palabras hubieran salido de su boca y no de la mía. Retiró las manos de mis hombros y las sostuvo, extendidas, para demostrarme que estaban vacías.

—Hay votos que no se pueden romper —dijo sin alterarse.

Tuve que desviar la vista. Comprendí hasta qué punto era firme su creencia, pero de todos modos murmuré:

—Tonterías.

Todo era un lío: la fe de mi hermano, su vocación, sus votos y su fracaso; y pensar en todo aquello únicamente me llenaba de impaciencia después de una noche tan deliciosa. Me habría gustado que mi hermano fuera un hombre sin tantas complicaciones.

Volví a patear el suelo.

—Discúlpate —exigí.

Se alejó. Yo no levanté la vista. Oía los pájaros del amanecer, las palomas y los gorriones, en la ventana de la cocina. La luz temprana de la mañana se extendía ya sobre las rosas de la alfombra. Vi cómo la luz alcanzaba sus largos pies en zapatillas, la piel pálida del empeine, los pies blancos como el mármol.

—Está bien —lo oí susurrar por encima de mi cabeza—. Lo siento. Imagino que no me he expresado bien. —Se alejó aún más—. Solo pienso en tu bienestar. Estoy aquí para ser tu guía.

Me llevé el pañuelo lleno de fragancias a la nariz. Todos los Rory del mundo, por muy dulces y melancólicos que fueran, tenían una difícil tarea ante sí: estar a la altura de ese hermano mío tan serio.

Levanté la vista hacia su pijama pulcro y su bata de franela marrón cruzada al pecho y después hasta la pálida carne de su garganta. Sentí una ternura repentina: el empeine y la garganta, ¿qué otras partes del cuerpo eran más tristes y vulnerables? ¿Había dicho ya que mi hermano estaba solo?

Gabe susurró:

—Nadie sabe cuándo nos llegará la hora, Marie. Seguramente a estas alturas, con todo el tiempo que llevas trabajando con Fagin, ya lo entenderás. —Volví a cambiar de postura—. Es muy sencillo. No quiero que estés nunca en pecado. Ni por un instante. No quiero que ninguno de nosotros corra ese riesgo. Quiero que estemos juntos en la eternidad; como antes. —Y entonces le vi hacer un gesto hacia la mesa del comedor, con su mantel blanco y el sencillo candelabro, todo ello distante e incoloro a la luz del alba—. Todos juntos de nuevo, como antes; con papá.

De repente, levanté la mano: me iba a hacer llorar.

—Para ya —dije, con tanta firmeza que mi hermano retrocedió y creí oír el chasquido de sus dientes al chocar—. Ya has dicho bastante.

Antes de salir de la habitación, Gabe me señaló la manta y la almohada que había colocado en lo que llamábamos «la silla de la reina», en un rincón.

—Duerme en el sofá —dijo—. Si entras ahora en la habitación, despertarás a mamá. Le diré que llegaste... —y miró de nuevo su reloj, enarcando sus pálidas cejas— mucho más temprano.

Asentí, pero seguía lo suficientemente enfadada o indignada o arrepentida o avergonzada como para rechazar aquel gesto amable. La luz no era ya tan tenue como en el rincón que mi hermano ocupaba y pude ver la decepción que mi reacción le causó.

—Lo siento —repitió. Intentó adoptar un tono más alegre—. «Hasta al necio, si calla, se le tiene por sabio», dice la Biblia. «Por inteligente, si cierra los labios.»

Le di la espalda. En la funeraria de Fagin, había aprendido a mantenerme distante siempre que la tristeza de alguien amenazaba con golpearme con fuerza.

—Ya, bueno —dije con frialdad—. No todo está en los libros.

—Claro —le oí decir antes de añadir—: Sea como sea, reza por mí. ¿Lo harás? —Recordándome así lo rápidamente que había olvidado que iba a alistarse. Tuve que cambiar de nuevo de postura. Entonces, mi hermano enfiló el corto pasillo que llevaba a la habitación de mi madre y, más allá, a la habitación que habíamos compartido.

—Espero que no le importe —me dijo el señor Fagin al poco de empezar a trabajar en su funeraria—, de vez en cuando y cuando no haya mucho trabajo, subir y darle un poco de conversación a mi madre.

El apartamento de la tercera planta era todo encaje irlandés: cortinas de encaje, manteles de encaje, tapetes de encaje en el respaldo y los brazos de todas las sillas; encaje en el cuello de los vestidos de la anciana y un pañuelo de encaje en sus pálidas manos. Era una ancianita diminuta de cara menuda, pálida y hermosa. El piso estaba como los chorros del oro y siempre había jarroncillos con flores de la funeraria en la repisa de la chimenea y en los alféizares, sobre el aparador y la mesita del té.

Nunca encontraba a la señora Fagin a solas, algo sorprendente dado que casi nunca veía entrar a las visitas, pero siempre que subía las escaleras y llamaba con suavidad a la puerta de su casa, oía tras ella el enérgico trasiego de alguna visita. Solía haber té y bizcocho, un almuerzo ligero o una tetera ya silbando en la cocina. Solía estar presente una anciana hermana de la Caridad con su característica toca, o alguna hermanita de los Pobres dedicadas al cuidado de ancianos, o ambas. Otras ancianas inmigrantes de todos los tamaños y formas salían de la cocina y sacaban una silla. La señora Fagin siempre se sentaba en el centro del sofá de respaldo alto y sus piececillos, en sus zapatos negros, apenas tocaban el suelo. Siempre lanzaba los brazos al vuelo en señal de regocijo cuando yo entraba en la sala. Tocaba el sitio que había junto a ella y decía algo encantador y lírico: «¡Como agua de mayo!» o «¡Qué alegría para una vista cansada!».

Las monjas debían volver la cabeza para sonreírme desde la profundidad de sus tocas. Con frecuencia, tenía la impresión de que acababa de interrumpir la narración entre susurros de alguna larga historia. Siempre parecían estar medio recostadas en sus asientos; siempre parecía flotar en el aire un silencio contenido. «Que Dios te guarde —decía la señora Fagin cada vez que yo entraba en la sala impoluta—. Qué alegría nos das.» Lo que era innegable, nada más entrar en aquella habitación llena de encajes y bañada por el sol, era que los días de aquellas mujeres transcurrían con bastante alegría.

Me sentaba junto a la señora Fagin en aquel sofá rígido o, si alguna otra anciana o alguna de las hermanas ocupaban aquella plaza, tomaba una silla.

—Y bien —solía decir la señora Fagin una vez yo tenía mi taza de té—, ¿qué se cuece por ahí abajo?

Yo le decía el nombre de la persona que se velaba aquella noche, el apellido de la familia que había llamado aquella mañana para solicitar los servicios del señor Fagin o el nombre y los apellidos del cadáver que había llegado desde la morgue y estaban amortajando. La anciana inclinaba la cabeza al oír los nombres. Tenía ojos de un azul brillante y pelo de un blanco purísimo. Al igual que su hijo, puede que hubiera sido pelirroja. «Ay, sí», solía decir si conocía al muerto. Si el nombre no le sonaba de nada, miraba a las demás mujeres hasta que alguna de ellas decía «Sí, mujer» y la ponía al corriente del pedigrí del fallecido. «Esa es la hija de la sobrina de Bridget Verde», respondían, «Es amigo de Tommy Cute» o —esto último más frecuente en el caso de las hermanas enfermeras, quienes al parecer habían cuidado en algún que otro momento de los cuerpos que llegaban a la funeraria—: «Una muerte lenta», «Tenía el corazón débil» o «Su madre murió de lo mismo». Cuando no quedaba más remedio, una de ellas cogía el periódico y buscaba el obituario.

Recuperaban recuerdos, los clasificaban, los compilaban. Siempre que la vida del muerto fuera acompañada de una buena historia, la conocedora de la misma entre aquellas mujeres acaparaba toda la atención y cuando alguna parte de la historia se estimaba, quizá, excesivamente delicada para los oídos de la anciana (o, más probablemente, para los míos), se representaba con una serie de gestos, cabeceos y silencios repentinos, que rápidamente aprendí a interpretar con tanta facilidad como las demás. Un dedo junto a la nariz era señal de engaño; una botella ficticia con el codo empinado significaba un problema con la bebida; el pulgar y el índice frotándose, problemas económicos —casi siempre porque alguien, muy probablemente uno de los esposos, era muy tacaño—; las cejas levantadas y las palabras cayendo con un prolongado asentir de la cabeza significaban sexo («y él llegaba a casa todas las noches mientras ella seguía perdiendo sangre y...»); las cejas, un cabeceo, y las demás mujeres chasqueaban la lengua en señal de compasión.

Sentada entre ellas, a veces me acordaba de las muchachas de mi infancia, sentadas en las escaleras susurrando historias. A veces me sentí igual de perdida que entonces, pero había cierto sentido del deber en aquella manera que tenían la señora Fagin y sus visitas de ir ordenando recuerdos y rumores, chismes y anécdotas, historias. Un sentido del deber perceptible también en la decepción que sentían cuando llegaba a la funeraria el cuerpo de algún desconocido o un forastero sobre el que ninguna de ellas tenía nada que decir, incapaces de tejer una suerte de biografía para los recién fallecidos.

Digo sentido del deber, pero no había nada excesivamente grave ni macabro en aquellas conversaciones. Se trataba, más bien, de una tarea a la que se entregaban con todo su entusiasmo, su laboriosidad y su buen humor con la amabilidad que las caracterizaba, una amabilidad que debía de ser la razón por la que aquel piso siempre me parecía lleno de luz, un espacio iluminado por la risa. O quizá se debiera únicamente a aquellas tazas de té dulzón que me servían. «¿Qué se cuece por ahí abajo?», preguntaba la señora Fagin, que quería que yo le dijera el nombre de los recién muertos. Al decírselo, ella y sus compatriotas se juntaban para contar como mejor sabían la historia de aquella vida, soplando palabras sobre los fríos rescoldos, me parecía a mí y, de un modo u otro, conseguían reavivarlos.

Así fue como conocí el destino de Lucy la Grandullona. El velatorio de su madre se celebró en la funeraria

de Fagin a principios de los cuarenta. La señora Meany
era una mujer enorme con bocio en el cuello; cuello que
Fagin había maquillado con tanta profusión como sus
gruesos pómulos. No obstante, el resultado no fue satis-
factorio. Incluso con el maquillaje había algo terrible en
aquel globo de carne púrpura y traslúcida aplastada
bajo el mentón. Tras la primera noche de vigilia, Fagin
había bajado al sótano y había vuelto con una tela ancha de raso verde pálido que envolvió alrededor de la
cabeza y el cuello de la muerta tan intrincadamente que
cuando la familia regresó al día siguiente, la señora
Meany ya no guardaba tanto parecido «con su desafor-
tunada persona» —en palabras del propio señor Fagin— sino que más bien parecía una reina viuda momi-
ficada, cosa que les complació a todos inmensamente.
La familia Meany era lo que mi madre habría llamado
una familia irlandesa de chabola: hombres y mujeres
grandes y de rostro ancho que apenas saben lo que es el
jabón; entraron en la pulcra salita de Fagin con cierto
aire de timidez bobalicona, y de mala gana entregaron
los sombreros y los abrigos. Los Meany susurraron ner-
viosos entre sí durante la primera hora del velatorio,
pero después, una vez acostumbrados a aquel lugar, comenzaron a ocupar toda la sala, a reírse y a tratar las
sillas, lámparas y alfombras de Fagin con una especie de
orgullo de propietario, señalando algún cuadro en la
pared o la calidad de las cortinas a los visitantes, como
si ellos mismos los hubieran escogido y pagado de su
propio bolsillo; cosa que, me recordó el señor Fagin
cuando se lo comenté, era más o menos cierta.

En la sala de estar de la señora Fagin me enteré de que
la señora Meany viajaba todos los domingos —en me-

tro, en ferri, primero en un autobús, luego en otro—
hasta el manicomio de Staten Island en el que estaba
internada su hija. Todos los domingos, repetían, lloviera
o hiciera sol, desde hacía años, desde que Lucy la Grandullona se había esfumado del barrio. Se movía con
pesadez, decían las ancianas, arrastrando su cuerpo pe-
sado, aquellas piernas gruesas y una bolsa de la compra
llena de bizcochos recién horneados (por no hablar de
la oscilante carga —así me lo imaginaba yo— del bocio), hasta aquel lugar dejado de la mano de Dios para
sentarse apenas un par de horas con la muchacha, ya
una mujer, que en su locura hablaba únicamente de obs-
cenidades. La pobre mujer, decían, la pobre señora
Meany, llegaba a casa llorando todos los domingos
—autobús, autobús, ferri y metro—, incapaz de mirar a
la cara a ningún pasajero, hombre, mujer o niño, ni la
carne de sus manos y sus brazos y sus piernas, ni sus
cuerpos bajo la ropa ignorantes de las terribles imágenes que evocaban las sucias palabras de su hija y que
trepaban hasta su mente como bilis que sube hasta la
garganta.

Porque el demonio utiliza palabras sucias, añadió la
señora Fagin, aleccionándome con su dedito levantado,
para hacernos creer que no somos más que suma y conjunto de fealdades.

Pero verás, proseguían las mujeres, inclinándose hacia
adelante: la señora Meany, a pesar de tener el corazón
destrozado, vete a saber cómo, recobraba la compostura y conseguía poner buena cara ante el resto de la
familia al llegar a su casa. Y volvía, domingo tras domingo, hasta el mismo domingo en que murió. La señora Meany antepuso aquel amor tan hermoso —el

amor de una madre— a las terribles escenas que fueron fermentando como agua fecal en la mente atribulada de aquella pobre muchacha. Perseveraba, horneaba sus bizcochos, recorría aquel largo trayecto (con el bocio colgando) hasta el ferri y se sentaba, desolada, sosteniendo la mano de su hija, incluso cuando Lucy gritaba aquellas terribles palabras, demostrando a quien quisiera verlo que el amor de una madre era algo hermoso, luminoso e implacable contra lo que el diablo nada podía hacer.

Todas a un tiempo, las mujeres se recostaban un poco, sonriéndose la una a la otra ante la brillante conclusión que habían extraído de los desvelos de la señora Meany.

Y yo, quizá por timidez, quizá por la deferencia que siempre he sentido en presencia de monjas, o quizá por el respeto al decoro y las radiantes habitaciones de la señora Fagin, fui incapaz de preguntarles qué pasaría con Lucy ahora que su madre estaba bajo tierra.

También fue allí donde conocí la verdadera historia de la madre de Redmond Hogan. Redmond era coetáneo de Walter Hartnett, uno de aquellos muchachos de mi infancia que jugaban al béisbol callejero, quizá uno de entre la multitud que le había gastado aquella breve y terrible broma a Bill Corrigan cuando la ambulancia se detuvo frente a la casa equivocada. Lo mataron en Normandía y, antes de que se cumplieran seis meses de su muerte, se celebró el velatorio de su madre en la funeraria. Naturalmente, se relacionaron ambos eventos: la señora Hogan tenía seis hijos más, pero Redmond era el más joven y, según se decía, su ojito derecho. Murió de pena, esa fue la opinión general. Se dijo en su velatorio que, cuando le llegó la noticia de la muerte de Redmond, la señora Hogan intentó ponerse el sombrero y el abrigo, decidida por todos los medios a poner rumbo a la estación de Penn y tomar el tren hasta Washington, D.C., desde donde iría andando hasta la mismísima Casa Blanca a cantarle las cuarenta al señor Roosevelt. Fue Florence, su hija mayor —una pelirroja corpulenta que incluso llegada a la mediana edad seguía teniendo piel de porcelana—, quien contó esa historia en el velatorio, haciendo reír a todo el mundo con la determinación de su madre y con la habilidad con la que Florence la había convencido para que no llevara a cabo su plan. En lugar de ir a Washington D.C., se sentaron y escribieron una carta al presidente, que incluía una descripción de Redmond y lo que su pérdida suponía. Nada menos que cincuenta y dos páginas. Bastante sorprendente, añadió Florence, teniendo en cuenta que Redmond solo tenía veinticinco años.

Florence Hogan era una pelirroja enorme de piel hermosa y grandes ojos marrones, ataviada con un abrigo de cachemir y cuello ancho de piel que yo me había probado en el guardarropa de Fagin después de habérselo cogido en la entrada. Olía maravillosamente bien, a frío, a humo de cigarrillos, a algún perfume espléndido y aromático.

En el salón de la señora Fagin, las mujeres se apretaron mucho mientras yo les repetía la historia de Florence sobre la carta, y entonces se miraron las unas a las otras con tanta intensidad que parecían tocarse con los ojos, hasta que alguien dijo: «¿No era Florence la guapa, cuando era niña?». Las presentes asintieron. La señora

Fagin dijo: «Una rosa irlandesa», si bien yo sabía por el velatorio que en la familia de la señora Hogan había primos alemanes. «Una rosa irlandesa silvestre», añadió otra anciana, y todas dejaron escapar una carcajada compungida.

Se decía que cuando Florence Hogan era joven atraía todas las miradas con sus encantos, pero era una muchacha grandullona que había crecido muy rápido, y no debía de tener más de dieciséis años cuando empezó a salir con un hombre mayor que ella, salido nadie sabía de dónde; de White Plains, aclaró una de las hermanas con cierta autoridad, como si sus palabras provocaran el mismo efecto imposible que lugares como Tombuctú o Siberia o algún otro lugar remoto lleno de arena o nieve.

Ay, pero qué guapo era, dijo la señora Fagin. Altísimo y moreno. James Redmond se llamaba. No había ni un alma en el barrio que no se fijara en ellos cuando caminaban juntos por la calle agarrados del brazo... Debieron de salir juntos un año más o menos, noche tras noche... Y en ese punto las mujeres que ocupaban la sala de estar de la señora Fagin asintieron con gesto serio y guardaron silencio.

Y entonces James Redmond desapareció del barrio y a la bella Florence, tan grande y guapa como siempre, se la vio paseando sola.

Fue una de las hermanitas de los Pobres —una monja regordeta de rostro estricto y serio— la que se hizo entonces cargo de la historia, puesto que recordaba a la hermana, compatriota suya, que había estado presente en el nacimiento de Redmond Hogan veinticinco años atrás. En ese momento fuimos todas las que nos inclinamos hacia delante, si bien sospecho que yo era la única entre todas ellas que nunca había oído aquella historia, prueba quizá de mi propia ingenuidad o de la habilidad de los vecinos para no contar aquello que no deseaban que se supiera.

Fue Florence, dijo la monja con total naturalidad, quien dio a luz a su hermano. Pobre Redmond. Dios lo tenga en su Gloria. El hijo pequeño de Mary Jane Hogan.

Por un instante, al oír aquella historia, temí que todo lo que yo creía saber sobre los niños estuviera equivocado. La autoridad de las sencillas palabras pronunciadas por la hermana, venidas del interior de aquella toca blanca e inmaculada, era absoluta. La monja debía girar la cabeza y los hombros para poder verme, puesto que yo estaba sentada a su lado. «El ojito derecho de su madre», dijo, mirándome para asegurarse de que la había oído.

Me encontraba en las escaleras y me encaminaba a mi escritorio, situado justo detrás del guardarropa en la primera planta de la funeraria, cuando comprendí lo que parecía una premisa imposible: que Florence hubiera dado a luz a su hermano pequeño. Pero incluso entonces no pude evitar pensar que la monja tenía toda la razón, dijera lo que dijera la maldita biología.

Y luego estaba el obispo.

En una de las salas teníamos a una mujer que había trabajado como ama de llaves en una rectoría cercana: Margaret Tuohy. Una mujercita pálida de precioso pelo negro; sin teñir, me dijo Fagin con cierta sorpresa; una solterona. El cuerpo nos había llegado desde el tanatorio del hospital de Brooklyn College, pero daba la impresión de haber estado al cuidado de las hermanitas hasta el final. Fue una de ellas quien acudió a la funeraria con el vestido que el señor Fagin debía ponerle: un sencillo vestido recto de color negro a lunarcitos, un vestido de domingo adecuado para una mujer de su edad. No obstante, esa misma tarde llegaron unas cajas en una furgoneta de reparto procedentes de los almacenes Saks, en la Quinta Avenida. En su interior había un precioso traje de seda de un azul intenso, una blusa de seda blanca, una cadenita y un crucifijo de oro, todo pensado para ella. Apenas habían transcurrido veinte minutos desde la llegada del paquete cuando recibimos una llamada telefónica de un sacerdote con voz de locutor de radio. Se identificó como secretario de Su Eminencia Martin D. Tuohy, en Connecticut. Quería que supiéramos que el obispo acudiría al velatorio de su hermana aquella misma tarde. Preguntó si habíamos recibido «el vestido» y, en el fragor del momento con la entrega de las cajas de Saks y la anunciada visita del obispo, no solo dije que sí, que lo habíamos recibido, sino que además le detallé lo precioso que era y le di efusivamente las gracias. A su vez, él —puesto que no éramos sino meros delegados de terceros— me dio las gracias; sugirió que, una vez concluido el velatorio, la cadenita y la cruz de oro se donasen a las misiones.

El obispo tenía la piel pálida y el pelo negro negrísimo de su hermana. Al saludarlo —era lo más cerca que había estado de un hombre de semejante importancia desde mi confirmación—, me pregunté si su hermana también habría tenido los ojos de aquel mismo azul intenso. El obispo era el ser humano de aspecto más pul-

cro que yo había visto en mi vida. Vestía sotana negra
con ribetes rojos, un largo manto rojo y solideo, pero
fueron su piel pálida, sus ojos claros y sus hermosas
manos blancas lo que más me impresionó. No era un
hombre alto —su secretario, que resultó ser tan atractivo como su voz daba a entender, le sacaba más de una
cabeza—, pero al entrar en la sala en la que reposaba su
hermana, con su sola presencia cambió todo. Había allí
otros sacerdotes y hermanas —después de todo, Margaret Tuohy había estado mucho tiempo al servicio de la
Iglesia—, pero en aquella sala nadie podía competir con
el halo de santidad del obispo allí presente. El obispo se
acercó al ataúd de su hermana y se arrodilló ante él con
la cabeza inclinada. Todos lo miramos, en silencio. Incluso las suelas de sus zapatos estaban inmaculadas,
como si acabara de sacarlos de la caja. Lo vimos santiguarse y entonces, por primera vez, nos dio la impresión
de que miraba el interior del ataúd. Estiró el brazo para
tocar la mano de su hermana y, en ese momento, antes
de volver a ponerse en pie, miró hacia atrás en dirección
al guapo secretario y asintió con la cabeza, sonriendo
levemente, como si quisiera expresar su aprobación por
el precioso traje, o eso me pareció a mí.

Y entonces se fue como había venido, desapareciendo
con la elegancia y el aplomo de un ángel. Creo que a
Fagin le decepcionó. Creo que esperaba que el obispo se
quedara a dirigir el rosario. En su lugar, uno de los sacerdotes ancianos de la parroquia de la finada farfulló
aquella noche las oraciones a toda velocidad, chupándose el dedo y rascando una mancha de color blanco
pálido en su sotana durante lo que nos pareció una eternidad. Era el mismo sacerdote que al día siguiente diría

misa durante el funeral y acompañaría el cuerpo de la difunta hasta el cementerio, donde ya reposaban los restos de muchos otros miembros de la familia Tuohy. Nunca volvimos a ver a su hermano.

Ya en la sala de estar de la señora Fagin, me dio la impresión de que las mujeres recularon al contarles yo la historia de la entrega de Saks, el atractivo secretario, el olor a limpieza y santidad que desprendía la sotana del obispo. Yo aún estaba excitada por su visita, pero advertí que, a medida que la iba describiendo, aquellas mujeres lanzaban miradas por toda la estancia, volviendo el mentón hacia el hombro igual que haría un obrero, un jugador de béisbol o un muchacho de la calle listo para escupir.

—A Martin Tuohy —dijo una de las ancianas inmigrantes en tono solemne cuando terminé— le ha ido de maravilla.

El coro de murmullos de asentimiento con el que las allí congregadas recibieron aquella declaración no era sinónimo de aprobación. Su familia había sido pobre, me hicieron saber. De las más pobres de entre las pobres, dijeron. Se mudaban muchísimo, de un sitio a otro, de un barrio a otro. A Brooklyn llegaron desde el Lower East Side. El padre, cuando trabajaba, era estibador. La madre, cuando podía trabajar, lavandera. Habían sido más hermanos, pero el resto habían desaparecido hacía muchísimo tiempo; cuando llegaron a nuestro barrio solo quedaban Martin y Margaret. A Martin le había llegado la hora de ascender —entendí que se referían a la Ascensión— al seminario al poco de llegar, siendo todavía niño.

Pensé en Gabe, por aquel entonces en el extranjero, y

en aquel párroco que se había sentado a nuestra mesa y que les había dicho a mis padres que claramente se veía vocación.

Su hermana Margaret, dijeron las mujeres, «siendo generosas», no era una mujer de recursos. Ni una pizca —dijeron— de la inteligencia o el atractivo de su hermano, cosa que me sorprendió porque yo sí había advertido el parecido entre ambos, en el pelo oscuro y la palidez de la piel, pero por aquel entonces yo ya sabía algo de lo fina que puede ser la línea que separa a los guapos, que tenían todas las ventajas, de los demás mortales.

Tampoco tenía nada del refinamiento instintivo de su hermano, dijeron.

—Una muchacha bastante simple —la describieron—. Muy dulce —añadieron, queriendo mitigar así su crueldad—, pero no una de esas chicas que pudieras encontrar bailando en el Waldorf.

Tampoco, al parecer, se la vio en la ceremonia de ordenación de su hermano, ni en su consagración como obispo, ni en ninguno de los elegantes acontecimientos de su encopetada carrera. Aunque fue su hermano quien le consiguió el trabajo en la rectoría, dijeron las mujeres, eso había que reconocérselo, pero en todos esos años nadie lo vio visitar ni una sola vez a su hermana y, cuando las hermanitas se ocuparon de ella en sus últimos días —un cáncer ahí abajo, dijeron—y preguntaron en la rectoría si acaso no debería informarse a su hermano el obispo de que la hora de la muerte de su hermana estaba próxima, el sacerdote de la parroquia les respondió con estas palabras: «Tomamos nota. Su hermano la tiene presente en sus oraciones». Ella murió sin ver nada más que el enorme retrato que tenía de su hermano con su manteo y su cruz, rodeada de un montón de recortes de periódico que había ido recopilando aquí y allá a lo largo de los años y de la impresionante colección de latitas navideñas que guardaba en la repisa de la chimenea de su habitación, latitas que habían contenido los bizcochos de frutas que su hermano el obispo le había ido enviando un solitario año tras otro.

Se hizo un repentino silencio en la sala de estar de la señora Fagin; escuché el sonido de las tazas al chocar con los platillos, de las visitas abriendo y cerrando las manos.

Tampoco es que Margaret Tuohy estuviera resentida en lo más mínimo, dijo en voz baja una de las monjas. Era así de simple la pobrecita. Sabía que su hermano era un hombre importante y santo, ocupado en los trabajos del Señor.

Cierto, dijo otra.

Sentí que sus miradas me atravesaban de uno y otro lado. Sentí cómo se comunicaban entre sí, con aquellas miradas. Fui consciente de lo arrobada que debí parecer apenas hacía unos instantes, cuando describí la visita del obispo, sus manos pulcras, la ropa preciosa que había enviado. Era evidente que se estaban lanzando señales de advertencia para no alterar la impresión que aquel hombre me había causado con su propia y perspicaz evaluación.

Interrumpí aquel silencio:

—Era un traje realmente precioso. De un azul nunca visto. Debe de haber costado una fortuna —dije sabiendo que así me había puesto del lado del elegante obispo y su guapo secretario.

Las damas murmuraron una respuesta, «Ah, sí, cómo no», concediéndome el derecho a vivir engañada.

Pero entonces la pequeña señora Fagin, cuyos pies apenas tocaban el suelo iluminado por la luz del sol, levantó sus cejas blanquecinas, sonrió y canturreó con su acento irlandés, en un tono más elevado de lo habitual:

—Y de los almacenes Saks en la Quinta Avenida, nada menos.

Aquellas palabras atravesaron como un puñal la petulancia del obispo y la mía propia. Lo cierto era que el cuerpo de la señora Tuohy parecía un poco perdido en aquella seda azul del vestido. Su hermano no había podido siquiera saber, dijo Fagin, cómo aquella última enfermedad había consumido a su hermana hasta dejarla en los huesos.

Incliné la cabeza para tomar un sorbo del té dulce y ya frío y, cuando la levanté de nuevo, todas me sonreían con aquellos ojos suyos claros, misericordiosos, apesadumbrados e indulgentes. Sintiéndolo a su manera en el alma por lo tonta que era y quizá por lo tonta que sería siempre, encantada con semejantes fruslerías, engañada por cualquier idiota.

Naturalmente, no pude evitar comparar el destino de la hermana del obispo con el mío. Al bajar aquella misma tarde la escalera de entrada de la funeraria ya en penumbra, imaginé lo que las damas de la sala de estar de la señora Fagin dirían de mí si yo perdiera el equilibrio *à la* Pegeen Chehab y sufriera una caída fatídica escaleras abajo. Tuve la sospecha de que mencionarían a mi *pobrrrre* padre (harían el gesto de una copa levantada), mi *pobrrrrre* madre, otra viuda en su pajarera (y, quizá, se frotarían el índice y el pulgar). Y me pregunté si alguna de las damas reunidas en la tercera planta me había visto salir con Walter Hartnett.

No obstante, sería Gabe quien le daría a la breve historia de mi vida ese giro especial que hacía que las señoras se echaran hacia delante y se apretaran tanto en la sala de estar... Un chico guapo, orgullo de sus padres, que había vuelto a casa sin su alzacuello tan solo un año después de que le hubieran asignado su primera parroquia. Un misterio. Las imaginé a todas —a la diminuta señora Fagin y sus amigas cubiertas de encaje, a las hermanas con sus tocas— enarcando las cejas y dejando que las palabras fueran cayendo mientras asentían con la cabeza, pero por aquel entonces yo no habría sabido a qué se referían...

Fui incapaz de saber entonces si la historia de Gabe hacía que la mía fuera aún más escandalosa o si simplemente le añadía algo de pena, pero estaba segura de que aquellas damas de la tercera planta del edificio de la funeraria lo sabrían. Sabrían toda la verdad. Y sabrían también qué palabras elegir para que mi historia no pareciera tan cruel.

Y entonces, como inevitablemente cabía esperar, teniendo en cuenta el tamaño de nuestra parroquia y la estabilidad del negocio de Fagin, Walter Hartnett entró un día por la puerta de la funeraria. Cómo no.

Fue durante el velatorio de Bill Corrigan, en uno de los largos inviernos que tuvimos durante la guerra.

Apenas hacía una semana que yo había salido del metro una tarde de sábado húmeda y calurosa después de todo un día lloviznando. Sospeché que algo malo pasaba al ver el cauce de agua sobre la acera. Había estado de compras todo el día en la ciudad, visitando a Muriel en A&S y comiendo con Gerty y Durna. Nos habíamos sentado junto a la ventana en el restaurante y habíamos visitado muchas tiendas. Aquel día no había llovido demasiado en la ciudad, pero allí estaba aquel riachuelo de agua en la acerca ennegrecida cuando salí del metro. Al doblar la esquina y enfilar mi calle, vi el camión de bomberos a la luz de las farolas. Los bomberos estaban todavía recogiendo las mangueras negras y aún había pequeños corrillos de personas arremolinadas en la acera, aquí y allá. En el edificio de Bill Corrigan había varias ventanas abiertas y de algunas sobresalían las cortinas. El primer corrillo al que me arrimé fue el de la señora Shapiro, la casera que vivía en el entresuelo. Me dio la impresión de que llevaban mucho tiempo en la calle, por la manera en la que estaban apiñados, tiritando. Todas las mujeres abrazaban con fuerza los jerséis y abrigos a la altura del pecho, apretándose los antebrazos y los hombros con manos pálidas a la luz de las farolas.

—Es Bill —dijo la señora Shapiro al acercarme, callada y atónita—. Ha metido la cabeza en el horno mientras su madre estaba fuera —dijo—. Se ha matado con el gas.

La señora Chehab era muy alta y me miró con la boca firmemente cerrada y los ojos muy abiertos.

—Creo que ha habido una pequeña explosión —prosiguió la señora Shapiro— cuando forzaron la puerta para abrirla. Qué estupidez. —Se tocó la frente—. El portero no veía bien y encendió una cerilla, el muy bobo.

—Idiota —dijo enfadado el señor Chehab.

—Qué iba a saber él —dijo otra mujer.

—Una explosión y un incendio —repitió la señora Shapiro. Era una mujer delgada y enjuta de cara consumida—. Sofocaron el incendio con bastante rapidez. Solo sacaron el cadáver. —Mientras hablaba, el camión de bomberos comenzó a moverse entre resoplidos y estallidos.

Al otro lado de la calle se arremolinaba un grupo de mujeres junto a la escalera de entrada del edificio contiguo al de los Corrigan. La anciana señora Corrigan, ataviada con sombrero y abrigo como si acabara de llegar a casa, se encontraba entre ellas, sentada en uno de los escalones como una niña. A su lado estaba sentada una mujer corpulenta. Otra, la señora Lee de la confitería, estaba acuclillada a sus pies. También mi madre estaba allí, inclinándose hacia la anciana, que sacudía la cabeza y se golpeaba el regazo con el puño en una señal de duelo que para entonces yo ya conocía sobradamente. Flotaba en el aire el olor a combustible del camión de bomberos y, de forma menos precisa, a madera quemada. Desde donde yo estaba, oía los sollozos de la señora Corrigan y los ruegos de las demás mujeres, susurrados, para que entrara en casa, a salvo del frío y la humedad.

—¿Por qué se le ocurriría hacer algo así? ¿Por qué? —dijo el señor Chehab con el tono amable que empleaba habitualmente.

La señora Shapiro se aferró aún más firmemente a mi hombro, sacudió la cabeza y se tocó la nariz.

—Llevaba una vida muy solitaria —dijo, a modo de conclusión.

Dado que aquel fue uno de los largos inviernos que sufrimos durante la guerra, casi todos los muchachos ya convertidos en hombres que habían conocido a Bill Corrigan se habían marchado del barrio para luchar. Gabe se encontraba en una base aérea situada en Inglaterra. Así pues, el velatorio de Bill Corrigan se llenó de ancianos y muchachas del barrio como yo, apenas alguno de aquellos muchachos que habían convertido a Bill en el árbitro de sus partidos de béisbol callejero, su profeta y su sabio. A pesar de ello, su madre, quien según supe solo tenía por familia una hermana y una sobrina de Greenpoint, quiso que el velatorio durara los tres días de rigor.

Puesto que Bill Corrigan se había quitado la vida, no se celebraría misa en Santa María Estrella del Mar y tampoco se le podría enterrar en el cementerio católico, donde reposaban su padre y un hermanito. Aun cuando el señor Fagin ya había rechazado antes en alguna que otra ocasión hacerse cargo de algún caso de suicidio, es decir, de suicidios católicos: no había necesidad alguna de incomodar a la Iglesia, se dijo que ese velatorio de tres días iba a ser todo lo que le quedaría a la señora Corrigan, de modo que celebró el velatorio, con ataúd incluido y sin cobrar, por compasión.

Después de todo, me dijo el señor Fagin, Bill era un veterano de guerra. Quizá hubiera tenido mejor vida de no haberse alistado. A veces es mayor tormento para un hombre, dijo el señor Fagin, pensar en aquello que podría haber sido que vivir la realidad. Debería haber un término medio, dijo; un poco de acomodo. Dio un manotazo a la mesa.

—Si quiere que le sea sincero —dijo—, a veces la maldita Iglesia está ciega ante la vida. Ciega. —Y se santiguó y me pidió perdón—. Y ni se le ocurra contarle a nadie lo que acabo de decir.

Ya anochecía aquel segundo día de velatorio. Como los sacerdotes de la parroquia debían manifestar su desaprobación de algún modo, tuvo que ser Fagin el encargado de dirigir el rosario la noche anterior y aquella segunda noche también. De nuevo acudiría un nutrido grupo de personas, prácticamente los mismos vecinos que habían estado presentes la noche anterior, muchos de los cuales ya habían acudido a primera hora de la tarde y volverían a estar presentes al día siguiente, pero, por el momento, tan solo se encontraba allí la anciana señora Corrigan, con su hermana jorobada y su sobrina de mediana edad, que acababan de cenar y ya se habían sentado de nuevo en la primera fila de sillas, no sin antes —ritual que yo ya había observado muchas veces— mirar de nuevo al interior del ataúd, como queriendo comprobar si se había producido algún cambio desde que se ausentaron. Vi cómo la señora Corrigan limpiaba una mota de la solapa de su hijo, probablemente nada. Era, simplemente, costumbre de madre.

Fue durante el velatorio de Bill Corrigan cuando pensé por primera vez en el esfuerzo que debía de haberle supuesto a la señora Corrigan, durante todos aquellos años, vestir a su hijo con tanta pulcritud, con su camisa planchada y sus zapatos relucientes, un día tras otro. Me pregunté si no habría sido aquel traje lo que le había dado a Bill Corrigan su habilidad como árbitro, aquella clarividencia suya, al menos a los ojos de los muchachos que jugaban por aquellas calles. Una transformación, se me ocurrió entonces, no muy distinta a la transformación que los cinco vestidos del señor Fagin habían operado en mi vida.

Permanecí de pie en el umbral mientras las tres mujeres se acomodaban. Aún llevaba las gafas. Había añadido más recordatorios al pequeño atril. La señora Corrigan había elegido un recordatorio infantil: un niño con un gran ángel alado a su vera, llamando a las puertas del cielo. Yo acababa de pasar una de las hojas del libro de firmas cuando, al levantar la vista, observé un movimiento sutil en la mampara amarilla que había junto a la puerta de entrada. Una pequeña sombra que pasaba bajo la lámpara de la entrada y que, para mi vista entrenada, anunciaba la llegada de un visitante.

Antes de que tuviera oportunidad de quitarme las gafas, la gran puerta se abrió lentamente y Walter Hartnett entró cojeando. Yo sabía, naturalmente, que no había podido ir a la guerra por su cojera.

Se quitó el sombrero y miró a su alrededor. No había cambiado tanto. Puede que hubiera perdido algo de pelo. Puede que tuviera la cara algo más llena. Parecía haber ganado algo de peso, pensé en el momento en que me vio en el umbral y sonrió —la misma sonrisa de siempre— cruzando el recibidor. En cuanto abrió la boca, advertí que su aliento olía a licor.

—Muy buenas, Marie —dijo, con la misma sonrisa de oreja a oreja y aquellos preciosos ojos grises, ahora enrojecidos. Repentinamente, antes incluso de que yo tuviera oportunidad de saludarlo con un «Hola, Walter», se le llenaron los ojos de lágrimas.

—¿Me das tu sombrero, por favor?

Me dio el sombrero y entonces desvió la vista hacia la sala que había a mis espaldas, hacia las mujeres sentadas y, después, hacia el ataúd donde yacía Bill Corrigan. Walter levantó el mentón y volvió la cabeza hacia el lugar donde sus ojos ya le habían llevado.

—Menudo follón, ¿eh? —dijo. Una lágrima recorrió su tersa mejilla—. El viejo Bill —susurró—. ¿Por qué haría algo así? —y entró cojeando en la sala.

Destrozada, desde la puerta lo observé avanzar hacia el ataúd y arrodillarse ante él, con su zapato ortopédico en una posición extraña a su espalda. Inclinó la cabeza, con la frente apoyada sobre las manos en oración. Se quedó así, inclinado e inmóvil, durante uno o dos minutos mientras la anciana señora Corrigan, su hermana y su sobrina lo observaban respetuosamente y entonces todos lo oímos jadear y vimos cómo le temblaban los hombros rítmicamente, en una serie de sollozos silenciosos y agitados.

En ese instante, volvió a abrirse la puerta de entrada para anunciar la llegada de nuevos visitantes. Me quité las gafas y les presté toda mi atención. Cuando miré atrás, la mancha en la que se había convertido Walter estrechaba las manos de la señora Corrigan. Parecía sincero.

Lo vi cojear hasta el rincón más alejado de la sala y dejarse caer en la silla más alejada, en la última fila. Se limpió la nariz con la manga de la chaqueta, se pasó las manos por la cara y luego por el pelo y, entonces, buscó un pañuelo que se llevó unos instantes a la nariz y devolvió al bolsillo interior de su chaqueta. Tuve que ocuparme de llevar los sombreros y abrigos al guardarropa y dar la bienvenida a las mismas personas a las que había dado la bienvenida la tarde anterior. Cuando volví a mirar a Walter, había vuelto a sacar el pañuelo de la chaqueta, y esa vez sí reconocí el gesto como lo que en realidad era: una recreación de la pantomima de la botella de las señoras del piso de arriba. De haber llevado las gafas puestas, habría visto que no era un pañuelo lo que Walter se sacaba de la chaqueta y se llevaba a la cara sino una petaca. Cuando volví a mirarlo, se había dejado caer en la silla y había inclinado la cabeza. Parecía estar mirándose fijamente las manos, ahuecadas sobre su regazo.

Al concluir el rosario, ya entrada la noche, Walter Hartnett ni se movió. Me tocó repartir los abrigos entre los asistentes. Yo ya tenía bien desarrollado un sistema un tanto peculiar: olfateaba cada abrigo cuando me lo entregaban. Espuma de afeitar, perfume, naftalina, sudor, humo... y volvía a olfatearlo cuando me lo pedían. Sin duda alguna, una manera extraña de identificar a su propietario, propia de un ciego, pero el señor Fagin había alabado su eficacia. Mi madre también estaba presente aquella noche, pero como yo tenía una cita a las diez con un guardamarina en el metro, le dije que se fuera a casa andando con la señora Chehab. Mi madre, naturalmente, había visto a Walter y me susurró que debía acercarme a él y ofrecerle unas palabras de consuelo, pobre hombre. Con la confianza en mí misma que me otorgaban mi Noche en París, mi ajustado vestido de lana y el tiempo pasado en la funeraria, volví a ponerme las gafas y fui a sentarme a su lado.

El señor Fagin estaba de pie en aquella sala en la que había vuelto a hacerse el silencio —tal era el ritmo y el ritual de todos los velatorios— acompañado de las tres mujeres, que una vez más contemplaban las mejillas rosadas de Bill Corrigan en su ataúd, se daban las buenas noches de nuevo en voz baja y una vez más, ahora solo su madre, lloraba en silencio.

Walter las observaba y asintió cuando me senté a su lado, pero sus ojos apenas se posaron un instante en mi cara antes de fijar la mirada en mi vestido. Se lo perdoné en seguida porque Walter había llorado por Bill Corrigan y, quizá, porque el olor a alcohol en un hombre todavía me resultaba embriagador.

Su mirada permanecía fija en la espalda de las tres mujeres.

—Yo nunca tuve un padre de verdad —dijo, e inmediatamente supe que estaba muy borracho—. Mi viejo no se preocupó mucho por mí de niño. No le gustaba mi pierna. Como al juez ahora. —Se rio, pero para sí—. Zurraba a mi madre cuando no estaba de humor, a mí tampoco tenía gran cosa que decirme y luego se murió. —Pronunció aquellas palabras con dureza, casi mordiéndolas—. Eso es todo. —Me miró de nuevo. Sus ojos grises parecían ahora perdidos—. Bill el Grandullón era mi amigo —dijo—. Nosotros... —Parecía estar buscando la palabra y sonrió al descubrirla—... nosotros deliberábamos. Sí, eso es lo que me decía él: «Vamos a deliberar». Él deliberaba conmigo y yo con él. Nadie había deliberado conmigo hasta entonces. —Tenía la mirada fija en el pasado—. «No te vayas muy lejos», me decía todos los días al verme aparecer. Me ponía aquella mano vieja y grandota en la muñeca: «Igual tenemos que deliberar». Siempre quería conocer mi opinión.

Y miró hacia la entrada de la sala, donde el señor Fagin, gentilmente, había apartado del ataúd a las tres mujeres y con igual gentileza las conducía hacia la puerta. Lo vi mirarme. Las tres señoras necesitarían sus abrigos. Yo debía encontrarme con mi guardamarina a las diez.

—Y tú fuiste un buen amigo para él, Walter —dije yo, con mi voz de ángel del consuelo. Ni siquiera supe si había sonado sincera.

Una vez más, posó sus ojos en mi cara y después pasó al pecho, una mirada borrosa e indiferente.

—A los dos nos tocó la peor parte —dijo. Durante una fracción de segundo creí que se refería a nosotros dos. Pensé que estaba disculpándose, pero a continuación añadió—: A Bill y a mí.

Afortunadamente, tuve que excusarme un instante. Me acerqué a las tres mujeres que ya se encontraban en el recibidor y en la puerta ayudé a la señora Corrigan a ponerse el abrigo. El señor Fagin había dispuesto que todos los días unos de sus ayudantes las acompañara hasta Greenpoint (que él pronunciaba «Greenpernt»), ya que el piso de los Corrigan había sufrido daños a causa del fuego y el uso de las mangueras. Así que junto al señor Fagin, las acompañé hasta el coche que las esperaba en la calle y, cuando él abrió la puerta del coche, sentí todo el peso de la señora Corrigan en mi brazo. Me acordé de cómo solía acompañar a su hijo, a su muchacho, escaleras abajo todas las mañanas hasta la silla de cocina, la mano de Bill agarrada al brazo de su madre, como una novia aferrada al brazo del novio. Volví a pensar de nuevo en el esfuerzo que debió de haberle costado a la señora Corrigan acicalar a su hijo todas las mañanas, con su camisa planchada y su traje impoluto.

Cuando el coche se alejó de la acera, di media vuelta. Walter Hartnett estaba a los pies de la escalera de entrada, sombrero en mano. El señor Fagin le dio las buenas noches, me miró y entró en la funeraria. Cuando Walter se acercó le dije «Lo siento mucho, Walter» en tono profesional. Me miró. Daba la impresión de haber recobrado tanto la compostura como parte de su encanto y de sus andares un tanto arrogantes, a pesar de llevar los ojos inyectados en sangre. Había cogido un recordatorio. Vi una de las esquinas de uno asomando del bolsillo de la pechera.

—Deberían enterrarlo con esa silla —dijo, sonriendo de nuevo—. ¿Te acuerdas de la silla en la que se sentaba todos los días?

Asentí.

—Justamente estaba pensando en eso. —Puede que fuera aquella la primera vez en toda mi vida en que comprendí la sencillez de aquel vínculo, de compartir un barrio como lo habíamos hecho nosotros, de compartir un tiempo pasado.

—Allí sigue —añadí, como si aquello tuviera que sorprender a Walter—. Al menos allí seguía esta mañana. Nadie se ha atrevido a meterla en casa.

Se balanceó un poco.

—¿Me lo dices en serio? —dijo, seguido de un «¡Ostras!». Inspeccionó la calle, pero sin interés—. Yo ya no vengo por aquí. Me llevé a mi madre al Bronx, para que estuviera más cerca de nosotros.

Me sorprendió aquel tono cortante con el que había pronunciado aquel «nosotros».

—Algo me pareció haber oído —dije, acercándome a la puerta de la funeraria—. Creo que me lo comentó mi madre.

—El Bronx está mucho mejor. —Arrastraba las palabras. Tocó el recordatorio, o quizá fuera la petaca—. No le desearía este barrio ni a un perro.

Extendí la mano. Algo había aprendido del señor Fagin sobre el trato con la gente.

—Buenas noches, Walter —dije. Miró mi mano extendida, pero no la estrechó.

—Me consideraron no apto, ¿sabes? —dijo—. Por cojo.

—Claro —dije yo.

—Yo quería alistarme, más que nada en el mundo.

—Claro —dije de nuevo, y bajé la mano.

—En los marines.

Asentí. Me lo imaginé como una especie de ayudante

de campo, deliberando con Patton o con McArthur, las manos a la espalda.

—Mi hermano está en el ejército del aire —le dije yo—. En Inglaterra.

Walter se removió, incómodo. El olor a cigarrillos y alcohol parecía formar parte de la hechura de su traje. Seguía fascinándome el alcohol en el aliento de un hombre.

—El ejército del aire es para mariquitas —dijo Walter—. A mí déjame los marines.

Me encogí de hombros. Era consciente de la diferencia entre aquello en lo que Walter Hartnett se había convertido en mi recuerdo y el Walter real, de carne y hueso, más gordo que antes, con toda aquella mordaz sofisticación suya reducida ahora a un triste infantilismo. Que me siguiera fascinando era una locura.

—Mientras esté a salvo —dije yo—, lo demás me da igual.

Walter me miró detenidamente, quizá con algo de desconfianza.

—¿Quieres tomar algo? —preguntó—. ¿Has terminado de trabajar?

Caí entonces en la cuenta de que a Walter no le había sorprendido encontrarme en la funeraria de Fagin; de alguna manera, antes de entrar, se había enterado de que yo trabajaba allí; a lo mejor también su madre lo tenía al tanto.

Negué con la cabeza.

—Ya he quedado con alguien —le dije y vi que me miraba el pecho, bizqueando levemente como si quisiera descifrar los nombres de los muchachos cuyas manos habían tanteado mi sujetador desde su última visita.

—¿Algún novio? —preguntó, y cuando me limité a encogerme de hombros por respuesta, se balanceó levemente y dijo—: Entiendo.

De pie a su lado entre la luz de la farola y la luz que se colaba por la puerta de Fagin, supe que allí mismo se me presentaba una oportunidad, la oportunidad de devolvérsela, de devolverle el dolor que me había causado. La oportunidad de decir: «Un guardamarina, de hecho. Un marinero sin taras». ¿No habría recibido entonces Walter Hartnett su merecido?

Pero Walter Hartnett había querido al ciego Bill Corrigan desde que era un muchacho solitario y había deliberado con él en la acera, junto a la silla de cocina de Bill. Walter y Bill: tú, ciego; yo, cojo. Fue Walter quien había dicho: «No, Bill, ella no», cuando incluso Gabe había sido incapaz de ser amable. Walter quien había venido esta noche —quizá el único de sus coetáneos que se había quedado en la ciudad— desde el Bronx para llorar como un niño antes de que la muerte de Bill Corrigan cayera para siempre en el olvido.

Extendí la mano una vez más.

—Me alegro de verte, Walter. —Y esa vez él me devolvió el apretón—. Acordémonos del pobre Bill en nuestras oraciones —dije yo, porque si bien Walter Hartnett no me había amado a mí, no cabía duda de que sí había querido a Bill Corrigan y el cariño que sentía por él le había roto el corazón.

Negó con la cabeza.

—Más bien él tendrá que rezar por nosotros. Bill se ha retirado del partido.

Le vi buscar algo a tientas en el bolsillo de la pechera mientras caminaba bajo la luz de las farolas, zigzagueando un poco, pero no era la petaca lo que buscaba, sino el recordatorio. Justo antes de que doblara la esquina, vi el recordatorio en sus manos, a la luz de la farola.

De los quince pacientes o más que había en la sala de espera, ninguno estaba solo. Se lo comenté a mi hija, que levantó la vista de la revista, miró alrededor y dijo:

—Es verdad.

—Qué bien —dije. Era la consulta del cirujano oculista. Aquella mañana le tocaba «hacer las cataratas».

—Te piden que vengas con un acompañante para ayudarte a volver a casa —dijo Susan—. Está en las instrucciones que te dieron.

—Digo yo que si alguien viene solo, podrá coger un taxi —susurré.

Yo ya llevaba cinco años viuda, ocho sin Gabe, treinta sin mi madre en este mundo y más de sesenta (¿sesenta y seis, quizá?) desde la muerte de mi padre y, aunque podía contar con mis cuatro hijos, a veces sentía que esta época de mi vida era fruto de una negociación sostenida desde un lugar elevado y precario. Por cada muestra de cariño que mis hijos me daban, por cada vez que me llevaban al médico, por cada recado hecho o por cada cena compartida los días de fiesta, me imaginaba cómo me las apañaría si mis hijos no estuvieran allí, si no pudieran acudir, si tuvieran algún compromiso.

—No —dijo Susan en voz baja—. En el papel ponía que debías venir acompañada por alguien que te llevara a casa. Otra persona —añadió.

Hice una pausa.

—Imagino que también podrías llamar a un servicio de chicos de compañía si no tienes a nadie —dije. Cuando mi hija soltó la revista con impaciencia, añadí con rapidez—: Es broma.

Susan volvió a coger la revista.

—Tranquilízate —dijo amablemente pero haciéndome callar. Susan había pasado una mala mañana con los niños, o eso me había contado nada más llegar a casa, y no tenía ganas de ir a trabajar cuando concluyera mi operación. En su despacho todo el mundo estaba de los nervios, algo relacionado con un caso muy importante y un juicio que no tardaría en celebrarse. Y encima el médico iba con retraso.

Los pacientes que nos rodeaban eran todos de mediana edad o mayores: los de mediana edad sentados junto a sus acompañantes —esposos o amigos—, los mayores, todos ellos, con acompañantes jóvenes. Sus hijos, no cabía duda, si bien la mujer de mayor edad en la sala iba acompañada de una chica negra, jamaicana a juzgar por su acento, una enfermera o auxiliar. Particular. Mira tú por dónde, pensé yo. Una chica de compañía. Pero no dije nada.

El doctor salió ataviado con una bata azul pálido con todas las cintas de su uniforme colgando, como si hubiera tenido que vestirse aprisa y corriendo: las cintitas de la bata, las que servían para atarse el gorrito, las que sostenían la máscara que llevaba caída a la altura del cuello, las que colgaban de sus pantalones atados con un cordón, algo que siempre me pareció poco digno para un profesional. Le colgaban o, quizá, lo perseguían, puesto que iba muy retrasado y la consulta se había llenado de pacientes de mirada expectante.

Se acercó a una de las dos mujeres sentadas solas en lados opuestos de la sala. «¿Es usted la hija de la señora Tal o Cual?». No oí el nombre. La mujer, con vestido azul y piel bronceada, atractiva, se incorporó con ansiedad, pero dijo: «No». El doctor se acercó a la segunda mujer, que era algo rellenita y casi se salía de la silla. «Soy yo», dijo cuando se le acercó el doctor. «¿Es usted la hija de la señora Mengana?», volvió a preguntar. Y ella dijo: «Sí».

—Ha ido muy bien —dijo el doctor—. Está en observación. La mantendremos en observación un poco más. Pongamos… unos veinte minutos. Después podrá usted llevársela a casa.

—Gracias —dijo la mujer.

El médico cruzó nuevamente la puerta por la que había entrado. Otra puerta se abrió en la pared opuesta y llamaron a otro paciente. Un hombre esta vez, de unos sesenta años, que dejó a su esposa, su hermana o su amiga con apenas una palmadita en la mano. Solo se trataba del preoperatorio, le informó la sonriente enfermera.

Apenas había transcurrido media hora cuando la puerta del médico se abrió de nuevo y este salió, arrastrando sus cintas. Se dirigió a la atractiva mujer de vestido azul y le preguntó, como si nunca antes hubiera hablado con ella: «¿Es usted la hija de la señora Zutana?». Esa vez, la mujer dijo que sí.

—Ha ido muy bien —dijo el doctor—. Está en observación. La mantendremos en observación un poco más. Pongamos... unos veinte minutos. Después podrá usted llevársela a casa.

Desapareció, la puerta de la enfermera se abrió de nuevo y llamaron a otro paciente. La anciana con la enfermera jamaicana. «Solo el preoperatorio», dijo amablemente la enfermera mientras la anciana cruzaba el umbral.

Transcurridos exactamente veinticinco minutos, el doctor regresó una vez más. «¿La señora Holybody?» o algo por el estilo —confundía los nombres— fue lo que le dijo a la acompañante del hombre que había entrado, lanzando una mirada breve y cautelosa a la chica negra, que era la única persona que quedaba sin acompañante. «Sí», dijo la esposa.

—Ha ido muy bien —dijo el doctor—. Está en observación. Lo mantendremos en observación un poco más. Pongamos... unos veinte minutos. Después podrá usted llevárselo a casa.

Se marchó. La puerta de la enfermera se abrió una vez más. Susan ya había dejado la revista sobre su regazo en más de una ocasión.

—¡Qué mareo! —le dije mirando a Susan.

—Al menos, es constante —me respondió.

Otra hija, cuya madre acababa de entrar («Solo el preoperatorio», informó la sonriente enfermera), nos miró y sacudió la cabeza.

—Me parece increíble —susurró.

Los productos acabados, con gafas de sol de plástico, comenzaron a salir por otra puerta. Sus acompañantes se levantaban para recibirlos con una contenida alegría.

Recordé la escena que había presenciado en el aeropuerto un mes antes, mientras aguardaba a mi hijo en el carril de espera después de haber visitado a Gerty en Florida: los coches estacionaban en la acera y el amigo o pariente que esperaba levantaba una mano de la maleta, intercambiaban sonrisas, un abrazo, un entusiasta apretón de manos, una singular euforia, no solo —de eso estaba segura— por el encuentro (era imposible que aquellos neoyorquinos se cayeran tan bien entre sí) sino por todo aquello que habían sorteado sanos y salvos (el despegue, el aterrizaje, el lugar de encuentro previamente acordado, el trayecto hasta el aeropuerto), por todos los riesgos que habían corrido y por todas las posibles situaciones críticas que habían logrado evitar, por todo ello había en cada uno de aquellos reencuentros normales y corrientes un aire de celebración y dicha. Qué cosas, pensé, acordándome del señor Fagin, de la resurrección y la vida en ese pedazo concreto del aeropuerto de LaGuardia. Y hasta Tommy, mi hijo mayor, que nunca había sido muy dado a las muestras de afecto, me dio unos golpecitos en la espalda al abrazarme antes de coger mi maleta de la acera.

—Ha ido muy bien —dijo el doctor—. Está en observación. La mantendremos en observación un poco más. Pongamos... unos veinte minutos. Después podrá usted llevársela a casa.

Entonces, la enfermera del «Solo el preoperatorio» me llamó.

Una vez concluida mi operación, Susan se levantó para ayudarme con menos entusiasmo que el mostrado por los demás acompañantes, quizá porque llegaba muy tarde al trabajo. Pero en el ascensor dijo:

—¿Sabía lo de tu desprendimiento de retina, verdad? ¿Se lo mencionaste, no?

—Claro que sí —le dije, pero lentamente me llevé la mano a la mejilla izquierda.

Recordé entonces que la catarata que se suponía que debía operar era la del ojo derecho. Vi a mi hija levantar la barbilla y, a pesar de que allí no había nada que oler más que la moqueta y el ambiente insulso del ascensor, la vi apretarse las fosas nasales una vez, dos veces, un gesto idéntico al de mi madre.

—Porque no ha dicho que todo había salido bien —dijo Susan. Podía oír cómo se aceleraba su voz de abogada—. Ha dicho que había tejido cicatricial. De una cirugía previa. Como si fuera una gran sorpresa. Y ha dicho que probablemente necesitarás un trasplante de córnea si no quieres perder ese ojo.

En el coche, Susan volvió a preguntar:

—¿Le dijiste que ya te habían operado hace un tiempo, no?

—Claro que sí —respondí—. Me preguntaron por mi historial completo.

Yo ya empezaba a sentirme responsable del error del médico. Una conclusión a la que no es difícil llegar cuando eres una anciana que vive sola. Cuando habitas la cornisa de un lugar elevado y precario. Quizá yo había confundido la derecha y la izquierda, como solía pasarme de niña.

Susan golpeó el volante con la palma de la mano.

—Joder —dijo—. Te ha operado el ojo que no era.

Hacía mucho tiempo que yo había dejado de regañar a mis hijos por el lenguaje que empleaban citando a la señora Fagin con el dedo levantado. Aquel mundo era un lugar más ordinario y vulgar que el que yo había conocido. Imagino que ese era el lenguaje necesario para habitarlo.

—Te dije que deberíamos haber ido a la ciudad para operarte. Los médicos de las afueras están locos por sacarte dinero. Ya has visto cómo lleva aquello. Como una fábrica —dijo Susan.

—Entonces que me la trasplanten —dije con indiferencia, sabiendo que no lo haría. ¿Una córnea arrancada de un cadáver, después de todos los cadáveres que había visto? Ni en broma.

—Deberíamos denunciarlo —dijo mi hija—. Por negligencia.

—Lo hecho, hecho está —respondí.

Pero Susan insistió.

—Te estoy hablando en serio —dijo—. Es evidente que la ha cagado. Y ahora tendremos que buscar otro médico. Esta vez vamos a ir a la ciudad y tendrán que operarte otra vez. Y yo tendré que pedir más días libres en el trabajo. —Como si cada una de aquellas cosas exigiera el mismo esfuerzo de todas las partes implicadas—. Hay daños. En serio, deberíamos denunciarlo.

Yo estaba pensando en aquella cornisa elevada y precaria hacia la que te empujaba la vida, la cornisa en la que vives cuando eres una anciana que estás sola, tengas o no tengas cuatro buenos hijos. Me recordaba en aquel viejo hospital de la ciudad con mis ojos cubiertos de esparadrapo, hablándole en voz alta a una habitación vacía. Aunque aquella vez no, aquella vez no estaba vacía.

Aparcamos. Aunque hacía muchos años que habíamos retirado la cochera cubierta, yo aguardaba el instante en que su sombra me cobijara al salir del coche. Mucho mejor para mis ojos.

—¿Tú qué opinas? —preguntó Susan.

Yo estaba pensando en los años que habían transcurrido desde que habíamos retirado la vieja marquesina y en lo tonta que había sido por haber olvidado o confundido la época en la que vivía. Cosa que haría bien en no compartir con nadie.

—Mi hermano a veces decía: «El necio que calla es tenido por sabio». Creo que era de la Biblia —le dije.

—Jesús, mamá —murmuró Susan—. No me vengas con historias del tío Gabe y su pluma. Dime lo que quieres que haga.

Sentí el golpe seguido de un dolor agudo, un eco. Una repentina calma en el coche. Había oído a mis hijos utilizar esa misma expresión en muchas ocasiones, bromeando entre sí. Yo sabía que lo hacían sin mala intención. Así veían ellos el mundo.

—Lo siento —dijo mi hija con brusquedad—, pero te lo digo en serio. Lo que te acaba de ocurrir es muy grave. ¿Cuánto tiempo crees que podrás seguir viviendo aquí sola si pierdes la visión en un ojo? Podría empezar la cuesta abajo. —Sentí su mano apretada contra la mía—. Solo creo que alguien debería pagar por todas las molestias a las que vas a tener que enfrentarte. De verdad creo que deberías buscar algún consuelo.

Sacudí la cabeza para contrarrestar su seriedad. Había algo de mi hermano en esa seguridad suya sobre cómo debía funcionar el mundo.

—Tonterías —dije. Intenté reírme—. No necesito consuelo.

La oí suspirar con falsa paciencia.

—¡Una indemnización! —gritó—. Creo que debes pedir una indemnización. Por daños y perjuicios.

Me reí de nuevo, esa vez de verdad.

—No habrá oportunidad —respondí—. No en esta vida.

Ya en casa, me preparó una taza de té y, apresuradamente, un bocadillo de jamón. Me instalé en el sofá del invernadero, con una manta y una almohada. Mi hija me besó en la coronilla.

—¿Estarás bien?

Obviamente, comprendí que mi hija no esperaba oír una respuesta sincera.

—Estaré bien —dije—. Será mejor que te des prisa.

—Helen se pasará esta tarde —dijo—. Yo me pasaré por la mañana.

—Sois buenas chicas —le respondí.

Cerré los ojos. Sentía la imponente presencia de mi hija sobre mí. Vestía un traje de chaqueta oscuro.

—No pretendía herir tus sentimientos con lo del tío Gabe —dijo, pero entonces añadió, con una risita—: Todos estamos bastante seguros de que era gay.

Yo ya había escuchado antes aquellas discusiones que se traían mis hijos. Charlaban de ello con gran desenfado, mucha ligereza y gran animación, como si estuvieran hablando de algún personaje de la televisión. Me llevé la muñeca a los ojos, para darle a entender que estaba cansada.

—Yo no veo el mundo como lo veis los jóvenes —dije.

—A veces no lo ves en absoluto —dijo Susan dándome la espalda.

La última palabra. Tuve que reírme. Era hija mía.

—¿Usted otra vez? —dijo el joven, haciendo una pequeña reverencia antes de tomar asiento a mi lado—. Creo que ya nos conocemos. Yo conocía a su hermano.

Llevaba mis gafas en el bolso, pero aun llevándolas puestas, no habría relacionado aquella delgada mancha propia de un hombre joven con el muchacho regordete y rubicundo que — reconoció entonces—se habría mordido la lengua cuando volvió a llamar «padre» a mi hermano incluso después de que Gabe le hubiera explicado muy amablemente que ya no era sacerdote. En la calle Court, antes de la guerra.

—¿Sería de mala educación preguntarle qué ocurrió? —dijo—. ¿Por qué abandonó el sacerdocio? Parecía un buen sacerdote. Siempre daba buenos sermones.

—Sí, lo sería —dije ya suavizando el tono, porque, después de todo, él había cruzado toda la sala, una fiesta abarrotada en un hotel, una fiesta de bienvenida en honor a un chico al que yo apenas conocía, el amigo de un amigo de Gerty, para sentarse a mi lado—. El sacerdocio no era lo suyo —dije y, ablandándome aún más, añadí—: Una vez me explicó que fue porque le amenazaron con expulsarlo del seminario por fumar. Me dijo que después de aquello era incapaz de encender un cigarrillo sin cuestionar su vocación.

Tenía una cara redonda, inocente.

—No me diga.

Agité la mano. Y en ese mismo momento decidí ponerme las gafas. No me interesaba alguien con tan poco sentido del humor.

—Es broma —dije, sacando las gafas del bolso.

Alguna vez había oído a mi madre responder a quienes insistían en averiguar por qué Gabe había regresado a casa para cuidar de su madre, tras la muerte de nuestro padre, con un «¿Qué otra cosa podía hacer un hijo?», pero yo no tenía ganas de arriesgarme a llorar como una tonta, hablando de esos asuntos con aquel escuchimizado desconocido.

Visto con claridad, aquel desconocido estaba realmente flaco, el cuello de la camisa no le rozaba el cuello y, en consecuencia, el nudo de la corbata parecía suelto. Tuve la impresión de que, bajo la ropa, la carne ni siquiera llegaba a tocar la tela. Las sombras de sus pómulos que yo había atribuido a mi mala vista eran reales. Incluso los puños de la chaqueta y la camisa parecían demasiado holgados. Las manos, escondidas bajo la chaqueta, parecían de una palidez infantil.

—¿Acabas de volver? —pregunté, con un tono cada vez más suave. Empezaba a reconocer el aspecto de un soldado que había sufrido durante la guerra.

—Ya llevo aquí un tiempo —dijo, y frunció los labios con la tristeza de un payaso. Entonces, levantó la mano y se la pasó por delante de la cara, como en un número cómico, y de nuevo me sonrió. Tenía unos dientes adorables, pequeños y blancos.

—¿Dónde estabas destinado? —pregunté, pero él sacudió la cabeza con una fugaz mueca a lo Bogart y me preguntó:

—¿Qué hace ahora tu hermano?

Le dije que ahora estaba en casa con nosotras, en su trabajo de siempre. Pensaba ir a la universidad.

—¿Casado? —preguntó. Al decirle que todavía no, asintió, como si comprendiera algo que yo no era capaz de entender—. Un sacerdote nunca deja de serlo —dijo, con más prudencia de la que yo estaba dispuesta a atribuirle.

Hice un gesto rápido con la mano para rechazar el cliché.

—Ah, hay muchísimas chicas haciendo cola por él —dije y, por la manera en que bajó la vista hacia la copa, supe que lo había violentado.

Levantó la cabeza para dar un trago. ¿Se alargaría la incomodidad de una conversación vacilante con un desconocido en una sala abarrotada, u optaría uno de los dos por marcharse? Gerry y las dos otras chicas con las que había ido estaban perdidas entre la multitud. Si aquel desconocido se marchaba, me quedaría sola.

—¿Y qué me dices de ti? —le pregunté, más que nada por no quedarme sentada allí sola, pero también por el inconfundible tirón de compasión hacia un chico que lo había pasado tan mal durante la guerra.

—Como ves, aquí no hay ninguna chica haciendo cola por mí —dijo levantando las manos y ruborizándose tanto que se notaba su sonrojo incluso a través de su cabello ralo.

Y su rubor, a su vez, hizo que yo me ruborizara. La cosa no iba bien.

—Me refería al trabajo —dije—. ¿Has vuelto a trabajar?

Asintió.

—He vuelto a mis patrióticos quehaceres —dijo haciendo un saludo militar—. A fabricar cerveza.

Y entonces hice memoria y recordé perfectamente el día en que mi hermano y yo nos lo habíamos encontrado en la calle Court, a finales de agosto, antes de la guerra.

Esa misma noche, más tarde, le pregunté:

—¿Cómo me reconociste habiéndonos visto una sola vez y hace ya tanto tiempo?

Así yo le brindaba la oportunidad de responderme «Ah, te reconocí al instante. Te he recordado todos estos años», pero se rio y confesó que lo cierto era que no me había reconocido. Que estaba sentado con un grupo de amigos en el extremo opuesto de la sala y que una de las chicas explicaba quién era quién señalando con un dedo saltarín de uno a otro invitado y que finalmente ese dedo cayó en mí. Me había relacionado con el joven sacerdote al que había conocido hacía años, el sacerdote con el que se había topado por la calle, sin alzacuello, alejado ya del sacerdocio. Preguntó y se enteró de que, en efecto, Gabe era mi hermano.

Y entonces había cruzado la sala para presentarse: Tom Commeford, aunque yo no recordaba su nombre.

Nos encontrábamos a los pies de la escalera de entrada de mi edificio. Me había acompañado a casa desde el hotel y ya habíamos quedado en ir juntos al cine nuestra próxima noche libre. Se rio cuando le conté dónde trabajaba porque dijo —sin duda, era curioso, las vueltas que daba la vida— que había sido un velatorio celebrado en la funeraria de Fagin lo que lo había llevado hasta la calle Court aquella cálida tarde de agosto, antes de la guerra.

De pie en el metro, camino a casa, se inclinó hacia mí y me susurró en la oreja:

—¿No podría decirse que, más o menos, nos dedicamos a lo mismo? Gente que la palma y gente que empalma una cerveza tras otra, gente que vela y gente que pasa la noche en vela.

Y así podría haber seguido de no haber perdido yo el equilibrio en el momento en que el vagón se balanceó y lo agarré del brazo. Me había dado unas palmaditas en la mano, para tranquilizarme.

Era delgado, apenas unos centímetros más alto que yo, con una calva incipiente y cara redondeada. Debería haber sido más galante y haberme dicho «Pues claro que me acordaba de ti».

Se levantó el sombrero con una mano y extendió la otra.

—Encantado de haberte conocido —me dijo a la luz de la farola frente a nuestra casa—. Encantado de haber coincidido contigo otra vez —añadió.

Le cogí la mano y me sorprendí diciendo:

—¿Te gustaría subir a casa? A Gabe le encantaría verte.

Negó con la cabeza.

—Ah, no creo que me recuerde.

Miré por encima del hombro y vi que había luz en la habitación de mi hermano. Estaría leyendo. Leía tanto que apenas dormía. Quería ir a la universidad.

—Gabe recuerda a todo el mundo —dije—. Tiene esa habilidad.

Me sonrió, con aquella dentadura tan hermosa.

—Lo saludaré.

Subió las escaleras detrás de mí y dijo, en tono jovial:

—Tu madre no será italiana, ¿no? —Me detuve en el primer rellano a observarlo. Bajo el ala del sombrero, se había sonrojado—. Las únicas Marie que conozco son italianas —dijo con la mano apoyada en la barandilla, sin aliento.

Aquella pregunta suya demostraba que Tom había estado pensando en mi nombre mientras subíamos las escaleras: no en el estado del edificio, que a mí me parecía algo deslucido bajo los cuidados del nuevo casero, ni en la forma de mi trasero, ni en lo tarde que era, ni siquiera en la posibilidad de que una vez en el interior de nuestra casa le ofreciéramos algo de beber, sino en mí. En mi nombre. Cuando nos detuvimos, yo le llevaba cuatro escalones de ventaja. Con su cara levantada hacia la mía, se quitó el sombrero y en sus ojos vi el mismo pánico repentino que había inundado su mirada cuando, aquel día de verano, se había equivocado al volver a llamar «padre» a mi hermano.

—¿Una pregunta impertinente? —dijo en voz baja, en un tono de voz que reflejaba la historia de sus propios fracasos sociales o, tal vez, sus ofertas fallidas de cariño y amistad. Se removió, algo incómodo—. No tengo nada contra los italianos.

No pude evitar reírme. Me sonrió, todavía inseguro, todavía en la oscuridad, pero agradecido por poder seguirme.

—Es de George M. Cohan —dije yo.

—Ah —dijo, y asintió, como si entendiera perfectamente lo que yo quería decir, pero su fingimiento duró
apenas un instante. Volvió a poner cara triste. Quizá
fuera incapaz de engañar a nadie—. No lo pillo.

—¿No te sabes la canción? —le pregunté. Aquella incertidumbre suya me permitía sentirme más segura y
tarareé la canción—: *But with propriety, society will
say Marie*. Mi padre contaba que yo iba a llamarme
Mary, como la Virgen, hasta que mi madre escuchó esa
estrofa de la canción y decidió que Marie sería un nombre de lo más apropiado para manejarse en sociedad.
«¡Apártate, Virgen Santa, que viene Marie!», solía decir mi padre.

Tangencialmente tomé nota de que no había vacilado,
de que no había derramado ninguna lágrima tonto-
rrona. Y, aunque ya se me había pasado el efecto de lo
que había bebido en la fiesta, de repente me sentí muy
feliz.

—Así que no, italiana no —dije en un tono más amable que antes. Sonreí a aquel pobre muchacho, encogido
en aquel traje—. Puro encaje irlandés. Mis padres nacie-
ron en Irlanda.

La alegría y el alivio en su rostro me hicieron reír de
nuevo.

—Vaya —dijo—. Los míos también. Qué coincidencia.

—Vaya, sí. Menuda coincidencia. Dos neoyorquinos
de padres irlandeses. —Y emprendí de nuevo la marcha.

—Aunque no los conocí —dijo a mis espaldas—. A
mis padres irlandeses. Para serte sincero, soy un niño de
la inclusa.

Una vez más hice un alto en las escaleras para observarlo. Y en ese mismo instante me pregunté si, en lugar de la guerra, no habría sido aquel desamparo que había sufrido en la infancia lo que lo había hecho así, pero él sonreía.

—No es triste —dijo—. No llegué a conocerlos. A mis padres. Eran actores. De vodevil. Mi madre era una belleza con voz de ángel. Mi padre era bailarín. Me dejaron en una pensión de la Décima Avenida y siguieron con su gira.

—Eso es terrible —dije, y él negó con la cabeza.

—Conocí por lo menos a seis niños a los que les habían contado esa misma historia. El vodevil, la voz de ángel, la Décima Avenida, todo. Creo que la mitad de las monjas que regentaban la inclusa habían sido coristas.

—¿No te adoptaron? —pregunté con un poco de compasión, pero también, debo admitir, con cierto recelo. Había leído las suficientes páginas de *David Copperfield* como para saber hasta qué punto una infancia dramática podía presagiar una vida igualmente dramática.

—Apenas quedaban unos días para que nos subieran al tren para enviarnos al Oeste —dijo—. A mí y a algunos compañeros. Yo tenía casi diez años. Puede que hubiera terminado siendo granjero en el salvaje Oeste. ¿Me imaginas con uno de esos sombreros enormes? Pero la hermana Salvadora, menudo nombre, me retuvo. Tenía una hermana viuda en un barrio sitiado al este de Brooklyn, el East New York, que acababa de perder un hijo, mayor que yo, su único hijo. Un adolescente. El pobre chaval se ahogó en Rockaway. Así que me fui a vivir con ella. Tenía una casa muy bonita. Muy limpia. —Sonrió de nuevo.

—Tuvo que ser difícil —dije yo.

Aquellos pocos escalones que le sacaba me hacían sentir más alta y sensata. Incluso a la fea luz de las escaleras, tenía una de esas caras que te apetece acariciar con la palma de la mano, como la de un niño.

Sacudió la cabeza.

—Era una señora muy agradable. Muy refinada. Dios la tenga en su gloria. No puedo quejarme.

Llegamos al último rellano. Pensé que salir con ese chico me haría sonreír, reír y estallar de risa con el zumbido de sus ocurrencias susurradas en mi oído, pero también pensé en su disposición a revelar o, más bien, en su incapacidad para ocultar que había estado diciendo en secreto mi nombre, mientras subía las escaleras tras de mí. Su disposición a darme el poder de tranquilizarlo y de confiarme su felicidad.

En la puerta dijo:

—Saludo y me marcho. No quiero molestar —dijo mientras yo abría la puerta—. Solo saludar.

Pero yo ya había advertido que Tom no era un hombre que se conformara con una sola palabra. De hecho, no se conformaba con ninguna. Lo senté en el sofá del salón y atravesé en silencio la habitación a oscuras, donde mi madre dormía. Llamé a la puerta de Gabe y susurré el nombre de Tom Commeford. Levantó la vista del libro y frunció el ceño.

—Uno de los muchachos de la fábrica de cerveza —dije.

Cuando Gabe salió y lo vio bajo la luz del salón, se hizo evidente que sí se acordaba de él.

—Mira tú por dónde —dijo, señalándolo con el dedo y ofreciéndole la mano.

—Qué pequeño es el mundo —dijo Tom, y deslizó la

mano por el aire, como queriendo referirse a nuestro pequeño salón—. Después de tantos años.

Les dije que se sentaran a la mesa mientras yo ponía la tetera al fuego. Fue el olor de las tostadas que me ofrecí a prepararles, calentándose en el fogón, lo que hizo que mi madre saliera de su habitación, en bata y con su larga trenza, y también lo que le brindó a Gabe la oportunidad de decirle a Tom:

—Mi hermana es un desastre en la cocina. Solo te aviso.

Y aquello terminó siendo una especie de fiesta: los tres sentados a la mesa del salón mientras mi madre nos preparaba té y tostadas, y —«Bueno, sí, gracias, si no le supone demasiada molestia»— freía unos huevos y unas lonchas de jamón; como si también ella hubiera visto en cuanto se lo presentamos la poca sustancia que aquel desconocido escondía bajo su traje.

Mientras yo ponía la mesa, mi madre dispuso todo en una fuente caliente: los huevos, el jamón y las tostadas.

Los dos hombres compararon los años que habían pasado en la guerra. Ambos habían estado en Inglaterra, en dos bases aéreas diferentes, aunque Tom había pilotado y Gabe no. Intercambiaron impresiones mientras mi madre y yo escuchábamos. Tom había sido radiotelegrafista, dijo y, con la boca llena de tostada y huevo, reveló, como si nada, que había pasado siete meses en un campo alemán para prisioneros de guerra cerca del Báltico. Se encogió de hombros y me miró como pidiendo perdón cuando yo dije: «Madre mía». La comida del campo no le sentó demasiado bien, dijo, ni muerto volvería a comer colinabo, pero tenía buena compañía. Nos sonrió, con aquella dentadura pequeña.

—Pasaban lista dos veces al día, pero después no había mucho que hacer. Un aburrimiento terrible.

Allí pintaba, nos dijo. Para pasar el rato. Había llegado un paquete de Cruz Roja con acuarelas. Había un tipo con talento que les daba clase. Solo Tom continuó con las lecciones. Todos sus dibujos estaban un poco torcidos, pero le gustaba pintar.

De repente, buscó algo en su chaqueta y sacó una pequeña cajetilla de tabaco. La apretó contra su corbata para intentar abrirla, las manos pálidas e infantiles salvo por un anillo plateado en el meñique, señal de que debía de ser algo presumido. Dentro de la cajita había solamente un trozo de papel doblado. Lo sacó, lo abrió y, después de alisarlo sobre el mantel blanco, me lo pasó a mí, al otro lado de la mesa. Los tres nos inclinamos hacia delante para verlo.

—Eso son los barracones —dijo en voz baja, como pidiendo perdón—. No es muy bueno —añadió.

Era un boceto a carboncillo. Se veían las literas, con un prisionero tumbado en cada una de ellas y, a pesar de que todos ellos presentaban un aspecto aburrido y ocioso, cada uno dejaba ver una personalidad diferente. Había un prisionero con las manos tras la cabeza, los codos elevados, mirando el techo. Otro tumbado de lado, leyendo un libro con el ceño fruncido (con una única palabra alemana, *Nein*, escrita al revés en la cubierta), otro con una rodilla levantada y la boca abierta con una hilera de *zzzzz*, otro dormido boca abajo, el trasero al aire. A través de la ventana se veía caer la lluvia negra y, más allá, en la distancia, una torre de vigilancia y una verja. En la pared, detrás de las literas, había fragmentos de papel, indicios de pósters de chicas de revista, calendarios y días tachados. Apenas había toques de color, un poco de amarillo pálido procedente de la única luz que colgaba del techo, toques de caqui y marrón y azul en la ropa de los soldados, una pizca de rojo en el vestido de la mujer del diminuto dibujo de esquinas dobladas que colgaba en la pared.

Los tres nos reímos quedamente. Teniendo en cuenta los detalles a lo tira cómica de *Sad Sack*, las narices protuberantes y las *zzzzz*, así como el prisionero con el trasero al aire, eso parecía lo apropiado. También Tom se echó a reír.

—No soy ningún Da Vinci —dijo, contemplando con cariño su labor—, pero así era más o menos como lo veía yo.

—Está muy bien —dije yo, si bien es verdad que estaba torcido y era un tanto chapucero, de proporciones extrañas—. Podrías dedicarte a dibujar viñetas para algún periódico.

—A mí me gusta cómo has dibujado lo que veías a través de la ventana —dijo mi madre.

Tom, sonriendo y ruborizado, dobló cuidadosamente el dibujo siguiendo los pliegues gastados del papel y lo volvió a meter en la cajita. No, no era muy bueno, dijo. El tipo que les daba las clases, un sureño, era el verdadero artista del grupo.

Entonces nos siguió contando —le encantaba hablar— y nos describió los métodos ingeniosos con los que habían conseguido ampliar su pequeña provisión de acuarelas de la Cruz Roja: hirviendo o mezclando cosas, polen y hojas, las ascuas del carbón de la estufa, un poco de tinta cuando podía conseguirla, zumo de remolacha, escupiéndose en la palma de las manos para diluir un poco de barro o de arcilla.

Levantó la vista y sonrió y se rio un poco.

—Es curioso —dijo con suavidad, haciendo una pausa como si no estuviera seguro de seguir—. Lo curioso es que un día estaba haciendo justamente eso, escupir en un poco de arcilla —dijo al tiempo que imitaba el gesto, sosteniendo una mano ahuecada y formando círculos con el dedo índice de la otra, removiendo—, cuando de repente pensé en los Evangelios, de hecho en algo que tú dijiste, Gabe. —Pude oír el «padre» que se había tragado, atrapado en la garganta—. En un sermón, hace ya mucho tiempo.

La cara del pobre hombre dejaba verlo todo: le avergonzaba el lugar al que le habían llevado sus palabras, pero, a pesar de todo, movido por una inspiración repentina, sentía el impulso de seguir con su relato.

—Prueba —me dijo— de lo pequeño que es el mundo. —Y entonces añadió, insatisfecho con la imagen—: Prueba de que nada en esta vida pasa realmente porque sí. —Se incorporó y se inclinó un poco sobre la mesa—. De todos modos, escuchad. —Comenzó de nuevo la pantomima—. Estoy mezclando un poco de pintura con un poquito de arcilla, diluyéndola, y escupo en la palma de mi mano, cuando de repente recuerdo algo que tú dijiste, Gabe, sobre un ciego, en un sermón. Hace mucho tiempo. —Y lanzó una mirada de reojo a mi hermano, con cierta cautela.

—Bill Corrigan —dije yo señalando la ventana—. Vivía al otro lado de la calle. Solía sentarse fuera. Su madre lo vestía de traje todos los días. Se quedó ciego en la primera guerra mundial, bueno, casi ciego. Los chicos solían pedirle que hiciera de árbitro en sus partidos.

—Un árbitro ciego —añadió Tom.

—Ya no está —dijo mi madre.

—Se mató durante la guerra —le dije a Tom—. Pobre muchacho. Encendió el gas. —Señalé en dirección a nuestra propia cocina—. Aquello fue un mazazo para todos.

Yo empezaba a recordar que Gabe me había contado en cierta ocasión que había intentado hablar de Bill Corrigan en un sermón.

—Tenía una madre dedicada a él en cuerpo y alma —dijo mi madre.

Pero Tom nos miró a las dos, sacudiendo la cabeza.

—Qué pena —dijo, educadamente y con deferencia, pero frunciendo el ceño, decidido a no desviarse—, pero lamento decir que me refiero a otra cosa. No sobre Brooklyn *per se* —añadió, de manera un tanto absurda, pero haciéndonos saber que intentaba ser inteligente y sincero a la vez—. Es una historia de los Evangelios. Jesús recoge un poco de arcilla, escupe en ella y coloca la arcilla en los ojos de un hombre ciego. —Miró a Gabe—: ¿Recuerdas lo que dijiste? Hablamos sobre aquello, tú y yo, después de misa. Comimos algo juntos.

Gabe llevaba el cuello de la camisa abierto. Se había ruborizado intensamente y el rubor le subía por la garganta. También las orejas se le habían puesto coloradas.

—No es nada original, me temo —dijo Gabe en voz baja.

Pero Tom negó con la cabeza una vez más.

—No, no, no —dijo, con tanta seriedad que mi madre y yo enmudecimos. Tom nos miró a ambas. Aún sonreía, si bien aquella incertidumbre desesperada volvió a cruzarle el rostro. Era un hombre a merced de sus ganas de seguir hablando—. Lo explicaste muy bien. Fue muy

profundo. —Se tocó la coronilla, con una calva incipiente, como si quisiera llamar al recuerdo. Parecía de-
cepcionado por no poder hacerlo—. Yo lo contaré fatal.
—Cerró la boca y se recostó en la silla—. ¿No te acuerdas?

Miré a Gabe, con la esperanza de que tuviera un gesto
amable. Había que hacer un esfuerzo para no ser amable con aquel pobre muchacho que había perdido el hilo
a causa de su sinceridad. Gabe alcanzó la taza y el platillo que estaban sobre la mesa.

—Probablemente me refiriera a la profesión de fe —dijo Gabe, cediendo—. En el Nuevo Testamento, Jesús no
cura a ninguna otra persona sin que se lo pidan. Sin
profesión de fe. Siempre me pareció interesante.

—Ese hombre simplemente estaba allí —añadió Tom,
alegremente—. ¿No es así?

Gabe asintió, generoso al esbozar aquella pequeña
sonrisa.

—Correcto. Juan, capítulo nueve. Jesús y sus discípulos discutían, al parecer, si el sufrimiento humano
era un castigo por el pecado. Los discípulos le señala-
ron a un ciego que mendigaba. ¿Había nacido ciego
ese hombre, preguntaron, porque sus padres habían
pecado? Tal era la creencia en aquellos tiempos —añadió aquel joven erudito que era mi hermano—: la ceguera o la deformidad eran un castigo por los pecados
de los padres.

—Doy gracias por ser huérfano —dijo de repente
Tom. Sonriendo, nos miró a mi madre y a mí—. Aunque
quizá eso suponga haberme metido en más líos que la
mayoría de la gente.

—Bueno, todos somos pecadores —dijo Gabe—, pero

la cuestión es que nadie le había pedido a Jesús que curara a aquel hombre. Solo lo utilizaron para ilustrar su pregunta. Y, pese a ello, Nuestro Señor, movido únicamente por la compasión, creo yo, se acerca al hombre, toma un poco de tierra... —hizo una pausa, inclinando la cabeza con una sonrisa irónica—. Todos conocemos la historia.

—Exacto —gritó Tom. Echó el cuerpo hacia delante y llegó a levantarse de la silla un instante. Ahí lo tienes —dijo mirándome como si se hubiera demostrado algo—. Eso era justo lo que yo hacía con la tontada de las pinturas —volvió a gesticular, describiendo círculos con el dedo en la palma de la mano—, un poquito de tierra, un escupitajo. —Miró a mi madre—. Discúlpeme. Un poquito de saliva —se corrigió. Parecía contentísimo por haber establecido un vínculo entre aquella etapa solitaria en el campo de prisioneros y esa escena hogareña, sentado a la mesa de nuestro comedor, entre las palabras de Gabe y las suyas. Se miró la palma de la mano—: Pensé en lo que dijiste, en cómo el tipo está ahí sentado, sin pedir nada, sin andar pidiendo perdón, como tú dijiste, y ¡zas! Jesús lo cura. Simplemente porque siente lástima del tipo. Comimos juntos. Hablamos de ello. —Alzó la vista—. No sé —dijo con cautela—. En el campo me hacía bien recordar que no necesariamente tiene uno que pedir. Ni siquiera creer. Me llenó de esperanza.

Guardamos silencio un instante y en su rostro vi reflejada la incertidumbre con la que los tres habíamos escuchado aquella historia.

—Y con eso no me refiero a ninguna chica llamada Esperanza —dijo de repente, como si aquel hubiera sido desde el comienzo el golpe que tenía pensado para el final.

Nos reímos y él se frotó las manos, haciendo desaparecer la tierra y la pintura y la saliva imaginarias.

—Así que esa es mi historia —dijo con una sonrisa.

—¿Y cómo llegaste allí? —le preguntó Gabe—. Al campo... —lo dijo en voz muy baja, como si estuviera hablándole a un penitente. Su estancia en la base área de Inglaterra había sido, hasta donde mi madre podía saber, un triunfo. Lo habían ascendido dos veces. Un chupatintas con aires de grandeza, así fue como él mismo se definió al volver, lleno de modestia.

Tom se removió en la silla, me miró de reojo y sonrió.

—Los alemanes nos pillaron en una retirada. Nos dieron de lo lindo y tuvimos que abandonar. —Hizo una mueca de actor. Puede que por sus venas corriera sangre de vodevil—. Fue entonces cuando supe que estaba metido en un buen lío.

Su formación como paracaidista, explicó, había sido breve y superficial. Tras un par de misiones sencillas, dejó incluso de imaginarse saltando de un avión. Cuando llegó la orden, con el avión dando sacudidas —igual que un vagón de metro sobre el empedrado, dijo, para que te lo imagines—, tenía la seguridad de que no podría saltar. Se aferró a la puerta. Sopesó seriamente la posibilidad de quedarse allí esperando. De estrellarse con la aeronave. Pero entonces sintió un empujón por la espalda y cayó hacia la peor pesadilla imaginable: nubes, humo, el intenso olor a combustible. Como una interminable caída en un sueño.

Se reía al contarlo, como si todo hubiera sido una broma y él, la víctima. Con el paso de los años, siempre lo contaría de la misma manera. Así era como incluso nuestros hijos lo contaban.

Dijo que solo después de haber tirado de los cordones del paracaídas —tocándose la frente en un cómico gesto de desesperación—, se acordó de que debía contar hasta diez antes de tirar. Y entonces se puso a contar, un segundo demasiado tarde, atolondradamente, disculpándose, como si creyera que si contaba en serio el paracaídas no se daría cuenta de que era demasiado tarde. Y entonces se puso a contar una vez más. Durante todo el trayecto hasta el suelo, siguió contando hasta diez. Ahora que lo pensaba, él mismo se sorprendió, dijo. Se sorprendió de seguir contando así, mientras caía, cuando lo que debería haber hecho era rezar.

Y entonces, del sonido más estridente y terrible que hubiera oído jamás y que esperaba no tener que volver a oír, pasó a un silencio mortal. Nada en absoluto, aseguró, extendiendo las manos y abriendo mucho los ojos para representar su sorpresa.

Tan de repente se hizo el silencio que pensó que le habían reventado los tímpanos. Vio que el aire era azul y que ante él se extendía un mosaico en calma. Incluso había niños corriendo por un camposanto en dirección al campo, y pensó —«Lo digo en serio», dijo con aquel aire suyo de víctima de cualquier broma—: «Anda, pues esto no está tan mal. Igual me acostumbro».

Estaba flotando en paz; brillaba el sol. Los niños boquiabiertos eran como un coro sin voz a sus pies. El terror había desaparecido y, con él, aquel amargo temblor. Pensó: «Quizá esto sea mejor que estar vivo».

Los niños fueron los primeros en acercarse cuando cayó, rodando de espaldas sobre el duro suelo. Se había destrozado el hombro y se había roto la muñeca.

—Pero esos niños —dijo—. La típica suerte de los irlandeses —y esbozó una especie de saludo militar para mi madre, como si ella hubiera dispuesto que las cosas fueran así.

Porque lo siguiente que vio fue a un viejo loco cabeza cuadrada apuntándole en la cabeza con una Luger a tan corta distancia que podía oler el metal caliente, como si acabaran de disparar el arma.

—Estaba hecho un flan. Como una puñetera cabra —y volvió a disculparse ante mi madre por el lenguaje empleado—. Yo no entendía nada de lo que decía, salvo *Kinder*, mientras agitaba la maldita pistola —se disculpó de nuevo— y me decía, supongo, que le encantaría volarme los sesos de no ser por los niños que había allí, a nuestro alrededor. Incluso intentó que se largaran, pero los niños se estaban divirtiendo de lo lindo, tirándome puñados de tierra, gritando como locos. Así de alegres estaban. Ya sabéis cómo son los críos. —Se rio y acercó los dedos a la taza de té—. Aquel viejo loco cabeza cuadrada tuvo la decencia de no querer dispararme delante de los críos.

Mi madre se llevó las manos a los labios y dijo:

—Alabado sea Dios.

Tom hizo un gesto de autocrítica con la mano.

—Bueno, por abreviar. Se presentó un oficial alemán; oficial, qué demonios, si parecía tener dieciocho años, era un crío y saludó al viejo en alemán muy patrióticamente, y entonces antes de decirme en inglés que me quitara el arnés y que lo siguiera, *mach schnell*, si quería seguir con vida. Tardé un par de minutos en entenderlo. Yo ya me daba por muerto. —Se rio de nuevo y su rostro se ruborizó a la luz de la lámpara. Disfrutaba con nuestra atención. Le encantaba hablar—. El tipo me cogió por el brazo. Yo todavía tenía las rodillas flojas, temblaba como un flan, pero él me sacó rápidamente de allí. Me dijo que el viejo estaba loco, loco de pena. Justo el día anterior se había enterado de que a su hijo, a su único hijo, un joven piloto alemán, lo habían matado los aliados. Así que había salido a buscar venganza. Me habría metido una bala entre ceja y ceja si aquellos críos no hubieran estado allí.

—Ojo por ojo —dijo Gabe.

Tom se inclinó hacia delante. Sacudió la cabeza.

—Lo curioso es... — Esbozó una sonrisa extraña, menos jubilosa que antes—. Así es como yo lo veo. Y creedme, he tenido mucho tiempo para pensarlo. Si el viejo me hubiera disparado, en ese preciso instante y en ese preciso lugar, no habría sido lo mismo. No habría sido igual.

Se volvió hacia mi madre, como si solo ella necesitara aquella explicación.

—Yo era un huérfano, ¿entiende? —le dijo—. Un chaval de la inclusa. Yo no tenía padre que me llorara. —Miró de nuevo a Gabe—. Así que no habría sido justo que el viejo me hubiera disparado allí mismo. No habría tenido un igual, un igual norteamericano, por así decirlo, que pudiera equipararse con el pobre viejo cabeza cuadrada y su dolor. Seguiría habiendo más dolor en él, el dolor de un padre que pierde a su hijo, pero no hubiese habido un dolor semejante por mi parte, puesto que yo no tenía padre. Así que no hubiese sido igual.

De repente levantó la vista y miró hacia la araña que colgaba del techo y yo me sentí avergonzada y consternada al ver una repentina lágrima reflejada en su rostro. Vi cómo se le movía la nuez de la garganta y tragaba con dificultad. Había, pensé entonces, algo poco varonil en todo ello, no solo en aquella emoción repentina sino en el fluir de la conversación. En aquella mesa, yo estaba acostumbrada a un mayor grado de reserva. Y, a pesar de ello, también sentí el inconfundible arranque de compasión por un hombre que había pasado por tanto.

Se hizo un incómodo silencio. Incluso con toda mi experiencia, me costaba encontrar una palabra de consuelo. Entonces Gabe dijo, en voz baja:

—Todos valemos lo mismo a ojos de Dios.

Tom se volvió y lo miró con cierta admiración. Me alivió comprobar que la lágrima que había visto en su ojo no había rodado. Se la limpió con el nudillo.

—Vaya, es una forma más bonita de verlo. Algo a tener en cuenta. —Y sonrió de nuevo antes de añadir—: Pero eso no quiere decir que algunos no vayamos a dejar este mundo sin que nadie se dé demasiada cuenta.

La fuente que mi madre había dejado en el centro de la mesa estaba vacía y me levanté a recoger los platos. Intencionadamente, toqué el brazo de Tom con mi cadera al inclinarme para recoger su plato. Volvió levemente la cabeza, sonriendo, con la oreja muy cerca de mi pecho y mi corazón. Un inconfundible arranque de compasión por un chico que había conocido tanta soledad.

Me demoré un par de minutos en la cocina aclarando los platos, llenando la tetera, resistiéndome a algo que era incapaz de definir. Oí cómo mi madre le decía:

—Estos dos nada más, pero mi marido solía decir que

habíamos pasado del blanco al negro por lo distintos que son. Como la noche y el día.

Cuando volví a la mesa con otra tetera, Gabe decía:

—De niña, me llamaba *amadán*. Tonto. Aunque según la Biblia, cualquiera que llame tonto a su hermano sufrirá el castigo de la Gehena.

Tom se puso en pie cuando entré y me ofreció una silla. Se reía de nuevo.

—Nada menos que la Gehena —dijo, deleitándose con aquella vieja historia familiar de cómo yo había aguado la piedad infantil de Gabe con el poco irlandés que le quedaba a la señora Chehab—. Te la vas a ganar, Marie —dijo recreándose con mi nombre.

Mi madre apoyó las manos sobre la mesa y lentamente se levantó. Tom se puso en pie y la ayudó con la silla. A pesar de no ser muy dada a tocar a desconocidos, mi madre le rozó delicadamente el brazo.

—Te dejo a ti de encargado, Tom —dijo—, tú te las apañes con estos dos. Yo me voy a la cama.

Así que después de todo, terminé celebrando mi boda en la iglesia bonita.

Confieso que, mientras me contemplaba con ojos de miope en el estrecho espejo del cuarto de baño, preciosa con mi maquillaje y mi velo de novia, me dije una vez más: qué te parece, señor Hartnett, poniéndole ojitos a mi propio reflejo en el espejo. Don Walter Hartnett.

Gabe hizo de padrino y, en el último minuto, justo antes de dejarme en el altar junto a Tom, me sorprendió no solo besándome en la mejilla sino atrayéndome hacia sí para darme un fuerte abrazo. Todos nos reímos más adelante, durante el banquete. «Como si te estuviera mandando a la Legión Extranjera», dijo Tom. Gabe se rio discretamente. Admitió, sonrojándose, que quizá le habían vencido un poco las circunstancias, sobrepasado por tanto en lo que pensar en un día como aquel.

—Yo soy el bobo que todo lo pierde —dijo citando a Tennyson.

—No has perdido una hermana —dijo Tom—. Me has ganado a mí. Que Dios te ayude.

Aquella noche, Tom abrió la manta y yo cerré los ojos

completamente, pese a que la luz en la habitación del hotel ya era muy tenue y apenas un fino haz se colaba por la puerta del baño, además del brillo de la farola tras las gruesas cortinas.

—Tú no tienes muchos secretos, ¿verdad? —preguntó.

Yo estaba tumbada mirando al techo; con las manos en gesto de oración sobre el pecho sentía tanto mi nuevo anillo de casada en una mano como los latidos de mi corazón en la otra. Llevaba puesto un camisón blanco de encaje y raso, que mi madre me había confeccionado. Era la joya de mi ajuar y, la verdad, me había sorprendido la manera provocativa en la que mi madre había trabajado el encaje en el corpiño. Daba la impresión de que mi madre sabía cosas de las que hasta entonces jamás me había hablado.

—O me tomas o me dejas —le dije a Tom, riéndome. Estaba mareada del champán que habíamos bebido.

—Ah, entonces te tomo. Con permiso —dijo Tom.

Percibí el toque excitante del alcohol en su aliento. El sabor a champán y tarta en mi garganta. El tenue pero persistente olor a lejía en las sábanas y las fundas de almohada del hotel. Ya fuera porque yo tenía alguna habilidad que hasta entonces desconocía, o por la destreza de mi madre con el hilo y la aguja, me desprendí de aquel precioso camisón sin el más mínimo esfuerzo, sin tan siquiera abrir los ojos.

Yo era aún lo bastante ingenua y estaba lo bastante borracha como para sorprenderme al descubrir que un cuerpo podía convertirse en algo completamente distinto una vez desnudo. Al igual que me sorprendió descubrir, no entonces, naturalmente, sino con el paso del tiempo, que en la oscuridad todo permanecía inmutable: la piel, el pelo, las extremidades, los huesos y la grasa, los aromas y los latidos y la respiración. Inmutable para la boca, inmutable para los labios. Un misterio solamente revelado a quienes llevan casados mucho tiempo.

Por la mañana, en la pálida habitación del hotel, una enorme extrañeza. Busqué las gafas para ver la hora. Poco más de las siete. Sobre la madera de la mesita de noche, una quemadura de cigarrillo de bordes marrones que yo de algún modo asocié con el incipiente dolor de cabeza que se abría paso en mi cerebro. Tenía la boca tan seca como las cenizas. La experiencia me decía que no debía dormirme de nuevo. Cualquiera que fuera el encanto que la habitación hubiera tenido la noche anterior, con la iluminación tenue y las persianas bajadas y la elegante cubitera plateada para el champán, no había desaparecido por completo —al fin y al cabo, yo nunca había pasado una noche en ningún lugar parecido al hotel St. George—, pero había algo extraño en todo ello a aquellas horas de la mañana: la luz tras las cortinas verde pálido y el traqueteo del radiador oscuro, una puerta cerrándose de un portazo, los motores revolucionados en la calle, la decepcionante sensación de un día cualquiera, incluso allí, en aquel precioso hotel, un día cualquiera que simplemente seguía su curso. Tom, aquel desconocido, con su pelo ralo rizado como el de una muñequita Kewpie de Coney Island sobre su rostro rosado, dormía plácidamente junto a mí.

Encontré mi camisón en el suelo. Me lo puse y me alegró descubrir que no tenía ni una arruga; sí, como había dicho mi madre, una buena tela. La bata estaba en una silla, en el rincón. En el baño me lavé la cara con

agua fría para aliviar el dolor de cabeza. Me cepillé los
dientes y enjuagué la boca, me peiné y me pinté un poco
los labios. En las películas había servicio de habitaciones, un botones que empujaba una mesa con mantel y
entraba en la habitación y yo con mangas de plumas de
avestruz, pero era domingo por la mañana y había que
ayunar, puesto que debíamos ir con mi madre y Gabe a
misa de diez. Mi madre nos daría de desayunar en casa,
junto a los demás invitados a la boda. Seguro que nos
gastarían alguna broma, especialmente los amigos de
Tom de la fábrica de cerveza. En el banquete, uno
de ellos había canturreado aquello de «En nuestra noche de bodas solo pudimos bailar, porque la cama, ay la
cama, la tuvimos que empeñar». Otro había dejado un
tarro de vaselina en el asiento del coche de alquiler
cuando salimos del banquete. Tom lo tiró al suelo y yo
fingí no verlo.

Íbamos a tomar un tren con destino a un lugar de
vacaciones situado en las afueras de Albany, un lugar
que Gerty me había recomendado y que resultó ser menos elegante de lo que esperábamos.

Con la cabeza dolorida, me acordé de algo que mi
padre había dicho una vez, referido no recuerdo a quién,
sobre no haber sido el primer novio en sentirse indis-
puesto la mañana que seguía al gran día. Supuse que yo
tampoco era la primera novia en sentirme así. Y entonces me acordé de que se había referido al marido de
Dora Ryan. La mujer que había fingido ser un hombre.
Di gracias por no haberme acordado de ella antes, especialmente la víspera, mientras nos desnudábamos.

Cuando volví a la habitación, Tom estaba despierto y
me miraba con cara de preocupación. Seguía teniendo

el pelo revuelto sobre la coronilla calva, como una tenue llamarada.

—¿Te encuentras bien? —susurró.

Y, aunque me sentía un poco dolorida —debo reconocer que en cierto momento me pregunté si la vaselina no me habría ido bien—, respondí despreocupada:

—Ah, bien, gracias. ¿Y tú?

Me dijo que creía que después de misa me vendría bien un vaso de zumo de tomate con un chorrito de Worcestershire. Recordé las palabras de mi padre: «No sería el primer novio que tras la noche de bodas...».

Se movió un poco, como si necesitara hacerme sitio para que volviera a la cama, y me tumbé a su lado.

Lo raro fue que —ahí estaba yo con mi camisón de raso y encaje y él en camiseta, juntos en la cama por primera vez en nuestras vidas y hablando como si estuviéramos vestidos y sentados a la mesa en casa de mi madre bebiendo té— repasamos nuestros planes para aquel día: misa, desayuno, el metro hasta Grand Central, ¿y si tirábamos la casa por la ventana y cogíamos un taxi? ¿Por qué no? Teníamos las maletas hechas en casa de mi madre y dije «en casa de mi madre» resueltamente, algo cohibida, no dije «mi casa», ni tan siquiera «en casa», como para recordarme cuál era mi sitio en adelante, por más que aquel sitio no era más que un pisito situado en Rego Park que solo había visto un par de veces y que Tom había conseguido solo hacía dos semanas. Y dije «en mi antiguo barrio», pese a haber sido mi barrio hasta el día anterior.

Quizá porque la tenía en mente o porque al ser ya un matrimonio no se consideraba de mala educación hablar de esas cosas, le conté la historia de las penurias de

Dora Ryan, en mi antiguo barrio: una mujer que fingía ser hombre.

—Una pena —dijo Tom. Entonces me habló de un compañero de trabajo, Darcy Furlong, del sur del país—. Un buen tipo, pero una reinona, ya sabes a lo que me refiero. —Algunos compañeros se habían reído de él hasta que el jefe puso fin a todo aquello, el chico ya tenía bastante tormento; así fue como el jefe, el señor Heep, se lo explicó a Tom.

(En nuestro banquete, el señor Fagin y el señor Heep se habían plantado delante de mí, cogidos del brazo, riéndose a carcajadas y señalándose con el dedo, sobre lo «irónico» que resultaba que ambos tuvieran nombres sacados de Charles Dickens. Yo lo tomé como una casualidad sin importancia, pero Tom, que había aprendido el catecismo con las antiguas coristas que lo habían criado, veía esas coincidencias como una especie de guiño divino que nos recordaba que Dios era un exitoso productor de musicales de Broadway que iba orquestándolo absolutamente todo. Tom alzó la copa para brindar con ambos con tanta gracia que todos estallamos en carcajadas.)

—Me da pena esa gente —dijo Tom—. Tienen que llevar una vida muy solitaria.

Nos arrimamos un poco más, en nuestra nueva y desacostumbrada intimidad, bajo las sábanas del hotel que olían tenuemente a lejía y ahora a nuestros propios cuerpos cálidos.

Se removió en la cama y me rodeó la cintura con un brazo, acercó el rostro al encaje y el raso de mi regazo. Se oía el sonido del agua corriendo en otra habitación, otra puerta cerrándose bastante cerca y voces entrecortadas en el pasillo. El mundo cotidiano y ajetreado de siempre, haciendo que la felicidad cayera en el olvido con tanta rapidez como curaba las penas.

Le recordé a Tom que no teníamos mucho tiempo, debíamos marcharnos ya si queríamos llegar a misa. La incipiente barba de su mejilla me pinchaba el brazo desnudo. El sabor a champán se resistía a desaparecer de su aliento. Al cuerno con la hora, dijo, y me maravilló descubrir que aquello era algo que también podíamos hacer a la luz del día.

En el quicio de la puerta se dibujaba una sombra de constitución fuerte y hombros anchos, con una camiseta blanca larga y una cabeza morena y grande. No era una figura alta, pero indudablemente estaba escorada a la derecha.

—Marie, ¿no puede usted dormir? —dijo.

—No —respondí.

—¿Quiere un poco de leche caliente? —En sus palabras sonaba un deje de simpatía.

—No —dije, resistiéndome a la tentadora oferta.

Lo oí suspirar. Lo vi inclinarse un poco más hacia la derecha, imagino que apoyándose en el marco de la puerta.

—¿Puedo hacer algo por usted? —dijo. A sus espaldas se veía un poco de luz dorada, la luz del pasillo. La luz de la lámpara situada detrás de mi silla iluminaba su camiseta blanca. En algún momento me había dicho que había encontrado una caja llena de camisetas talla XXL en la autovía Grand Central y se las ponía todos los días para trabajar, nuevas y limpias, aunque quizá demasiado largas. No era un hombre alto, pero sí corpulento y fuerte, aunque algo deforme. Había tenido escoliosis de niño. También me lo contó. Al igual que la mayoría de los trabajadores —«cuidadores», se llamaban— procedía de una de las islas del Caribe y hablaba con un deje que muchas veces me resultaba tan hermoso como incomprensible.

—Estoy bien —dije.

Si tú eres el cuidador, decía yo a veces, ¿tengo que tener cuidado contigo? Pero nunca entendían la broma.

—¿Le gustaría volver a acostarse? —preguntó, y yo levanté la mano. El sueño me esquivaba de la misma manera que habían empezado a hacerlo tantas cosas: los recuerdos, los sonidos, la vista. Me había cansado de esperarlo.

—No —dije—. Estoy mejor en la silla.

—Yo creo que estaría usted mejor en la cama —dijo él.

Le conté que tenía cuatro hijos y seis nietos y que todos ellos sabían imitar a la perfección a mi madre; que probara con otra táctica.

Le oí reír.

—Pero su madre fue incapaz de enseñarle a usted a hornear pan —dijo.

—Cierto —dije sorprendida al recordar que ya le había contado aquella historia—. Yo pensaba que si aprendía a cocinar, mi madre se moriría; como le pasó a mi amiga. Era una niña testaruda —añadí—. «Menuda pieza», así me llamaba mi madre.

Debido al estado de mis ojos y a la manera en la que la luz del pasillo lo iluminaba por detrás, no podía verle la cara, pero sí oír su risa, señal de que yo no había cambiado. Dos niños pequeños, que no eran reales, estaban de pie a su lado, apoyados sobre el dobladillo de su camiseta gigante. Era una ilusión óptica: figuras que aparecían aquí y allá, casi siempre en mi campo de visión periférica, desconocidos, niños vestidos a la antigua, a veces monjas con hábitos largos o mujeres con bebés en los brazos. Todos rodeados de una luz pura, una luz de encaje.

Cuando les conté aquello a mis hijos, unos asintieron con impaciencia — «Bueno, si te hubieras sometido a aquel trasplante...» — y otros se compadecieron de mí con un falso entusiasmo — «Quizá estés recuperando algo de visión» —, pero aun con mi visión reducida, yo sabía que entre ellos intercambiaban miradas de «Tengamos paciencia». Una vez, yo, una paciente impaciente, les pregunté con impaciencia: «¿Por qué pensáis que los misterios no son más que ilusiones ópticas?».

Pero mi cuidador, allí plantado en el quicio de la puerta, con su camiseta gigante sacada de una caja de cartón en una vía de incorporación a la autovía Grand Central — yo sabía todas sus historias, igual que él se sabía las mías —, daba a aquellas ilusiones el nombre de ángeles, ángeles del consuelo que se aparecían solamente a unos pocos en su vejez. Me dijo que yo los veía porque una vez le había salvado la vida a alguien. Pensé que sería una superstición de las islas o alguna táctica sacada directamente del manual del cuidador pero, si he de ser sincera, su versión se acercaba bastante a lo que yo quería creer.

Pese a todo, le dije que estaba muy equivocado. Que yo había trabajado en la funeraria de Fagin hasta que nació mi primera hija. Yo era el ángel del consuelo en aquel entonces, dije. Yo ayudaba a enterrar a los muertos. No había salvado a nadie.

Entonces me preguntó, con las manos en jarras, como si las tuviera posadas sobre las cabezas de los niños imaginarios:

—¿Me llamará cuando esté lista para irse a la cama? ¿Me llamará para que pueda ayudarla?

—Sí —dije, y el silencio que siguió me indicó que el cuidador sabía que le estaba mintiendo. Vi entrar a los niños en la habitación.

—Si me lo pide —dijo en voz baja—, ya sabe que la ayudaré. No tiene más que pedírmelo.

Y entonces desapareció de la poca vista que me quedaba, puesto que mis ojos de repente se inundaron de lágrimas.

Supongo que entonces me puse de pie, porque fue él quien me agarró cuando me caí.

El médico tenía la cara roja. Sus manos eran ásperas.

—Señora Commeford —dijo—, no está usted ayudando nada.

Aunque yo no podía verlo, sabía que debía de tener la frente perlada de gotitas de sudor, porque al inclinarse para gritarme, una gota cayó en la sábana, justo bajo mi mentón. No vi caer la gota, pero de algún modo sí la oí. Dolorida, me imaginé que de aquel sonido, del sonido de una gota de lluvia sobre la azotea, se elevaba con fuerza el olor a ropa recién lavada, el olor a lejía de la sábana que casi me recordó a cierta experiencia en esta vida que podría haberme gustado, que podría haberme encantado —mi primera noche con Tom, bajo unas sábanas que no se habían secado al sol ni en el tendedero de la cocina de mi madre—, pero el dolor que sentí entonces había sido una marea negra que engullía el breve y luminoso recuerdo de la misma manera que empezaba a absorber el rostro rubicundo del médico y las enfermeras que se cernían sobre mí vestidas de blanco y la luz de la habitación, luz de día o luz artificial, cómo saberlo. Llevaba horas y horas pariendo, quizá días.

Yo no lo entendía, nadie me había hablado del alcance del sufrimiento, desde los calambres provocados por el enema hasta el raspado de la cuchilla, pasando por el interminable y punzante auge y la prolongada y dolorosa caída de cada contracción.

Para entonces había elevado tantas súplicas al cielo —primero, para que mi bebé naciera sano; después, para no morir; ahora, solamente para que el dolor cesara— que había empezado a verme como una especie de vendedor de productos de limpieza llamando a una puerta maciza, una puerta sin bisagras, sin picaporte. Horas, días, podrían ser semanas las que llevaba así, de modo que dirigí mis plegarias hacia mi propio padre, que me quería y que habría llorado al verme allí, atada como una bestia en el matadero, atrapada bajo el peso de mi vientre, retorciéndome de dolor; y en ese momento, sumándose a muchas otras humillaciones, ese hombre, ese médico, gritándome a la cara como un energúmeno.

—Estoy ayudando —conseguí decir. Quería añadir algo insultante, amargo, profano, pero la marea negra también crecía en mi memoria y yo no llegaba a alcanzar las palabras que buscaba: cabrón, hijo de puta, *amadán*, maldito loco.

Noté, junto a la oreja, el siseo del aire. La enfermera de blanco se inclinó hacia delante. En la mano sostenía la mascarilla, ofreciéndome el éter, pero el médico la alejó de un manotazo. Pareció desaparecer entre la luz. «Ay, por favor», oí mi propia voz, no aullando con aquellas palabras soeces como yo había imaginado sino suplicante, quejumbrosa, apenas un hilo de voz.

El hombre se inclinó de nuevo hacia delante. No era mi médico, sino otro al que habían llamado en las últi-

mas horas o días, rubicundo, imperioso, de manos ásperas e impacientes. «Un poco de dolor ahora —dijo—,
para un buen desenlace. Para su bebé.» Para un buen
desenlace.

Una gota amarga de su sudor me cayó en el labio y
entonces él se inclinó sobre mí y su pecho blanco absor-
bió como si fuera algodón el oleaje negro de mi dolor.
Iba a asfixiarme, único antídoto, naturalmente, para mi
sufrimiento. Qué tonta había sido por haber pensado
otra cosa. No había más alivio que la muerte: soltar este
pobre cuerpo al fin, librarme de él, un cascarón, una
muñeca. Podrían rellenarlo con crin. No habría más súplicas por mi parte: sin esfuerzo, me dejaría caer sobre
la puerta maciza y firme.

Me desgarraron en dos. Mucho después, en broma,
dije que me había atropellado el expreso de Coney Island. La medida de mi dolor, desde los pechos hasta los
muslos, era idéntica a la distancia que separaba el acero
negro de los raíles del tren. El hedor a sangre que llenaba aquella abarrotada sala como el olor a roca hueca
y acero frío del metro. De hecho, llegué a oír el ritmo
vertiginoso y traqueteante de los vagones de metro al
pasar, en el momento en que el médico de cara rubi-
cunda me rajó sin la suficiente anestesia, sin ninguna
anestesia en absoluto, estaba segura. Y sacó al bebé. Y
cuando me volvió a coser, sentí todas y cada una de las
puntadas. Un dolor como el ritmo vertiginoso de un
vagón al pasar, el aire ligero y oscuro y punzante, acero
contra acero amargo, un tren que me pasa por encima,
que me rompe los huesos de la cadera y hace temblar los
dientes en mi cráneo de porcelana.

—No hacía falta que hubiese esperado tanto tiempo

—dijeron después dos de las enfermeras mientras me aseaban, me cambiaban la ropa y devolvían mi cuerpo sin fuerzas, todavía mío, al parecer, a una cama del hospital. Hablaban en voz baja, mirando hacia la puerta y el pasillo por encima del hombro—. Hizo prácticas en el ejército —me dijeron—. Pasó mala guerra. Es cruel. Brutal. Cree que las mujeres deben enfrentarse a estas cosas con más estoicismo.

Pero cuando el médico entró de nuevo en la habitación, se limitaron a sonreír, hicieron una reverencia y se dispersaron como palomas al oír las órdenes que les dictó a gritos.

Al abrir los ojos de nuevo, vi a mi madre sentada en una silla junto a la ventana. Llevaba sombrero y su vestido pálido veraniego de paño fino, el bolso en el regazo. La luz amortiguada por las persianas le había quitado el color de la cara. Por un instante, pensé que quizá habíamos muerto las dos durante los largos días y noches de mi odisea, no por la pálida luz en la habitación vacía, sino por la dulce confianza que sentí al despertarme y ver allí a mi madre de que alguien me amaba y me quería por encima de todas las cosas. Aquella paz, el silencio de la habitación, la suspensión temporal del dolor, me parecían prueba suficiente de que yo ya había llegado al final de los tiempos. Sentí un extraño júbilo. Y entonces cerré los ojos y me volví a dormir.

Era tarde, había poca luz y Tom estaba en la silla cuando volví a abrir los ojos. Aquella mañana hacía muchísimo calor: el sonido de las bandejas y las cunas rodando y bebés llorando por todas partes, el sonido de la voz de la enfermera al inclinarse sobre mí, todo lo sentía ardiente. Era como si un papel de pared con bandadas rojas me creciera como hongos en la lengua y hacia la garganta. Me quitaron toda la ropa que me cubría, pero no encontraba alivio para el frío que sentía sobre mi piel húmeda.

Me arrancaron el ancho vendaje de lo que quedaba de la pálida y pobre carne suspendida entre los huesos tan frágiles de mis caderas. Un olor a pus, dulzón y acre. Las órdenes que ladraba el médico militar, quizá otro en su lugar. Otras manos indiferentes recorriéndome la carne, tan acostumbrada ya que no me sentía humillada. Una enfermera corpulenta con rizos dorados que le salían de la cofia me lavó el cuerpo desnudo con una gran esponja, restregándome el brazo extendido arriba y abajo, extendido porque la enfermera me había levantado la mano y me la había colocado bajo su axila, con la misma eficiencia con la que una mujer sostiene de cualquier modo una pinza en la boca al tender la colada. Me restregaba los hombros y entre los pechos con la esponja. La enfermera llevaba un delantal húmedo sobre el uniforme y sus brazos gruesos eran fríos y sólidos como el mármol gris. En el aire flotaba un tenue olor a vinagre.

Después oí la voz airada de mi madre, pero me fallaron las fuerzas para asegurarle que no había necesidad de quejarse: un cuerpo, después de todo, es algo insignificante y, de verdad, mamá, hacía mucho que no sentía pudor alguno.

Y también las plegarias pronunciadas entre susurros. Un sacerdote calvo con sotana negra y estola verde y dorada, con un misal en una mano y la otra mano extendida buscando el pequeño recipiente que Gabe sostenía a su lado. También Gabe, con un traje claro, de pie junto al sacerdote de negro, pero presidiendo él de alguna manera, elegante y seguro de sí mismo, aquella escena. Me fijé en las manos de Gabe. En sus preciosas manos. Y entonces sentí la carne del pulgar del sacerdote sobre mi frente y las palmas de las manos. Y entonces alguien tocó a tientas la manta a mis pies y yo susurré o eso me dijeron más tarde: «No fastidies». Fue Tom el que se rio. Lo reconocí por su risa.

Después, llevó sus labios secos a mis mejillas y los mantuvo allí.

—Por favor —dijo—. Es un niño precioso —añadió, antes de besarme de nuevo.

Y también:

—Estás bien.

Y otra vez:

—Pronto en casa.

Oí al médico bocazas decir: «Para empezar, tiene cuerpo de niña», y mantuve los ojos cerrados, haciéndome la dormida.

Después ya era otra mañana, y cuando entró el médico, yo estaba sentada en la cama y acababa de terminar un desayuno frugal. Bajó la manta hasta la altura de mis muslos para examinar la incisión, pero esa vez con una respetuosa cautela desconocida en él. Incluso dijo: «Permítame». Tocó el vendaje con la punta de los dedos. Pensé que me había acostumbrado a mirarme el cuerpo y encontrarme su cabeza merodeando por allí. Conocía su calva tan bien como conocía la de Tom. Dijo: «Está bien, mucho mejor» y entonces rápidamente, casi con timidez, me volvió a tapar. Creo que estaba devolviéndome mi cuerpo. Sentí un extraño arrepentimiento, el final de cierta intimidad.

Posó su mano en mi antebrazo. Tenía la cara roja, el pelo canoso y una mandíbula pronunciada. Parecía un viejo general. Alguien me había dicho que lo había pasado mal durante la guerra. Una guerra brutal.

—No tenga más hijos —dijo y, entonces, se dirigió a la enfermera que se encontraba en la puerta—: Tráigale a esta madre su hijo.

En casa —acordamos que yo volvería a casa de mi madre hasta haberme recuperado del todo—, mi madre dijo:

—Está el anillo y el preservativo. Puedes tomarte la temperatura todas las mañanas y llevar la cuenta. Podéis dormir en camas separadas.

El bebé, el pequeño Tommy, era regordete y sanote, vivo en mis brazos, y se despertaba cada tres horas. Una vez más, mi madre y yo compartíamos la cama grande. Mi madre se levantaba nada más oír el primer gimoteo del niño, siempre lista con el biberón caliente. La odisea que casi me mata había quedado reducida a la incisión, roja y ardiente, que me cruzaba el vientre, tan dentada y tan burdamente cosida que mi madre, al verla, había susurrado: «Me gustaría retorcerle el pescuezo». Si me movía hacia donde no debía, el dolor me atravesaba todo el abdomen y me obligaba a encorvarme para recuperar el aliento.

Mi largo calvario, como yo lo había bautizado, reducido al dolor en mis pechos, que, según mi propio médico me había asegurado, desaparecería tan pronto como se me secara la leche. Aquel médico era más amable que el general, pero aún hablaba de mis pechos y de la leche que producían con una sonrisa de desprecio, como si todo el proceso fuera algún vestigio de una época primitiva, «una costumbre propia de inmigrantes», como había dicho una de las enfermeras del hospital cuando mi madre, que seguía preguntando por qué yo no le daba el pecho al niño, se encontraba fuera de la habitación; un persistente hábito biológico con el que estas jóvenes madres, de tener los medios para hacerlo, habrían roto hacía muchísimo tiempo. Ninguna de mis amigas dio el pecho a sus bebés y, de todas formas, la infección que yo había sufrido en el hospital me lo habría impedido. Tampoco es que esto aplacara a mi madre, que veía cómo el niño buscaba en mi hombro y decía: «Sabe lo que quiere».

Yo era una mujer casada de casi treinta años con un precioso niño entre mis brazos, vivo, y un cuerpo que había sido despellejado en público, descubierto con absoluta indiferencia, por no mencionar el recuerdo de aquella puerta maciza y firme —la puerta de la muerte, sí, así es como yo la imaginaba— cuando recordaba con un temblor en la columna el pecho desnudo iluminado desde dentro y la boca de Walter Hartnett acercándose a mí.

Tom llegaba a casa después del trabajo y cenaba con nosotros, casi siempre con el bebé en los brazos, y después se sentaba en el salón y, cogiéndome de la mano, charlaba y charlaba con su característico buen humor, y solo de mala gana levantaba el sombrero para despedirse y nos besaba a los dos cuando yo me iba a la cama. Yo lo acompañaba hasta la puerta —todavía debía evitar las escaleras—, pero muchas veces Gabe lo acompañaba hasta el coche. Gabe dijo que los primeros días lo hizo porque Tom le parecía un alma solitaria, obligado a regresar solo a nuestro pisito en Queens, pero yo empecé a sospechar que mi hermano tenía otras intenciones cuando acompañaba al pobre Tom escaleras abajo. Después de todo, estaban las órdenes del médico. Yo no debía tener más hijos.

Cuando nos quedamos a solas en el piso, mi madre dijo:

—Está el anillo. Había una vez una mujer que vivía en Joralemon, encima de la panadería de los Chehab, que los conseguía, pero también podría facilitarte uno el médico adecuado. Y está el preservativo, si Tom accede. Puedes tomarte la temperatura por la mañana y anotarla. Podéis dormir en camas o en habitaciones separadas y, si Tom se te acerca por la noche, puedes decirle —adoptó un gesto arrogante—: «¿Y quién criará a este hijo cuando yo muera?». Puedes dormir con una cuchara sopera bajo la almohada y darle con ella; no hace falta que te diga dónde.

Las dos estallamos en carcajadas, como dos niñas. Mi madre sabía cosas de las que hasta entonces jamás me había hablado.

En la cocina, el bullicio de los pañales hirviendo, los biberones balanceándose en la cazuela.

—Cuando el sacerdote se acercó a tu cama aquella noche, le dije a Gabe que lo echara de allí —dijo mi madre—. Yo llevaba todo el día mirando por la ventana. Puede que todavía no viera bien a causa del sol, pero no me gustó nada su aspecto. Ese cura con su traje negro y su bolsita. Sí, llevaba todo el día mirando por la ventana. El sol calentaba de lo lindo y estuve contando sombras todo el día. No dejaba de pensar que tu padre murió en aquel mismo lugar, de noche. Mientras tú y yo estábamos en casa, dormidas, y Gabe dormía en la rectoría. Se nos fue de noche, cuando ninguno de nosotros estábamos a su lado. Aquel día yo temí que anocheciera, temí la oscuridad tanto como un niño. Tenía miedo de que aquella fuera la noche en la que tú también te nos marcharías.

Estábamos sentadas a la mesa del comedor, mi madre en su silla de siempre, doblando los pañales que acababa de descolgar del tendedero. El calor del verano había amainado, pero la ventana seguía abierta. Yo estaba sentada donde normalmente se sentaba Gabe, para evitar la corriente. Con la cabecita del bebé apoyada en uno de mis hombros.

—A mí aquel cura me pareció muy oscuro con ese traje que llevaba —dijo mi madre—, con su bolsita negra, de pie en el quicio de la puerta, acercándose a tu cama. Le dije a Gabe que lo echara de allí. Tu hermano se enfadó conmigo. Cogió a aquel hombre del codo, lo sacó al pasillo y entonces volvió a la habitación y me dijo que aquello era algo que debíamos hacer por ti, para asegurarnos de que entraras en el cielo. La extremaunción. Me lo dijo muy serio. Ya sabes cómo es Gabe. Es un sacramento, no dejaba de repetirme, como si se me hubiera olvidado —levantó el mentón, imitando de algún modo la resistencia que había mostrado a las palabras de Gabe—. No se me había olvidado. Pero no me gustaba la pinta de aquel cura, acercándose así a tu cama. Como una *banshee* vestida de negro. Me aterraba perderte. Le dije a Gabe: «No es más que una chica que acaba de dar a luz a su primer hijo. ¿Quién le va a impedir entrar en el cielo?». Le dije: «¿Cómo sabes que tu hermana al verlo sobre su cabeza no se rendirá?». Y por último, le dije: «Tú eres sacerdote, ¿no? Todavía eres sacerdote. Larga a ese granuja de aquí y bendícela tú mismo. ¿No hiciste lo mismo con tu pobre padre?».

Mi madre, al contar aquello, se llevó las puntas de los dedos a los labios. La luz de la mañana le iluminaba su aterciopelada mejilla y cruzaba su regazo, donde los pañales blancos estaban cuidadosamente ordenados. La cortina de encaje, que ella misma había bordado, se movió.

—Aquello que hice fue terrible —dijo—. Recordarle aquel dolor. —Me miró. Por aquel entonces, mi madre llevaba gafas y se arreglaba el pelo entrecano en una perfecta permanente. Había dicho adiós a las largas trenzas canosas propias de los inmigrantes—. Lo acababan de ordenar sacerdote. Fue terrible pedírselo entonces y fue terrible echárselo en cara solamente porque aquel remilgado cura de negro me hubiera hecho enfadar. —Cogió otro pañal limpio del cesto que había sobre la mesa y lo dobló con cuidado.

El bebé empezó a quejarse y yo me levanté. Le pasé los dedos por la columna, arriba y abajo. Yo no sabía que había sido mi hermano quien le había dado a mi padre la extremaunción. Tenía sentido, naturalmente, pues Gabe estaba por aquel entonces en su primera parroquia, pero el tiempo transcurrido desde entonces era una mancha borrosa y no se me habría ocurrido hasta ese momento volver a pensar en aquello. Una vez, en los primeros días de su enfermedad, mi padre se había aso-

mado a la ventana del hospital y me había saludado. Yo
estaba en la calle y mi padre era apenas una imagen
pálida tras el cristal, allí arriba. Pero mi última visión
real de él fue sentado a la mesa, con el pan de soda sa-
boteado en la mano, mi propio intento infantil de detener el tiempo.

—No lo sabía —le dije a mi madre.

Mi madre asintió.

—Fue terrible obligarlo a que lo hiciera —dijo. Y dejó
caer las manos en su regazo, como de puro agota-
miento—. Terrible para él. Tendría... ¿Cuántos años
tendría, veintitrés? Acababan de ordenarlo. Y tu padre
ya estaba destrozado. Si quieres saber la verdad, si quieres saber lo peor, las entrañas le subían hasta la garganta. —Agitó su mano delgada, llevándola desde el
pecho hasta el mentón, para ilustrarlo. Yo no quería
saber la verdad—. Incluso cuando Gabe le estaba admi-
nistrando los santos óleos, el pobre hombre tenía arca-
das y se asfixiaba. Qué cruel aquel cáncer. Qué cruel que
obligara a Gabe a pasar por aquello. No debería haberlo dejado entrar en la habitación.

—Yo no me acuerdo —dije, moviéndome hasta un
rincón del comedor para evitar la corriente que entraba
por la ventana abierta, atenta ya siempre a las corrientes, los tropiezos, al agua hirviendo. Yo ya era madre y
todas las cosas terribles que podían hacer daño a un
niño, arrancarlo del mundo, me habían mostrado los
colmillos y habían posado sus ojos amarillos sobre mí.
El bebé dormía sobre mi hombro—. No recuerdo prácticamente nada de aquella época.

Mi padre, una pálida figura en la ventana del hospital.
Todos aquellos desconocidos entrando y saliendo del

vestíbulo, algunos lloros, algunos ramos de flores que la gente llevaba en los brazos. Y la sombra benévola de Fagin. Los McGeever, con aquellas bocas llenas de dientes rotos, contemplando el ataúd en el salón, diciéndole a quien allí se encontrara que un hombre tan delgado era una invitación andante a la desgracia. Y aquel dulce sueño en el coche de camino a casa desde el Cementerio del Calvario, uno de los sueños más plácidos que había tenido en mi vida. Gabe con su alzacuello, mirándome, los ojos rojos y perplejos. «¿Te has dormido? ¿Cómo has podido dormirte?»

—Una bendición para ti —dijo mi madre—. El no acordarte. —Y se tocó nuevamente los labios—. Fue culpa mía, pedírselo. Las manos del pobre muchacho temblaban y no hacía más que llorar. Y tu padre se tragaba la bilis negra, intentando animarlo. Intentando ayudarlo con el latín. —Se llevó las puntas de los dedos al mentón—. Movía los labios igual que cuando Gabe recitaba sus poemas. Movía los labios porque no podía hablar. El hedor era terrible. A podredumbre y bilis. El cuerpo de aquel hombre se quedó en nada. Radio, eso es lo que le daban de beber. Veneno. La cara como una calavera. Mi pobre hombre. —Con la mano en el mentón, hizo una pausa y cerró de nuevo los ojos. Me llegaba el sonido del agua hirviendo en las cazuelas, sobre el fogón; oía el tráfico fuera, en la calle—. Creo que fue en ese mismo instante, en aquella habitación, cuando desapareció la vocación de tu hermano, para serte sincera. —Y abrió de nuevo los ojos; tras sus gafas, negros de ira—. Creo que allí mismo se acabó la fe de ese pobre muchacho al ver sufrir a su propio padre de aquella manera. Al ver el sufrimiento de aquel cuerpo. Allí estaba él, recién salido del seminario, lleno de todas las palabras que le habían enseñado, de todas las oraciones, y ante él la visión del cuerpo de su padre, reducido a una cosa sufriente, sollozante. —Hizo una pausa y levantó uno de los pañales blancos, golpeándolo una, dos, tres veces contra su regazo. Un gesto de dolor que yo conocía muy bien—. ¿Cómo iba a volver a su parroquia? —dijo, en voz baja—. ¿Cómo iba a plantarse ante el púlpito y decirle a la gente que lo miraba atenta que aún quedaba una pizca de misericordia en este mundo? ¿Cómo iba a ofrecerles consuelo? —Aunque no pareciera que me estuviera hablando a mí, me fulminó con la mirada; tenía los labios humedecidos por la furia—. Allí mismo, en aquel hospital, perdió su vocación, si quieres que te sea sincera. Siempre lo he creído así. Desde hace mucho tiempo. —Y entonces, de repente, me miró directamente—. Pero ni se te ocurra decirle que te lo he dicho.

Negué con la cabeza. Yo no diría nada.

Mi madre empezó a doblar los pañales de nuevo.

—Por eso fue tan terrible que volviera a pedirle lo mismo en el hospital, cuando apareció aquel sacerdote con su bolsita negra. Terrible que yo le arrojara aquel recuerdo a la cara, cuando lo que estaba intentando hacer por ti era lo que él creía que debía hacerse. Lo mejor que sabía hacer, a pesar de todo. Intentaba asegurarse de que, después de haber pasado tanto dolor, entraras en el cielo. Pero a mí nadie podía consolarme. Yo no te quería en el cielo, yo te quería viva, aquí en la tierra, con tu hijo. Cuando el sacerdote volvió a entrar, le di con el bolso en la cabeza.

—A tu madre le dio por sacar su vena irlandesa. —Así

fue como Tom lo describió más adelante, en su propia versión de la escena.

En ambas versiones, Gabe se limitó a posar ambas manos sobre los hombros de mi madre y a decir: «Mamá, por favor, tranquilízate». Le mostró las palmas vacías de sus manos, como si tuviera que ser evidente que lo que fuera que allí hubiera ocurrido, había desaparecido ya. Conocía aquel gesto. «Deja que el padre le administre los sacramentos —dijo—. Es un buen sacerdote. Yo me quedaré a su lado.»

—¿Y acaso él no tenía razón? —dijo mi madre, sonriéndome. Se había limpiado la comisura de los labios y había cambiado de actitud, o eso me pareció. Su mirada ya no desprendía aquella ira. Dobló, alisó y dio unas palmaditas a los pañales limpios en su regazo—. ¿No estabas mejor a la mañana siguiente? Fue casi un milagro.

Asentí. Pensé en aquella puerta maciza y en la caída de mi cuerpo cansado al golpearse contra ella. Desde entonces tuve, en mi propia vida, una experiencia equivalente a la noche oscura que Gabe había pasado en la habitación de hospital de nuestro padre, a la interminable caída de Tom desde el avión o a cualquiera de los solitarios viajes que los muertos habían emprendido; viajes imposibles de compartir, viajes para los que no existía descripción posible. Desde entonces tenía mi propio misterio, solo mío, una experiencia única que jamás podría compartir enteramente con nadie ni podría describir con exactitud por mucho que lo intentara: encontrarse a las puertas de la muerte. Como si te atropellara el expreso de Coney Island. Nada bastaba para expresar aquello por lo que había pasado. Comprendí la rapidez con que el dolor hace transcurrir el tiempo de toda una vida. Yo ya sabía lo que suponía abandonar el recato, el cuerpo, las súplicas de quienes te amaban, de quienes querían que siguieras viva.

—La infección desapareció —dije yo—. Fue gracias a la penicilina.

Mi madre, que ya se había tranquilizado y se había zafado del recuerdo de la ira que había sentido hacia aquel sacerdote, hacia Gabe, hacia la injusticia de mi propio sufrimiento, me miró con astucia, con aquella sonrisa secreta que me advertía del riesgo de llamar demasiado la atención hacia los instantes de mayor alegría. Mi madre extendió el brazo y posó la mano sobre la espalda del bebé, cálidamente acurrucado sobre mi hombro.

—Tonterías —dijo.

Un sábado frío de octubre, dos meses después de mi terrible calvario, Tom metió el moisés y mi maleta en el maletero del coche, atando la puerta medio cerrada con una cuerda. Iba atolondrado de aquí para allá con su abrigo bueno. Mi madre bajó las escaleras delante de nosotros con una cesta de la compra llena de comida que había preparado, seguida de Gabe, que llevaba al bebé en brazos. Tom me rodeó la cadera con un brazo y me agarró la mano derecha con la otra mientras yo me asomaba por la barandilla, pasito a pasito, ante su insistencia. «Estoy bien, de verdad», dije, pero lo cierto era que el aire frío y la luz del sol sobre la acera me mareaban. Tom me ayudó a sentarme en el asiento delantero del coche. Al sentarme, apenas sentí una punzada en el abdomen, el eco del insulto. Gabe se inclinó y dejó al bebé en mis brazos.

Mientras Tom y yo nos alejábamos de la acera, me despedí de los dos con la mano, de mi madre y de mi hermano. Estaban de pie juntos en la acera. Al lado de Gabe, mi madre parecía muy pequeña. Gabe, tan guapo como siempre. Sabía que se quedarían mirando hasta que el coche doblara la esquina y entonces volverían a subir a casa para poner fin al día, repentinamente tranquilo.

El piso de Rego Park olía a limpio, a abrillantador con olor a limón, aún flotaba en el ambiente el aroma a la tarta de manzana que Tom había aprendido a hornear aquella misma mañana en lo que no sería más que el inicio de sus esfuerzos para compensar que su esposa se negara a aprender a cocinar. Había rosas en un jarrón sobre la mesa de la diminuta cocina. La cuna estaba preparada en la única habitación de la que disponíamos, y nuestra cama estaba recién hecha. Tom subió el moisés, los biberones y la bolsa de la compra llena de comida mientras yo le cambiaba el pañal al niño, le daba el biberón y lo acostaba. Después Tom preparó el té y cortó dos trozos de tarta. Admiré las rosas mientras comíamos sentados a la mesita. Tom contó una historia divertida sobre dos señoras en la tienda de comestibles que le habían aconsejado cuáles eran las mejores manzanas para preparar aquella tarta.

—Ahora que el niño está dormido —le dije—, creo que me voy a echar un rato.

Subió la maleta y yo me quité el vestido y las medias y me puse una bata encima de la combinación. Posé las gafas sobre la mesita de noche. Tom alisó la colcha y sacó un cubrecama del armario, todo ello sin pronunciar palabra, para no despertar al niño. Bajó las persianas mientras yo me estiraba en la cama y, cuando se inclinó para besarme en la frente y susurrarme felices sueños, le agarré la muñeca y dije: «Túmbate tú también».

Dio la vuelta a la cama, se sentó en el borde y se desató los cordones de los zapatos. Se recostó con algo de cautela, o así me lo pareció y, para salvar la corta distancia que podía haber entre nosotros en una cama de matrimonio, estiró el brazo y me tocó la mano. La apretó durante un instante, quizá para asegurarse de que yo estaba allí, quizá simplemente para hacerme saber que se sentía agradecido por la confianza que yo le estaba demostrando. Lo oí suspirar y supe, sin volver la cabeza, que había cerrado los ojos. Levanté su mano y me la llevé a los labios.

No es que mi vida me pareciera entonces menos valiosa por haber vislumbrado cómo sería perderla. Mi amor por mi hijo dormido en la cuna, la necesidad que el niño tenía de mí, de mi protección, le había dado un valor a mi vida que ni siquiera el mayor amor que me habían ofrecido —el amor de mis padres, el amor de mi hermano, incluso el amor de Tom— había conseguido darle. Amor era lo que ahora se exigía de mí: darlo, no solo buscarlo y devolverlo. Nunca mi presencia sobre la tierra se había necesitado con tanta urgencia. Y, a pesar de ello, incluso esa certidumbre parecía una buena razón para desprenderse de toda cautela, para no hacer caso de ella.

Le besé la mano y me la llevé al corazón. Nos dimos la vuelta y nos miramos.

—Ay, Marie —susurró—. Tenemos que tener cuidado.

—¿Por qué? —pregunté.

Vi que era incapaz de resistir una sonrisa ante mi pregunta. Menuda pieza era yo. Tom se puso muy serio.

—No aguantarás otro embarazo.

—¿Y quién lo dice? —susurré.

Sacudió la cabeza. Su mano seguía apretada a mi corazón.

—Tu médico —dijo—. Tu hermano. Hasta el sacerdote que vino al hospital a administrarte los últimos sacramentos.

—Tontos —dije yo—. ¿Acaso alguno de ellos ha dado a luz? —pregunté, pero Tom cerró los ojos y se llevó la mano a la frente.

—Qué noche tan terrible —dijo. En un susurro, como si el recuerdo de aquella noche siguiera dejándolo sin respiración, añadió—: Te dieron la extremaunción.

Suavemente, le toqué la mejilla para obligarlo a mirarme. Entrecerré los ojos, haciendo un esfuerzo para verlo a él.

—No fue más que esa estúpida infección —dije yo, y me acerqué. Sentí un dolor en el abdomen, el músculo tensándose alrededor de la irregular cicatriz—. La próxima vez será diferente. Me llevaré mi propio éter.

Empecé a desabrocharle la camisa.

—Todos dicen que el segundo bebé es más fácil. —Posé mis labios sobre su garganta desnuda (¿acaso había cualquier otro lugar del cuerpo más solitario y vulnerable?)—. La próxima vez, una niña. Una de las enfermeras me dijo que tuviera una niña. Alguien tiene que ocuparse de mí cuando sea vieja. —Pero él seguía negando con la cabeza—. No tengo miedo —le dije. Y no lo tenía. Había concebido a nuestro primer hijo sin tener noción alguna del sufrimiento que aquello implicaba. Ahora que lo sabía, el deseo, un deseo que naturalmente seguía presente, me parecía un incentivo menor como para concebir de nuevo. Era el coraje lo que me atraía. Menuda pieza era yo. Había estado a las puertas de la muerte. Había soportado el dolor. Sabía que podía enfrentarme a ello, enfrentarme al tiempo, valiente y cabezota, con un niño vivo entre mis brazos.

Cuando Tom acarició con la punta de los dedos la cicatriz que me atravesaba el vientre, se detuvo. Oí que tomaba aliento.

—Esto es una locura —susurró.

—Supongo que sí —dije yo.

TRES

Lo primero que me llamó la atención fue que Tom lo hizo entrar por la puerta principal, que jamás utilizábamos. Yo había estado esperando sentada en la cocina a que la sombra pasara por delante de la cortina de encaje de la ventana de la puerta trasera, una sombra que me hiciera saber que el coche había aparcado bajo la marquesina; pero, en lugar de eso, oí el repiqueteo y el golpetazo seguidos del extraño resollar de la puerta principal. Oí la voz de Tom, enérgica y animada: «Pasa, pasa», como diría un posadero jovial, seguido de otra serie de pequeños golpes al arrastrar la maleta de mi hermano por el estrecho pasillo.

Susan estaba junto al fregadero, convirtiendo en algo complicadísimo la sencilla tarea de preparar un té helado —rondaba por allí algo de menta fresca, alguna hierba de nuestro jardín y, por lo que pude ver, miel y corteza de limón—. Las dos nos miramos al oír el ruido de la puerta principal al abrirse, el ruido de la contrapuerta, con la misma sorpresa que habríamos mostrado si Tom hubiera hecho pasar a Gabe a través del conducto de la calefacción.

—¿Pero qué demonios...?

Gabe estaba plantado en mitad del salón, solo. Los brazos caídos. Incluso de niño, a veces esbozaba aquella exagerada sonrisa de oreja a oreja. Transmitía sin querer el esfuerzo que le costaba expresar una alegría que, en cambio, era auténtica y sincera. Era la sonrisa de retrato de un niño tímido y obediente, sostenida un instante de más.

—¿Qué tal? —dijo.

Había adelgazado. Su color natural le había abandonado no solo la cara y el pelo sino también el dorso de sus largas manos, sus brillantes zapatos de vestir, su ropa: un polo blanco abotonado hasta el cuello debajo de un anorak azul a pesar del calor y unos pantalones de vestir de color gris. Meticuloso como siempre, sí: el rostro ancho y alargado recién afeitado, el pelo rubio entrecano cuidadosamente peinado, pero en conjunto menos vivaz que antaño, de algún modo menos presente en el mundo. Crucé el salón con Susan detrás de mí, seguida de Helen. Tom ya estaba a medio camino escaleras arriba con la maleta y llamó a Gabe desde el pasamanos.

—Ten cuidado —dijo—. Aquí está toda la tropa. —Así recordaba a mi hermano que había que seguir la corriente a las mujeres.

Alcé las manos hasta posarlas sobre las mejillas hundidas de Gabe. La piel, perlada de sudor, le pinchaba. Llevó sus manos hasta mis codos. Por un instante, nos acercamos las caras como se hace ahora, pero después retrocedimos y recuperamos la distancia que nos era familiar, la distancia con la que habíamos crecido. Sus ropas desprendían un aroma a hospital, a comida de la cafetería, a desinfectante hospitalario bajo la loción de afeitar.

—¿Qué tal el tráfico? —pregunté.

—Bien —respondió Gabe.

Advertí entonces que hasta sus ojos habían perdido algo de vivacidad y Tom gritó desde lo alto de las escaleras:

—Había atasco en la Southern State saliendo de Hempstead. Los muy tontos no van a llegar a Jones antes del atardecer.

Volví la cabeza en dirección a mis hijas. No fue intencionado, pero pareció que le estaba dando la espalda.

—Aquí tienes a Susan y a Helen —dije animadamente.

Las dos chicas acababan de detenerse en el umbral de la entrada con forma de arco que daba paso al salón. Ambas levantaron una mano y movieron los dedos. Al saludar, Helen agachó la cabeza y levantó los hombros tímidamente —aquellos años era tan tímida que parecía jorobada—, y la sonrisa de Susan reflejó que podría desenmascararnos a todos: a su jovial padre, a su prudente madre, a su tío recién salido de Suffolk, el hospital psiquiátrico situado al este, a las afueras, que había formado parte desde siempre de los insultos infantiles.

«¿A qué escuela fuiste, a Suffolk?»

«Oye, te han llamado de Suffolk, que tienes que volver.»

«Los hombres de batita blanca quieren llevarte gratis a Suffolk.»

Quizá Gabe fuera el primer adulto con el cual debía

fingir no saber algo, y comprendí, en aquellas primeras horas que siguieron al regreso de Gabe, que aquello la situaba muy por encima de todos nosotros.

Tom bajó las escaleras dando brincos, deslizando la mano por el pasamanos.

—Me han dado ganas de decirles a los pobres portorriqueños que se dieran media vuelta y regresaran al Bronx con sus neveras y sus transistores —dijo, en voz alta y tono jovial, también sudando, la cara ancha y la calva de un rosa reluciente.

Estaba a los pies de las escaleras, en el pequeño recibidor cuya puerta principal —esa puerta que jamás utilizábamos— seguía abierta. La cerró de un empujón. La luz desapareció del recibidor y aquel rincón del salón quedó en penumbra. Todos nos quedamos allí plantados un instante, en aquella luz más tenue, atrapados por la puerta cerrada.

A pesar de ser una casa bastante pequeña, no utilizábamos mucho el salón: allí abríamos los regalos de Navidad, nos hacíamos las fotografías en Pascua y, cuando teníamos invitados, nos sentábamos a beber un cóctel con bandejitas de cacahuetes salados. Había una única ventana doble con cortinas blancas recogidas con alzapaños y persianas venecianas cerradas para evitar el calor de la mañana. Había un robusto piano vertical bajo las escaleras, un sofá modular brocado en oro en el rincón más alejado, una mesa de café y un par de lámparas Waterford. Cuando llegaba el verano, yo enrollaba la alfombra buena de lana decorada con rosas que había pertenecido a mi madre, la enviaba a un almacén y dejaba los suelos de madera desnudos hasta septiembre, de manera que mi voz resonó débilmente, como si estuviera sobre un escenario, cuando dije:

—Pasa, Gabe. Estás en tu casa.

Lo guié a través del salón hacia la cocina. Era una cocina americana turquesa y rosa, un espacio estrecho e impracticable dispuesto en diagonal entre el comedor y el pasillo que conducía a las dos habitaciones de la planta baja. Allí tan solo había una mesa pequeña con dos sillas. Helen entró como un rayo y se sentó en la más alejada, sentada sobre una rodilla como a ella le gustaba, como si estuviera doblándose sobre sí, lista para saltar. Susan volvió a la encimera de la cocina, donde había estado preparando el té helado. La seguí y después me volví hacia mi hermano. Gabe seguía plantado en el umbral, reacio e inseguro. Le sacaba una cabeza a Tom que tras él hablaba aún del viaje, del tráfico que había por la mañana en dirección a la playa, de la relativa facilidad con la que habían llegado a casa.

—Por favor —dije yo, señalando la silla—. Tómate un té. —Me ruboricé ante mi propia torpeza—. ¿O prefieres asearte?

—Creo que sí —dijo Gabe.

Le indiqué dónde estaba el aseo pequeño, con tanta formalidad como si hubiera sido un completo desconocido.

En la cocina, Tom se palpó los bolsillos, preguntó en voz alta dónde había puesto las llaves del coche y entonces —«Aquí están»— las sostuvo entre el pulgar y el índice, riéndose, como si las hubiera hecho aparecer por arte de magia. Dijo que tenía que salir a quitar el coche de la entrada y aparcarlo bajo la marquesina para que los asientos y la pintura no se derritieran con aquel calor. Le había contado a Gabe, de hecho, se lo había contado en el camino de regreso, lo bien que el viejo Belvedere aguantaba y el mucho cuidado que él ponía en conservarlo en buen estado.

Hizo tintinear las llaves del coche y a Susan le llamaron tanto la atención como cuando era bebé. Aquel era el verano en el que Susan había aprendido a conducir.

—¿Nos vamos? —dijo, pero Susan negó con la cabeza.

—Ve tú. Yo aún estoy con el té.

Tom se encogió de hombros. Reconocí la breve lucha en la que se convenció de lo poco razonable que era sentirse herido. Hasta entonces Susan jamás había rechazado la oportunidad de ponerse al volante con él, pero era comprensible que sintiera curiosidad por aquel tío suyo loco, recién llegado.

Una vez Tom se hubo marchado, saliendo por la puerta lateral, como acostumbraba a hacer, Susan se dio media vuelta y dijo:

—¿Y por qué no ha aparcado bajo la marquesina como siempre? ¿Por qué ha entrado por la puerta principal?

Yo traté de explicarle que era porque había que subir las maletas del tío Gabe por las escaleras, pero yo sabía que Tom no quería que Gabe se sintiera como un invitado de segunda, entrando por la puerta trasera.

—Qué raro —dijo Susan. Miró por encima de mi

hombro en dirección a Gabe, que ya estaba de regreso con nosotras. De repente, Susan se dedicó en cuerpo y alma a sus limones y su menta.

—Siéntate —dije yo, volviéndome—. Tienes que estar muerto de sed. Susan está preparando uno de sus inventos.

Gabe se movió por aquella estrecha cocina. Me fijé de nuevo en el peso que había perdido. No era una pérdida saludable. Se sentó en la silla libre junto a la mesita de café, frente a Helen, que lo estudiaba con descaro.

—Ha sido todo un detalle que Tom me viniera a recoger —dijo mientras yo le servía el té. Nada había de más ni de menos en aquella breve sonrisa que lucía—. Ir y venir de tan lejos. —También su voz había perdido algo de encanto. Siempre había sido serena y timbrada, pero ahora parecía una voz llena de cicatrices, como si Gabe hubiera sufrido y se hubiera recuperado de una enfermedad pulmonar o de la garganta—. La verdad es que la gente suele marcharse de Suffolk en taxi.

Las chicas lo observaban en silencio. Yo me había preparado para no tener que mencionar en absoluto su estancia en Suffolk.

—Cosa con la que yo no habría tenido ningún problema —añadió.

—Tonterías —dije yo.

Tenía las piernas cruzadas, los brazos cruzados en su regazo. Mi hermano seguía con el anorak puesto a pesar del calor que hacía en nuestra casa en aquellos tiempos, antes del aire acondicionado. Me ofrecí para colgárselo, pero levantó la mano para indicar que así estaba bien. Calzaba zapatos de vestir con cordones, recién estrenados.

—Uno se marcha de allí solo —dijo. Y se rio un poco—. Me refiero a la manera en que uno se marcha de allí. —La piel de la garganta parecía ahora más rugosa, el mentón indefinido, aunque saltaba a la vista que se había afeitado cuidadosamente—. He visto a algunos de esos pobres chalados salir en dirección al taxi dando la impresión de que darían cualquier cosa por quedarse.

Aquella palabra, «chalados», me sorprendió y me dolió. Sentí cómo mis dos hijas luchaban contra la orden que les había dado de permanecer mudas. Como cabía esperar, Helen era demasiado tímida para pronunciar una sola palabra, pero Susan ya tenía una pregunta en la punta de la lengua: «¿Tan terrible fue?», «¿Teníais camisas de fuerza?», «¿Estabas en una celda acolchada?», las mismas preguntas que nos había hecho cuando, aparentando tranquilidad, las habíamos llamado, a ella y a Helen, a nuestra habitación la noche anterior y les habíamos explicado con frases serias y pronunciadas entre susurros que el tío Gabe se quedaría con nosotros una temporada. No estaba enfermo, había dicho Tom —él ya llevaba tiempo visitándolo regularmente en el hospital y conocía bien a los psiquiatras, a los expertos, como él los llamaba—. Tan solo era, dijo, un hombre superado por las circunstancias. «Abrumado» había sido la palabra que utilizó. «Como una ola gigante —les dijo a las chicas—. Como en Jones Beach.»

A decir verdad, ya casi hacía un año que Gabe había salido desnudo a la calle al amanecer. Había caminado hasta Prospect Park sollozando, según el informe de la policía. Aquella era probablemente la razón por la que no lo habían acusado de exhibicionismo. Tras la intervención de nuestro médico de familia, se habían limitado a enviarlo a Suffolk.

Nos habían descrito la escena en la sala de ingresos del hospital la noche en que a Gabe lo recogió la policía. Al parecer, mientras caminaba tambaleándose por las calles, lo había seguido una pequeña multitud, casi todos niños. Algunos le habían arrojado tierra. Tenía rastros de suciedad en hombros y nalgas. La gente le había arrojado ramitas arrancadas de los árboles, basura, periódicos, envoltorios de comida que habían ido recogiendo por la calle. Estaba desnudo y lloraba. Iba descalzo y sangraba por un pie. Alguien que lo había visto por la ventana había llamado a la policía. Los agentes se le acercaron con cautela. Lo llamaron «colega». Le preguntaron dónde vivía y si tenía familia, pero Gabe lloraba y no podía hablar. Los policías no tenían nada en el coche patrulla para taparlo y, de no ser porque apareció una anciana vecina de uno de los edificios hablando entrecortadamente en italiano o yiddish (los agentes no fueron capaces de ponerse de acuerdo), se habrían visto obligados a meterlo en el coche sin más. Aquella anciana llevaba una manta en las manos. No lo conocía. No podía darles ninguna información, pero al parecer había estado siguiéndolo un par de manzanas manta en mano.

Era un día caluroso de otoño. Se encontraban en el extremo polvoriento del parque, que por aquel entonces estaba muy descuidado. Se oía el clamor de las burlas de los niños y las palabras de aquella mujer extranjera y los coches al pasar, algunos aminorando la marcha, otros dejando escapar sus propias mofas. El sol ya comenzaba a brillar con fuerza. La piel clara de mi hermano, pálida y moteada. Los agentes sudaban embutidos en sus uniformes, las pistolas en sus fundas negras absorbían el calor. Uno de ellos, no el que hablaba en tono amable y llamaba «colega» a Gabe sino el otro, los agentes Fernandez y O'Toole, imposible saber quién era quién, llevaba una porra en la mano. Mi hermano estaba entre ambos, desnudo, pálido y delgado, con las manos a los lados. Sollozaba, incapaz de hablar. Lo esposaron con las manos a la espalda. Lo envolvieron en la manta de la anciana. Gabe se dejó llevar.

Tom y yo, juntos en una pequeña sala en algún lugar del hospital, escuchamos la historia. Nos habíamos estremecido de miedo, habíamos bajado la vista incluso mientras el médico nos describía la escena, leía los nombres de los agentes y decía «sollozando» y «llorando» indistintamente. Caminamos juntos por aquellos terribles pasillos para ver a Gabe. Dejé escapar un suspiro y sacudí la cabeza. Tom me cogió de la mano. «¿Te has fijado en ese tupé?», susurró.

—Siempre que llegaba un taxi —decía Gabe—, me acordaba de una escena de la película *El invisible Harvey*, la escena en la que un taxista entra para que le paguen, pero la monja no encuentra la cartera. Mientras están esperando, el taxista habla de que todos los pirados son muy simpáticos y van tan felices camino del sanatorio, pero, una vez se han curado, se muestran malhumorados e impacientes cuando los va a recoger.

Hizo una pausa, se inclinó hacia delante, educadamente, como queriendo comprobar si lo habíamos escuchado y comprendido. Como si de repente quisiera averiguar si había hablado de más o apenas había hablado.

Recordé la mirada, aquella leve, interrogante y cortés manera de inclinarse hacia delante de su infancia. Tenía entradas en el pelo y la luz de la cocina resaltaba la curva de su cráneo en dos lugares.

—Me encanta esa película —dijo Helen, sentada a la pequeña mesa de formica frente a Gabe. No se sentaba con la espalda recta, jamás lo hacía. Había adoptado una postura jorobada sobre su vaso, su pequeño mentón puntiagudo casi tocaba el borde. Había tanta menta en su té que parecía un terrario iluminado—. Harvey hizo desaparecer la cartera.

—El duende —dijo Gabe suavemente, asintiendo. Se giró hacia Helen en un gesto muy cortés, pero algo sorprendido, como si no esperara oírla hablar.

—Así a Elwood no le pondrían la inyección —dijo Helen.

Gabe asintió de nuevo.

—Elwood P. Dowd —dijo con el tiento de un adulto poco acostumbrado a conversar con niños—. Tienes razón. —El puño del anorak se le había subido un poco dejando al descubierto su piel pálida. En su muñeca huesuda lucía la pulsera del hospital. Me miró—. Conque alguien se queda despierta hasta muy tarde para ver *The Late Show* —dijo, y el mentón de Helen se inclinó aún más hacia delante hasta alcanzar el borde del vaso.

—*The Late Show* y lo que venga después —dijo Susan riéndose.

En su voz resonaba el tono burlón de hermana mayor y, quizá debido a la presencia de Gabe, una nueva forma de autocontrol. Por aquel entonces, su cuerpo se balanceaba y retorcía de una forma peculiar al hablar: como si una Susan más adulta y asertiva, la abogada que llegaría a ser, fuera abriéndose paso a codazos para dejar atrás a la niña tímida que también había sido. Aunque antaño había sido tan delgada como Helen lo era en aquel momento, hacía poco que había empezado a engordar. Me fijé en el peso de su antebrazo carnoso. Estaba apoyada contra el fregadero, las palmas de las manos hacia atrás y el cuerpo inclinado hacia delante. La aparté ligeramente de un codazo para abrir el cajón de los cubiertos y saqué las tijeras de cocina.

—Incluso intenta quedarse en casa fingiendo estar enferma cuando ponen una peli buena por las mañanas —decía Susan—. Planifica toda su vida en función de la programación de la tele.

—No es cierto —dijo Helen, hablándole al vaso—. Ni la miro.

—¿Bromeas? —gritó Susan, pinchándola y también presumiendo—. ¿Quién rodea todas las semanas las pelis antiguas en la revista de la tele? ¿Y quién deja todas esas notitas en el espejo del baño, como «Martes: *Fuego de juventud*»?

Helen dejó caer de nuevo el mentón y alzó los hombros casi hasta las orejas.

—¡Que yo no hago eso! —dijo quedamente.

—Claro que sí, no mientas —decía riéndose su hermana.

Crucé la estrecha estancia y cogí una de las manos de mi hermano que descansaban sobre sus rodillas sin decir palabra. Sin decir palabra, me la dio.

—Yo también pienso lo mismo —les dijo a las chicas—. Una buena película clásica en la tele me alegra el día.

Tenía la mano fría y el reverso de sus pálidos dedos

estaban llenos de pelillos grises y dorados. Deslicé las tijeras de la cocina entre la pulsera de plástico y la parte inferior azulada de su estrecha muñeca. La corté por la mitad y le toqué la rodilla antes de tirar la pulsera en la papelera.

—Supongo que ya no me hará falta —dijo.

Yo intenté responder en un tono desenfadado.

—Nosotros ya sabemos cómo te llamas —dije.

Gabe se volvió hacia Helen:

—¿Qué película ponen hoy?

Helen levantó la vista hacia el reloj de la pared. Tenía un rostro estrecho, adorables ojos oscuros de pestañas negras. Veía perfectamente. Las dos veían bien. Una bendición de su padre.

—Una de Hitchcock —dijo—. *La sombra de una duda*.

—Joseph Cotten —dijo él—. Otra buena.

—A ese no lo conozco —respondió Helen.

Algo auténtico se abrió paso en la sonrisa de mi hermano.

—Joseph Cotten —dijo. Se removió en la silla y buscó los cigarrillos en su bolsillo. Me miró—. ¿Qué ha sido de Joseph Cotten?

Me encogí de hombros, consciente y agradecida por la bendición de aquella conversación tan corriente.

—¿Quién sabe? —dije animadamente—. Todos esos viejos actores andan haciendo anuncios.

—O andan muertos —dijo Susan.

—Es de los años cuarenta —añadió Helen—. La película. De 1941 o 1942.

—Una antigualla —dijo Gabe—. Tu madre todavía era un bebé de pañales.

Me reí. El cálido ambiente que se respiraba en la cocina se había hecho más ligero.

—No creas —dije—. Para entonces yo ya trabajaba con Fagin.

Gabe me dedicó una sonrisa aún más cálida. También se respiraba la bendición de un pasado compartido.

—El ángel del consuelo —dijo.

Golpeó el paquete de cigarrillos arrugado contra la palma de la mano y extrajo un único cigarrillo con filtro, seguido de la caja de cerillas del celofán. Cogí un cenicero del alféizar y crucé la cocina para colocarlo sobre la mesa. Una vez más, le toqué la rodilla con la punta de los dedos.

—No estoy tan segura —dije—, pero sí que es verdad que me gané los cinco vestidos nuevos.

Vi a mis hijas mirarse con cautela: también conocían aquella historia.

Gabe inclinó la cabeza al encender el cigarrillo. Después sacudió la cerilla en el aire y exhaló el humo hacia el techo.

—A todos nos encantaba la película de la tarde, en el loquero —dijo.

La puerta lateral se abrió de repente y Tom volvió a entrar con gran bullicio y sin dejar de hablar. Hablaba de cómo ese mismo verano había colgado dos pelotas de tenis de los travesaños de la marquesina para el coche, una especie de guía de aparcamiento para Susan a fin de evitar, contaba al entrar en la diminuta cocina llaves en mano, que Susan nos tirara a todos de la silla en mitad de la cena cuando chocara con el coche contra la pared del comedor, algo a lo que indudablemente eran propensas las mujeres conductoras. De hecho, ayer, dijo Tom, fíjate en toda esta menta tan rica, Gabe, haz el favor, crece silvestre en nuestro jardín, deberíamos hacer julepe de menta; justo ayer, prosiguió, había visto a una mujer arrancar un seto en su propia plaza de aparcamiento al dar marcha atrás a una velocidad de unos sesenta kilómetros por hora, con el marido plantado en la escalera de entrada a la casa levantando los brazos.

Tom hizo una demostración, levantando las manos hacia arriba y dejándolas caer en un gesto de desesperación sobre su cabeza calva.

Se volvió hacia Susan, que estaba apoyada sobre el mostrador de la cocina. Nuestra hija lo miraba condescendientemente pero con un inmenso cariño. Durante su adolescencia, hubo ocasiones en las que habría agradecido recibir parte de la ternura que le despertaba su padre.

—Seguro que me tocarán un par de años más en el purgatorio por haber traído al mundo a una conductora más —dijo Tom.

Se sirvió un vaso de té helado y, aunque Susan le había advertido que ya tenía miel, él lo cargó de azúcar.

—Así que coloqué yo mismo esas malditas bolas de tenis —prosiguió, dirigiéndose a Gabe—, pero cada vez que aparco bajo la marquesina, golpean la ventana y me llevo un susto de muerte. Casi me da un ataque al corazón.

Las chicas se rieron. Casi le da un ataque al corazón, decían, riéndose, cada vez que aparca. Se lleva un susto de muerte y grita «¡Jesucristo bendito!».

—A veces es peor —añadió Helen.

—A veces dice «¡Hostia!» —añadió Susan, y yo levanté la voz y di una patada, como si quisiera aplastar la palabra que se escabullía por el suelo.

—Solo cito sus palabras —dijo Susan.

—No sé por qué nunca me acuerdo de que están ahí —decía Tom—. Siempre me pillan por sorpresa.

Aquello era, cómo no, mentira. Las pelotas lo habían sorprendido una vez, nunca más. Todo lo demás era una pantomima, una pieza cómica que Tom había ido perfeccionando las últimas semanas. Yo lo sabía, también lo sabían las chicas. La sorpresa repentina, las palabrotas, la mano en su sorprendido corazón, todo formaba parte de aquella broma. Una de esas bromas sobre sí mismo que tenía por objeto que nos riéramos de él, que el impulso de sus hijas a reírse de él no pareciera más que una débil coletilla a la manera en que él se burlaba de sí mismo. Yo lo sabía, las chicas lo sabían.

Gabe nos sonreía a través del humo de su cigarrillo.

—Se cree que es el techo que se derrumba —dijo Susan—. O meteoritos.

—O ardillas amarillas voladoras —añadió Helen con una risita. Miró a su padre—. Bueno, eso es lo que dijiste ayer. Dijiste «Malditas ardillas amarillas voladoras».

Gabe sonrió, dejando escapar el humo del cigarrillo. Seguía con las piernas cruzadas, los brazos cruzados sobre el regazo; la muñeca de la mano que sostenía el cigarrillo, ya despojada de la pulsera, estaba cubierta de venas azuladas y pelo claro. La distancia entre el muchacho que había sido mi hermano, y aquel desconocido allí sentado tras un velo de humo, parecía enorme. Sentí un vértigo repentino al mirarlo a través del humo y me apoyé en el brazo desnudo y húmedo de mi hija, cuando Tom empezó a contarle a Gabe una historia sobre ardillas voladoras que en cierta ocasión habían invadido la buhardilla que había entre la habitación del piso superior («Donde vas a dormir tú, Gabe, pero no te preocupes») y la divertida pareja de exterminadores de tira cómica, «Mutt y Jeff», que las habían atrapado y se las habían llevado a casa como mascotas. Uno de ellos, Jeff, el más bajito, volvió a los pocos días con una ardilla voladora en el hombro, cual pirata montaraz.

—Te juro que no es broma.

Mira que le gustaba hablar. «¿Tú has visto ese tupé?», había dicho al abandonar la sala del antiguo hospital de Brooklyn donde nos habían descrito la pesadilla de Gabe. Sacudió la cabeza y dejó escapar un solitario suspiro mientras caminábamos por aquel pasillo desolado. «Un tipo como ese seguro que puede permitirse una alfombra de mejor calidad.» Lo había dicho en voz baja, inclinándose para hablarme al oído. «Es psiquiatra, ¡por el amor de Dios!» Me sostuvo la mano. «¡Menuda alfombra!» Se rio por lo bajo. «Hablando de pedir ayuda a gritos —había dicho con las mismas palabras que el doctor había empleado para referirse a Gabe—, qué cosa tan horrorosa. Me pregunto por qué su mujer no le dice nada. Tiene que picarle muchísimo.» Nos había conducido a ambos por aquel pasillo desolado hasta la puerta del pabellón donde Gabe yacía, sedado, dándonos la espalda y con la cara hacia la pared.

—¿Me disculpáis? —dijo Helen cuando su padre hizo una pausa, sin haber terminado de contar su historia de las ardillas voladoras. Ya eran las cuatro menos cinco.

—La película —dijo Susan, toda sensatez y autocontrol.

Tom se hizo el pasmado con mucha teatralidad.

—No me digas que vas a ver una película... ¡un día tan bonito de verano!

—Hace calor —dijo Helen.

—¡Papá, ahora es verano todos los días! —gritó Susan.

Añadí que ella ya había estado nadando toda la mañana en la piscina de los Grayson.

Pero, claro, Tom nunca estaba en casa a esa hora y no sabía cuál era la rutina veraniega de su hija. Tan solo se había cogido el día libre para ir a recoger a Gabe a Suffolk.

—¿Y dónde está Lucy Grayson? —preguntó Tom, mirando a su alrededor. Le explicó a Gabe—: Es la vecina, la mejor amiga de Helen. Su sombra. Esas dos son inseparables.

—Es su Gerty Hanson —le dije a Gabe, para que mi hermano lo entendiera.

—Está en su casa —dijo rápidamente Helen.

Antes de que yo pudiera hacerle un gesto, Tom preguntó:

—¿Y eso? ¿Habéis reñido?

Helen bajó el mentón y Gabe volvió a inclinarse hacia delante, sobre su rodilla doblada y sus brazos cruzados.

—Espero que no se haya quedado en su casa por mí —dijo Gabe.

Y entonces, en aquel momento delicado, encaró la mesa para apagar su cigarrillo, como si quisiera darnos tiempo a todos a recomponernos. Era verdad: yo le había pedido a Helen que no invitara a Lucy hasta que el tío Gabe no estuviera completamente instalado.

—Créeme, tío Gabe —dijo Susan cariñosamente—. No te pierdes nada. Esa chica tiene la voz más irritante que te puedas imaginar. Como Minnie Mouse si Minnie Mouse se fumara un paquete al día, ¿verdad? —le preguntó a Tom. Estaba citando sus palabras.

Tom se rio y dijo:

—Es verdad. Tiene doce años y tiene voz de fulana tuberculosa.

Dejé escapar una nueva objeción.

—¿Me puedo ir? —susurró Helen, mirando el reloj que había sobre la puerta de la cocina—. Va a empezar.

Gabe cambió de postura para devolver los cigarrillos y las cerillas al bolsillo.

—La veré contigo —dijo—. Si puedo, claro.

En la abarrotada salita se vivió un inusitado ajetreo. Helen corrió escaleras abajo al sótano para encender la televisión, un aparato antiguo que necesitaba unos minutos para ponerse en marcha. Los demás la seguimos. En el sótano había unos grados menos que en el resto de la casa. Olía intensamente a tierra húmeda y a combustible para la calefacción. Helen había encendido el televisor y había ocupado su sitio de siempre en el sillón raído situado más cerca del aparato. Mediante señas, le indiqué a Gabe que se sentara en el viejo sofá. Susan, que dijo que no vería más que unos minutos y después iría a lavarse el pelo, se sentó en la mecedora que había junto a ellos. Tom no tenía paciencia para ver la televisión a media tarde —y, de todas formas, era incapaz de ver una película en silencio—, pero se quedó un rato hasta que todos nos hubimos acomodado. Tenía que hacer unos recados, dijo, y me enseñó una receta de Suffolk doblada en la palma de su mano. «Que disfrutéis», dijo antes de subir las escaleras del sótano a paso ligero, con la mano rozando la barandilla.

Yo volví al cuarto de la lavadora para vaciar la secadora y poner otra lavadora. Terminé de planchar, llevé la ropa limpia a las habitaciones, la coloqué en los armarios y bajé de nuevo para meter la colada en la secadora. Susan se había quedado a ver la película con Helen y Gabe, sonaba una música de película de los años cuarenta y la voz de una actriz joven. Solamente Gabe me vio bajar por las escaleras y levantó una mano para saludarme.

Al subir las escaleras de nuevo para preparar la cena, me encontré a Tom leyendo el periódico en el porche protegido con mosquiteras. Pelé las patatas y las puse a hervir. Serví la cerveza en un vaso que había en el congelador y se la saqué.

—Gracias, cariño —dijo ofreciéndome el primer sorbo. Esa era nuestra rutina. El primero y el mejor, decía él. Saboreé la espuma, la cerveza helada que había más abajo y le devolví el vaso—. ¿No deberíamos ofrecerle una al hermano Gabe?

Me encogí de hombros.

—¿Tú qué opinas?

—La bebida nunca ha sido su problema —dijo Tom. Hizo una pausa—. Aunque es cierto que allí se dijo que tu padre bebía. Los pecados del padre, ya sabes. Todo ese rollo *frudiano.* —Abrió los ojos, burlándose al mismo tiempo de sí mismo y de los médicos.

Me miré las manos. Era Tom quien todos los jueves por la noche había ido en coche a Suffolk para acudir a las sesiones de terapia en el pabellón de hombres. Cuando visitábamos juntos el hospital, lo hacíamos el domingo por la tarde. Le llevábamos cigarrillos y caramelos y nos sentábamos fuera siempre que podíamos. Hablábamos de cosas insignificantes y nos reservábamos la compasión para los demás pacientes, cuyos problemas se hacían patentes en sus rostros perplejos o en sus hombros caídos en señal de derrota.

Una vez le dije a Tom que en aquel ambiente flotaba algo que recordaba al antiguo seminario de Gabe. Tom se había reído y había dicho que también le recordaba al campo de prisioneros.

—Así trataban de buscar un culpable de los problemas de Gabe —dijo Tom.

A través de la mosquitera, vi cómo el sol del atardecer proyectaba sombras alargadas sobre el jardín trasero, el pequeño patio y los parterres de flores y los bordes azul océano de la piscina. Podía oírse el gorgoteo del filtro y los gritos de los niños jugando al béisbol en el jardín vecino.

Era una habitación feúcha. El suelo era de hormigón pintado y las mosquiteras estaban medio oxidadas. Ya por entonces los cojines de las sillas de hierro forjado amarilleaban bajo las vides pintadas y estaban rotos por las costuras. En la esquina había una tradescantia enclenque y una cinta larguirucha, además de una cesta con juguetes viejos de la piscina con los que ya nadie jugaba. Junto a ella, el caballete de Tom con sus pinturas y un cuadro casi terminado del parterre de alegrías que había frente a la casa. Tan poco logrado como hermoso.

—¿Sabremos alguna vez cuál es el problema de Gabe? —le pregunté.

Tom posó la cerveza en la mesa acristalada del jardín.

Si pudiera soñar de nuevo, me soñaría en esa misma sala, a esa misma hora. Me sentaría sobre el cojín desteñido junto a él.

—No sabemos más que lo que nos cuentan los médicos —dijo Tom—. Depresión. —Aquellas primeras semanas, había regresado de sus visitas a Suffolk bromeando con el hecho de que era la primera vez que había oído la palabra sin el «la» delante—. Cosa que en realidad no quiere decir nada —añadió.

—¿Qué le han recetado? —le pregunté.

—Es solo para ayudarlo a dormir —contestó con delicadeza.

—Nunca ha dormido bien —dije yo—. Ni siquiera de niño.

Susan apareció en el umbral:

—Vaya, qué irónica —dijo.

La miré por encima del hombro:

—¿El qué?

—La película —dijo Susan, entrando en el porche. La había visto hasta el final—. ¿Sabéis de qué va? Va del tío Charlie, que va a visitar a su hermana —se balanceó ligeramente hacia delante al decirlo—. A su hermana y a su sobrina, la hija de su hermana. —Se balanceó de nuevo—. La sobrina cree que el tío Charlie es el tipo más encantador del mundo. Lo adora, hasta que descubre que es un asesino. Que mata a ancianas y les roba el dinero. Y las joyas. Y, claro, también intenta asesinar a su sobrina. Hasta se parecía un poco al tío Gabe.

—Susan —dije al ver que Helen estaba detrás de ella. —Gabe la seguía. Ambos parecían algo apagados.

—¿Qué tal la película? —pregunté animadamente.

— Bien —respondió Helen.

—No deja en muy buen lugar a los tíos solteros de este mundo —dijo Gabe.

Miré de reojo a Susan, que se había sonrojado bajo las pecas, la vista gacha.

—Eso he oído —dije.

—Mucho me temo que siempre estaré bajo sospecha —dijo. Y sonrió un instante. Seguía con el anorak puesto y en el labio brillaba una gotita de sudor.

Le ofrecí una cerveza a Gabe y entré en la cocina. Le sugerí que se quitara la chaqueta y se sentara fuera con Tom, para tomar el poco aire que pudiera entrar a través de las mosquiteras del porche. Mientras las chicas ponían la mesa y yo terminaba de preparar la cena, escuché las voces de los dos hombres compartiendo el periódico y comentando las noticias.

Los días de calor de aquellos veranos solía preparar platos fríos: jamón en lonchas y ensalada de col que había comprado en el *delicatessen*, pepinillos en vinagre, ensalada de patata y panecillos. Gabe ocupaba el lugar de nuestro hijo mayor. Sus modales, como siempre, eran meticulosos y elegantes. Al fin y al cabo, los modales propios de alguien que había ido para obispo. Al observarlo sentado a la mesa, consideré por un instante la idea de que aquellos modales irlandeses que mis padres nos habían inculcado bien podrían haber sido una manera (frágil, pero real) de mimar, de acorralar, de apisonar, de reprimir lo que fuera que había destruido a mi hermano el verano anterior.

Hice un apunte para comentárselo a las chicas cuando adoptaran una pose de jorobada, como Helen, o cuando chuparan el reverso de la cuchara, como Susan; que los buenos modales, la conversación cortés, bien podrían ser todo lo que tenemos para, en última instancia, acorralar y reducir la confusión que nos provoca la vida.

Aquel verano nuestros dos hijos, Tommy y Jimmy, nacidos el mismo año con once meses de diferencia, estaban trabajando en Hampton Bays. Pasándoselo de rechupete, le explicó Tom a Gabe durante la cena, para que mi hermano lo entendiera. A su edad, atraían a las muchachas como moscas, dijo. Dos universitarios, añadió. Dos fiesteros de pro. Los dos tostados como camarones, la última vez que los vimos, de estar tumbados al sol todo el día. Lanzándose al océano para quitarse la resaca, seguro, y después trabajando por la noche en un restaurante. Sin una sola preocupación en la vida.

—No como tú y yo, Gabe, a su edad —dijo Tom.

—Me preocupan —dije yo—. Con todo lo que pasa hoy en día... las drogas y todo eso. Y por cómo son las chicas de hoy.

Sabía que Susan estaría poniendo cara de fastidio.

Tom hizo un gesto de desdén con la mano, despachando así mi comentario.

—Solo se están corriendo alguna juerguecilla que otra —dijo. Aquel era un tema de discusión constante entre ambos—. Disfrutando mientras son jóvenes.

—Ya, claro —dije yo. No me gustaba que me despacharan sin más.

Gabe me miró y sonrió. Se había quitado el anorak. Vestido con su polo blanco, parecía más joven y también más frágil que a su llegada. Quizá se parecía más al niño que había sido, quizá a nuestro padre, aunque

Gabe ya tenía más años de los que había llegado a cumplir nuestro padre.

—¿Te sabes la plegaria de san Agustín, la oración que elevó a los cielos cuando tenía la edad de tus hijos? —me preguntó, bajando la voz al final del nombre del santo, en lo que yo interpreté como una inflexión propia de sacerdotes, razón por la que quizá sentí que de repente le prestábamos una atención más respetuosa. Incluso las chicas cambiaron el semblante, más serio, algo receloso. A pesar de todos nuestros esfuerzos, no eran más devotas de lo que yo lo había sido a su edad, nuestras pequeñas paganas.

—No —dije yo.

Los ojos castaños de mi hermano parecían más cálidos.

—Señor, dame castidad y dominio de mí mismo —dijo, citando al santo—, pero, por favor, no me lo des todavía.

Todos nos reímos. Las chicas, algo aliviadas, quizá, al descubrir que su tío no era un hombre solemne. Tom, con su cariño de siempre y su admiración por aquel hermano mío, tan inteligente.

—¿Te gusta, verdad? —dijo Tom—. San Agustín. —Pronunció el nombre con el acento rudo de un lego, como se pronuncia la ciudad de Florida de igual nombre. Lo hizo, estoy segura, más movido por la humildad que por la ignorancia. En su boca, la pronunciación de Gabe, más elegante, habría parecido impostada—. Antes ya lo habías mencionado.

—Soy un gran admirador suyo —reconoció Gabe—. Fue un hombre que luchó muchísimo consigo mismo.

Me levanté para recoger la mesa.

—Mirad, no sé —dije—. Yo lo único que sé es que duermo más tranquila cuando los chicos están en casa.

Mientras comíamos helado, Susan diseccionó la película de las cuatro. Como la abogada en ciernes que era ya a sus diecisiete años, enumeró sus defectos de lógica y su falta de verosimilitud. ¿Cómo era posible que nadie lo supiera?, dijo. La gente no era tan ingenua y había demasiadas coincidencias.

—¿De qué sirve ver una película si te pasas todo el rato buscando razones para no creértela? —le preguntó la tímida Helen con brusquedad.

—Se titula *La sombra de una duda* —respondió Susan.

—Bueno, yo creo en Alfred Hitchcock —añadió Tom.

—En mi primera parroquia —dijo Gabe asintiendo en dirección a Tom, que seguro tendría que acordarse —había una viuda con tres hijos, los dos más pequeños gemelos, que siempre iba a misa de diez, todos los domingos. Nada más llegar a la parroquia le pregunté a nuestro pastor por ella, creyendo que debíamos hacer algo por aquella mujer, por sus hijos, y me dijo: «Es un caso difícil. Le da a la bebida».

Susan y Helen se rieron un poco y Gabe las miró y sonrió.

—No, en serio —continuó—. Eso fue lo que me dijo. Todo el mundo en la parroquia lo sabía, me dijo. Tenía un problema con la bebida, con tres hijos y todo. Los domingos acudía a misa hecha un pincel, igual que los niños, y en el par de ocasiones en que yo la había saludado me había parecido normal, pero el pastor me dijo que yo era un novato y que no era capaz de verlo. Una verdadera alcohólica, dijo. Yo no podía quitármelo de la cabeza. Empecé a fijarme en ella. Siempre me parecía sobria. Los niños guardaban silencio durante la celebración de la misa. Siempre dejaba dinero en el cepillo. Nunca llegaba tarde ni se marchaba temprano. Le pregunté una vez más al pastor cómo lo sabía, qué pruebas tenía, si la había visto tambalearse o hacer eses o lo que fuera. Me llamó «cachorrillo» y me dijo que era muy inocente. Una vez más, me dijo que todo el mundo lo sabía. No había nada que averiguar. No había nada más que hablar. Yo no quería que, por el mero hecho de preguntar, comenzaran a correr rumores, pero entonces me fijé en que todos los domingos por la mañana, cuando iban camino de misa, la mujer se escabullía y entraba en una confitería que había justo a una manzana de la rectoría. Los tres niños esperaban fuera. Ella entraba y salía en un periquete. Quizá, pensé, era en ese momento cuando daba un traguito. Quizá fuera eso lo que hacía.

—Qué pena —dijo Tom, pero Gabe levantó la mano.

—Así que un domingo por la mañana, cuando yo no tenía que cantar misa de diez, me voy andando hasta la confitería, sobre las diez menos cuarto, y entro a tomarme un café. Estando yo en el interior, cómo no, entra la mujer. Compra un paquete de caramelos mentolados, paga con un billete y sale de nuevo a la calle. El dueño, el dueño de la tienda, se gira hacia mí y me dice: «Ahí tiene una misión para usted, padre. Todos los domingos por la mañana entra y compra caramelos mentolados. Para disimular el olor a alcohol. Antes de misa». «¿Y usted sabe que el aliento le huele a alcohol?», le pregunté. Por la manera en que se indignó, supe que jamás le había olido el aliento a aquella mujer. «Claro, ¿por qué cree si no que se compra los caramelos?», dijo.

—¿Por qué compraba esos caramelos? —dijo Helen. Gabe sonrió.

—Para disimular el olor a bebida, eso pensaba el dueño de la tienda. Pero yo tenía una sospecha. Los seguí hasta la iglesia. Les pedí a los encargados que me permitieran ayudar con la colecta. Pasé el platillo y, mira tú por dónde, la mujer da veinticinco centavos, el niño mayor da otros veinticinco centavos y los dos gemelos ponen diez centavos cada uno. A la segunda pasada, solamente la madre pone veinticinco centavos. Tres monedas de veinticinco centavos y dos monedas de diez, todos los domingos. Noventa y cinco centavos. Por aquel entonces, los caramelos mentolados costaban cinco centavos. —Se recostó—. Llevaba años haciendo eso, cambiando un dólar antes de entrar a misa. Y esa, que yo sepa, era la única fuente de los rumores que aseguraban que era una alcohólica.

Tom se rio.

—Nunca des nada por sentado —dijo Tom. Dibujó la palabra en el aire, rodeó la primera parte y la última: aquella no era la primera vez que lo hacía—. Porque cuando das las cosas por sentadas, te puedes caer de culo del ridículo —dijo, trazando un círculo en el aire. Las chicas se reían, mirándolo con cariño, sonriendo—. ¿Se lo llegaste a explicar al viejo cura? —le preguntó a Gabe.

—Sí —respondió Gabe. Me pregunté qué vínculo

existiría entre aquellos dos, reforzado aún más si cabe en el transcurso de aquellas charlas semanales en el pabellón de hombres—. Pero no mostró demasiado interés —añadió Gabe—. Tenía cosas más importantes que hacer.

—¿Cómo es que ya no eres cura? ¿No te gustaba? —dijo Helen volcada sobre su plato de helado, con la cuchara en el aire.

Sentí el impulso tan propio de mi madre de agarrarla por el brazo y alejarla de la mesa.

—Helen —dijo Susan, satisfecha por la indignación que podía mostrar pero desconcertada al advertir la insolencia de la pregunta y sentirse agradecida porque su hermana la hubiera formulado.

Pero el rostro de Helen adoptó la mirada interrogadora de Tom. Inocente. ¿Había dicho algo malo?

Gabe respondió con gentileza:

—Ser ordenado fue el mayor privilegio de mi vida. —Los demás guardamos silencio. Miraba únicamente a Helen—. Pero cuando mi padre murió, no me vi capaz de abandonar a mi madre y tu madre y dejar que vivieran solas. Alguien tenía que estar a su lado —dijo. Se llevó la lengua al pómulo y movió la boca como si saboreara algo dulce—. Ya sabes que tu madre no sabía cocinar. Y también se corría sus juerguecillas. Alguien debía estar allí para guiarla.

—Ahí lo tenéis —dijo Tom, feliz. Asintió, como si la cuestión hubiera quedado resuelta en ese momento y para siempre. Ya no hacía falta preguntar nada más—. Y ahora pensad en lo siguiente —les dijo a las chicas—. Si no fuera porque vuestro tío volvió a casa, vuestra madre y yo jamás nos habríamos conocido, lo que significa que no estaríais aquí, que no estaríamos aquí —e hizo un gesto muy teatral que abarcaba toda la casa—. Así que dadle las gracias a este hombre. Dadle las gracias por haber cambiado de planes.

Las chicas, riéndose perplejas, agacharon la cabeza.

—Vamos —dijo Tom animándolas, en un tono que me pareció exagerado.

—Gracias —murmuró Helen, sonriendo en dirección a su plato.

Susan sacudió la cabeza y dijo con voz cantarina y burlona:

—Gracias, tío Gabe.

Después de cenar, invité a Gabe a dar un paseo por el barrio. Anochecía. Los aspersores regaban los jardincillos en penumbra y los vecinos sentados en sus sillas plegables de jardín nos saludaban al vernos pasar. Gabe fumaba. Le recordé el largo paseo que habíamos dado cuando yo tenía diecisiete años y Walter Hartnett me había roto el corazón.

—Diecisiete —dijo, y sacudió la cabeza. Se acordaba. Miró adelante mientras caminábamos y sostuvo el cigarrillo junto al muslo, ahuecado en la palma de la mano—. No creo que nada de lo que yo te dijera te sirviera de ayuda.

—Sí que me sirvió —dije yo.

—Walter Hartnett —Gabe repitió el nombre—. El chico con la pierna mala. La mano derecha de Bill Corrigan. Pobre Bill.

—Y pobre Walter, también —añadí yo.

—No se puede culpar a un hombre por decir que ya ha sufrido bastante —dijo Gabe.

Imagino que podía haberse referido a cualquiera de los dos.

Nos llegó el aroma a madreselva y hierba cortada de los barrios residenciales, los sonidos de televisores y radios. Veíamos las aureolas de las farolas, las luces de las casas encendiéndose. Esto se resuelve dando un paseo, había dicho él. Él había caminado por todas aquellas calles devastadas del viejo barrio, desnudo, sollozando.

—Puedes quedarte si quieres, ya lo sabes —le dije—. La habitación de arriba es tuya, para siempre. Cuando vuelvas a trabajar, Tom podrá llevarte en coche a la estación. Susan irá a la universidad en otoño y Helen se marchará pronto. Los chicos son prácticamente independientes. Nos harás compañía a Tom y a mí. Evitarás que Tom me mate con su cháchara cuando se jubile. Nos haremos compañía el uno al otro.

Gabe sonrió.

—Gracias —se limitó a decir. Se quedó pensativo un instante y después dijo—: Tengo que volver a recoger el piso. Tendré que rescindir el contrato de alquiler.

Me habría gustado que hubiera dicho «el viejo piso».

—Tom ya ha estado allí —le dije—. Ya ha sacado todo lo que merecía la pena guardar, que tampoco era mucho. —La ropa de Gabe, algunas fotografías, todos sus libros. Antes de que mi madre muriera ya habíamos sacado de allí todas las cosas de valor—. Deberías alegrarte por rescindir el contrato. El edificio está ahora peor que nunca. —Y añadí, medio en broma—: Ahora mismo, no le desearía vivir en Brooklyn ni a un perro.

Sonrió de nuevo, pero no tan abiertamente como antes. Él, siempre tan leal a todo.

Al doblar la esquina camino a casa, nos topamos con un grupo de niños, cinco o seis, que correteaban por tres jardines diferentes, persiguiendo luciérnagas. Entre ellos se encontraba la amiga de Helen, Lucy Grayson, que se detuvo al vernos pasar, arrastrando sus pies desnudos por la hierba como si quisiera detener su impulso. «Hola, señora Commeford», dijo con aquella voz áspera de guijarros revueltos. Era una muchacha escuálida con piernas doradas bajo sus vaqueros cortos, ojos enormes y una boca abierta a perpetuidad. La saludé con la mano y dije: «¡Buenas, Lucy!». Vi cómo los demás niños se iban deteniendo lentamente, rodeando a Lucy, como si la repentina inercia de Lucy los hubiera atraído a ella. Todos nos saludaban a su manera, en intervalos irregulares, como luciérnagas: «Hola, señora Commeford», «Hola», «Hola», hasta que los dejamos atrás. Entonces oí que uno de ellos gritaba: «¡Han llamado de Suffolk!». Era una voz de muchacho, atragantado de risa. La siguió un gorjeo de chsss, seguido de más risas a medida que los niños se iban desperdigando por el césped intermitente a la luz de las farolas.

Gabe miró hacia delante, sonriendo con aquella sonrisa suya, tan breve. Le toqué el codo, el interior del brazo con la punta de un dedo. Arrojó su cigarrillo en plena calle.

—El tío Charlie ha llegado a la ciudad —dijo. Tardé unos segundos en darme cuenta de que se refería a la película clásica—. Otro tío soltero de oscuro pasado. Siempre bajo sospecha.

—Tonterías —respondí.

Cuando regresamos a casa, vimos un vehículo desconocido en la entrada de los coches. Desconocido para mí, porque Gabe dijo: «Creo que lo conozco».

La puerta delantera estaba abierta, la luz del porche encendida y, al entrar, nos encontramos a Tom y a las chicas sentados en el salón con un desconocido. Había dos vasos de cerveza sobre la mesa y Helen estaba colocando la fuente de frutos secos junto a los vasos. El hombre se puso en pie al vernos entrar. Era alto, de constitución fuerte. Vestía una camisa azul claro de manga corta y pantalones de vestir de color gris, como los de mi hermano. Tenía el pelo corto y oscuro, muy engominado, las sienes canosas. Al levantarse nos saludó con un «¿Qué tal?» y con otro «¿Qué tal?» cuando Gabe lo presentó. «Matt Cain, un amigo». De cuando trabajaba en IT&T.

Me senté en el borde de una butaca protegida con una funda y me puse a charlar de cosas sin importancia, si bien en aquella habitación sin alfombra nuestras voces hacían eco y resonaban. Sentí cómo me caían gotas de sudor por la espalda. Matt Cain conocía la calle de Rego Park donde habíamos tenido nuestro primer piso. De hecho él vivía en Bay Ridge. Y sí, seguía en IT&T, en Park Avenue. Tenía boca ancha y labios muy finos, demasiado pringue en el pelo, aunque, para ser justos, quizá acabara de salir del barbero. Junto al nacimiento del cabello, la piel se le había vuelto de un blanco fantasmagórico. Y una gruesa mata de pelo negro áspero en su garganta, también. En dos ocasiones nos ofreció sus cigarrillos y en dos ocasiones Tom y yo levantamos la mano para rechazar el ofrecimiento, aunque Gabe sí cogió uno y se incorporó desde el otro lado del sofá para que Matt Cain se lo encendiera con una cerilla.

Me excusé y entré en la cocina. Las chicas habían fregado los platos, todos bien dispuestos en el escurridor. La olla en la que había hervido las patatas seguía, sucia, sobre el fogón. Limpié la olla y el fregadero. Después guardé los platos, sin preocuparme demasiado por amortiguar el repiqueteo y el rechinar que hacía al levantar, apilar y devolver, uno por uno, las cucharas, los tenedores y los cuchillos al cajón de los cubiertos. Estaba comportándome como una maleducada, lo sabía. Adrede. Ni siquiera estaba segura de por qué lo hacía. Bebí un vaso de agua gigante junto al fregadero dejando un rato la muñeca bajo el grifo abierto para refrescarme. Me sequé las manos, recompuse mi sonrisa y regresé al caluroso salón para preguntar animadamente si a los hombres les gustaría tomar otra cerveza o, si no hacía mucho calor, ¿un poco de café?

Me pareció que Gabe les había estado hablando de Suffolk. De su rutina allí. Tom y las chicas —Susan apoyada en el brazo del sillón de su padre, Helen en el suelo a su lado con las piernas cruzadas y el mentón entre las manos— lo miraban muy serias. Matt Cain se había recostado en un rincón del sofá, los brazos extendidos a lo largo del respaldo y de un reposabrazos, las piernas, recias, largas, de muslos fuertes, abiertas, un hombre de constitución más robusta de lo que parecía a primera vista. Tenía la cabeza ligeramente ladeada y se estaba quitando una pizca de tabaco de la lengua, pero también había estado escuchando a Gabe; difícil saber si le había divertido o conmovido.

Los interrumpí. Entré despreocupadamente para ofrecerles otra cerveza, café si no hacía demasiado calor, con el propósito —con la intención, de hecho (lo supe en el mismo instante en el que abrí la boca, a pesar de que jamás lo habría dicho en voz alta)— de poner un hermoso final a la velada. Me dieron ganas de abofetearme en el mismo instante en que abrí la boca y vi u oí una suerte de eco de la conversación que yo había interrumpido, en la que Gabe les hablaba de su vida en Suffolk que yo me había perdido.

Matt Cain recogió sus enormes piernas y se inclinó sobre la mesa de centro para apagar su cigarrillo.

—Para mí no, gracias —dijo. Dejó las manos en los muslos y miró a mi hermano—. Tengo que irme.

Aquella frase parecía contener mil y un significados.

—Te acompaño afuera —respondió Gabe.

Matt Cain insistió en llevar su vaso y el de Gabe a la cocina. Allí me dio un apretón de manos e hizo lo propio con Tom y las chicas. Yo sabía que el olor de lo que fuera que llevara en el pelo seguiría flotando en el aire. Cuando emprendió el camino de regreso para cruzar el salón hasta la puerta delantera, Gabe lo cogió por el hombro; le indicó la puerta que daba a la marquesina.

—Susan me ha dicho que esta es la mejor forma para entrar y salir —dijo Gabe guiñándome un ojo.

—Voy a encender la luz —dije.

A través del cristal de la puerta cubierto con una cortina, pude ver a los dos hombres detenerse. Gabe señaló al techo de la marquesina y Matt Cain hizo rebotar alegremente las pelotas de tenis colgadas sobre el parabrisas del coche de Tom. Los oí reír y albergué la sincera esperanza de que no se estuvieran burlando. No de Tom, pensé, que había perdido un día de trabajo para ir hasta Suffolk a recogerlo. Que había ido en coche hasta allí decenas de veces ese año para sentarse en el pabellón de hombres con él y que no estuviera solo. Los vi alejarse del coche y doblar la esquina de la casa, hacia la acera.

Terminé de recoger la cocina y, cuando vi que Gabe aún no había regresado, dejé una nota en la mesa del comedor. «Me he ido a dormir, pero llámame si necesitas algo.» Añadí un «Que duermas bien», elegido después de haber considerado la opción de «Estamos encantados de que estés aquí».

Las chicas estaban en el sótano. La televisión estaba encendida y bajé las escaleras para decirles «No tardéis mucho». Helen dijo «Susan ya está dormida» y, con voz somnolienta, Susan respondió «No, no estoy dormida». Yo solía dejar abierta la puerta del sótano para oírlas al subir, pero esa noche la cerré.

Entré en mi habitación. Tom ya estaba en la cama. Leía una revista doblada por la mitad, las gafas sobre el puente de la nariz. Aquellas noches calurosas de verano dormía en pantalón corto y una camiseta blanca de tirantes que dejaba al descubierto sus hombros carnosos, tan rosados y redondeados como su cabeza. Había encendido el ventilador y, cuando entré, solo levantó la vista un instante y me pareció verlo sonreír. Entré en el baño a cepillarme los dientes y ponerme el camisón de verano. Crucé la habitación de nuevo y bajé el ventilador al mínimo. Seguí con mi anticuada rutina de irme a dormir: puse boca abajo el despertador de la mesilla de noche, me puse un poco de crema en las palmas de las manos y me la extendí por los brazos, me coloqué una redecilla de color azul pálido en la cabeza, apagué la lámpara que había pertenecido a mi madre en el viejo piso y me quité las gafas. La habitación se contrajo y el contorno de los objetos se volvió borroso. Me metí en la cama y, como teníamos por costumbre, miré a Tom mientras leía. Cerré los ojos. Siguiendo nuestra rutina de todas las noches, Tom bajó el brazo hasta el colchón y me lo dio. Puse ambas manos en su antebrazo y llevé mis labios hasta su piel.

Había bajado la potencia del ventilador lo bastante como para oír cómo Gabe regresaba y las chicas subían del sótano. También lo bastante como para preguntarle a Tom qué había dicho Gabe mientras yo estaba en la cocina sobre su día a día en Suffolk. ¿Había mencionado el electrochoque? Le pregunté si había hablado de las razones que lo habían llevado allí. De aquel día terrible.

Cerré los ojos y acerqué mis labios al cuerpo de mi marido. Él, que todavía leía, me acarició el pecho con el reverso de su mano. No me había caído bien el amigo de Gabe. Por esa razón había ido a la cocina y me había perdido lo que Gabe había dicho acerca de su día a día en Suffolk. Acerca de las razones que lo habían llevado allí. Había bajado lo bastante la potencia del ventilador como para susurrar: «¿Quién era ese tipo, ese amigo suyo?».

Tom cerró la revista con una sola mano y la colocó sobre la mesita de noche. Se quitó las gafas de lectura y se inclinó hacia la luz, manteniendo su brazo sobre el colchón, junto a mí, apartándose justo lo necesario para alcanzar el cordón de la lámpara. Se recostó. Tenía la costumbre de dejarse caer en la cama igual que un hombre va entrando en el agua de una bañera. Se movió un poco bajo las sábanas, la espalda sobre las almohadas apiladas contra el cabecero. De nuevo, distraídamente, me acarició el pecho con la mano.

—¿Te acuerdas de Darcy Furlong? —dijo, mirando la oscuridad, justo por encima del zumbido del ventilador—. ¿El de la fábrica de cervezas?

Me reí.

—Ese nombre... —dije.

Le solté el brazo y di media vuelta. Tom apoyó su mano en mi cadera.

—Corrieron rumores sobre él durante años —dijo—. Casi todo bobadas. Alguien lo encontró haciendo punto en el comedor. Se decía que había pintalabios en un cajón de su escritorio. También que llevaba pintadas las uñas de los pies, pero algunos solíamos bromear diciendo que, qué demonios, si aquello era cierto, al menos quería decir que en algún momento se quitaba aquellos malditos zapatos de *swing*. —Dejó escapar una risita ahogada—. Tampoco era para tanto. Menudencias, pequeñas insidias que corrían sobre él de vez en cuando. Pero el señor Heep terminó enterándose, siempre quería estar al tanto de todo. Darcy estuvo de baja un tiempo, dijeron que por una operación que no tenía mayor importancia. Todos firmamos una nota para desearle una pronta recuperación. El señor Heep nos convocó a una reunión. Ya te lo he contado.

Asentí. Algo recordaba.

—El señor Heep dijo que estaba al tanto de los rumores que corrían sobre el señor Furlong y que lo único que quería saber era si alguien tenía alguna manera de demostrar si los rumores eran ciertos. ¿Alguna prueba? Eso fue todo lo que preguntó. Naturalmente, nadie tenía prueba alguna. ¿Qué prueba podríamos aportar? Lo veíamos en la oficina todos los días. Era un buen trabajador. Llegaba puntual por las mañanas y se iba a casa por la noche. Estaba soltero. Su familia vivía más al sur. ¿Qué más podíamos saber? Al no responder nadie, el señor Heep dijo: «Bien, yo tampoco, de modo que, hasta que alguien tenga pruebas o algún indicio de que lo que ustedes dicen del señor Furlong es verdad, quiero que los rumores terminen de una vez. Despediré al primer hombre que desobedezca».

Oí que se abría y cerraba la puerta trasera. Estaba segura de haber oído cómo Gabe se detenía a leer la nota que le había dejado sobre la mesa del salón. Era muy consciente del tono frío de mis palabras. Después de todo, no me había decidido por un «Todos estamos encantados de que estés aquí».

Oí los pasos de Gabe sobre el suelo desnudo del salón, mientras cruzaba la estancia para dirigirse a la escalera. Al día siguiente le diría que nos encantaría que se quedase.

—Eso fue todo —decía Tom—. Cesaron los rumores. Naturalmente, todo el mundo fue libre de seguir pensando lo que quisiera, pero nadie dijo ni una palabra. Debo decir que admiré al señor Heep por la manera en la que llevó aquello. Por cómo puso fin a los rumores. Fuera lo que fuera Darcy Furlong, reinona, escaparatista o un niño de mamá, o quizá solo un tipo solitario al que le gustaban los calcetines elegantes y tenía sus manías, ¿qué íbamos a sacar por estar todo el día hablando de él? ¿Qué descubriríamos? ¿Qué cambiaría?

En la oscuridad, sentí que se hundía un poco más en la cama, como era su costumbre. Yo también sentí que se me hundía el corazón. Mi hermano había sido el niño bonito que recitaba poemas que yo era incapaz de entender, el seminarista delgado que emergía de entre las sombras de los árboles misal en mano. Antes de cumplir un año en su primera parroquia le había administrado los últimos sacramentos a mi padre, cuando el sufrimiento del pobre hombre alcanzaba su punto más terrible y culminante. Me había sorprendido la ferocidad de su dolor — «¿Te has dormido?» —, cuando me desperté en el coche que le habíamos alquilado a Fagin. En varias ocasiones me habían molestado y desconcertado su soledad, su actitud pensativa, su vigilancia, aquella manera suya de temer lo amenazador y desagradable, aquella manera en que la compasión parecía apoderarse de él, caminando desnudo por la ciudad y sollozando por las calles devastadas de su juventud. Mi hermano era un misterio para mí, pero un misterio que yo siempre había asociado con la sagrada oscuridad del dormitorio que habíamos compartido en Brooklyn, con la silenciosa arboleda del seminario o con el olor a incienso en la cavernosa iglesia, incluso con aquella comunión silenciosa que había durado toda una vida entre mi hermano y las palabras que encontraba en los libros. Incomprensible, sí, pero de la misma manera en que buena parte de lo que era sagrado me resultaba incomprensible a mí, pequeña pagana.

Y en aquel momento yo caía en la cuenta de que el sagrado misterio de lo que mi hermano era podría hacerse carne, carne corriente, enfrentándome a la idea de que quizá mi hermano fuera un determinado tipo de hombre.

Pensar que había salido de casa aquel día de verano, llorando, sollozando, desnudo y afligido no por el mundo mortal sino por sí mismo.

Sentí que Tom se inclinaba en la oscuridad para besarme la coronilla y, al hacerlo, llevó su mano a mi brazo, a mi codo.

—Yo tampoco sé nada sobre este tipo que ha estado aquí esta noche —dijo—. Lo único que digo es que deberíamos dejar que Gabe sea quien es. Órdenes, pinchazos, electrochoques y, lo peor, obligarlo a hablar y escuchar día y noche hasta el aburrimiento. Ese sitio. —Con aquella expresión, «ese sitio», los horribles nombres de manicomio u hospital psiquiátrico quedaron para siempre desterrados de nuestra conversación—. Yo mismo me cansé de todo aquello y eso que yo no estaba allí más que de visita, me cansé del modo que tenían de reducir todo a un par de palabras facilonas sobre el sexo. —Hizo un alto, como si quisiera sopesar sus palabras—. No sé —susurró—. A lo mejor soy yo. A lo mejor tengo una visión demasiado simple de las cosas. —Se tumbó, hundiéndose en la comodidad y la oscuridad de nuestra cama—. ¿Cómo saber lo que esconde el corazón de un hombre? —susurró. Estiró la sábana hacia arriba y cubrió con ella su hombro y el mío, como tenía por costumbre hacer antes de disponernos a dormir—. Especialmente de un hombre como tu hermano.

Después, Tom habló en la oscuridad, en plena noche. Por alguna razón se había levantado —¿acaso había sonado el teléfono?— y había vuelto al dormitorio. Se inclinó hacia delante, el aliento cálido. Susurrando. O llorando. Me desperté y me di cuenta de que estaba llorando.

—Es Tommy —dijo.

Nuestro Tommy.

Tommy se ha ahogado, dijo. Apenas pude distinguir sus palabras. No había encendido la luz. Tenía la cabeza apoyada pesadamente sobre mi hombro. Ahogado o conduciendo, decía, por ir conduciendo bebido, oí, y entonces me oí decir: «Ay, Dios mío». Salté de la cama, consciente, en aquella oscuridad, del peso de Tom sobre el colchón. Lloraba, hablaba. «Lo van a traer a casa», me dijo. Vienen de camino. Iban a traer el cuerpo a casa y yo me tapé los oídos con las manos al oír aquella frase. Me negaba a oírla. Me vi en el salón donde la tenue luz de la farola atravesaba las cortinas entonces grises y blancas. Con aquel Matt Cain en el salón, había olvidado echar las persianas la noche anterior y en aquel momento todo parecía recubierto del color de las pesadillas, el sofá y la mesita de centro y las lámparas, las fotografías familiares colgadas por las paredes, el sonido de mis propias súplicas que quizá dijera en voz alta, pero que no decía en voz alta. Haz que esto sea un sueño, oh, Dios, demasiado terrible, demasiado cruel.

Pero fue la crueldad de todo aquello lo que me hizo saber que era real. Brutal y cruel, como todo lo carnal. Pero perder un hijo era lo peor de todo. Me arrodillé. El suelo olía a polvo. Podía oír a Gabe bajando las escaleras, medio dormido y temeroso. Señor, qué ocurre. Yo tenía la cabeza escondida entre las rodillas y desde algún lugar en la oscuridad pude oír las voces de las chicas preguntando, preguntando, pero postergando con sus preguntas la respuesta que temían oír. Devastación generalizada. No enciendas la luz, le supliqué a mi hermano mientras bajaba las escaleras. Tommy está muerto. Mi pequeño. Vienen de camino y traen el cuerpo a casa.

Dios mío, Dios mío, dijo.

Me llegaban los lamentos de las otras habitaciones. El cuerpo venía camino a casa, oí que alguien decía. Me llevé las manos a los oídos. Era una palabra terrible usada de aquella manera. Cómo podía ser que nunca la hubiera oído antes, la crueldad, la estupidez. Por qué el señor Fagin, con toda su sabiduría, no había prohibido aquella palabra. El cuerpo. Relleno de crin. Mi pequeño, su cuerpo cálido entre mis brazos. ¿Cómo podría soportarlo?

Gabe me apretó los oídos con las manos. Esto no puede ser real, dije. Dime que no es real, haz que no sea real. Lo agarré de las mangas. Le tiré de las mangas. Se lo dije a Gabe, pero estaba lleno de compasión y de la más absoluta impotencia. Imposible, le oí susurrar. Lloraba. Sollozaba. Imposible, dijo. Estaba sola. Nadie había encendido las luces.

Podrías pedir, me dije. Me dolía la garganta. Pide.

Me desperté lentamente en la oscuridad del dormitorio, con el zumbido constante del ventilador que Tom había acelerado durante la noche. Me dolía la garganta, luego había llorado en sueños. En la casa reinaba el silencio. Tom roncaba suavemente junto a mí. Tan real y terrible había sido la aflicción provocada por aquella pesadilla que tardó unos segundos en desaparecer. Ya había tenido pesadillas semejantes alguna que otra vez. Me seguía doliendo la garganta de lo real que había sido.

Me limpié el pómulo húmedo con la muñeca. Era una noche de verano y mi marido dormía a mi lado. No había sido más que una pesadilla. La pesadilla de una madre demasiado ansiosa. La muchacha de Fagin que oía en sueños el eco del intenso y largo dolor de los demás, unido a la conversación que habíamos mantenido durante la cena sobre Tommy y Jimmy buceando y saliendo y entrando del océano un día tras otro, resacosos y despreocupados.

Aun así, era algo terrible referirse al «cuerpo».

Aun así, había pedido y se me había concedido; su vida, recobrada.

Aun así, aquella misma noche le diría a Tom que llamara al restaurante donde los chicos trabajaban y les dijera que vinieran a cenar a casa un día de esa semana. «Vuestra madre está preocupada», diría Tom. Sabría exactamente qué palabras utilizar, sinceras pero dichas en tono de broma: a las mujeres hay que seguirles la corriente. «Venid a casa y dejad que os vea vuestra madre.»

Me incorporé y busqué las gafas. Me levanté. Salí del dormitorio hacia el salón, donde comprobé que sí había olvidado bajar las persianas para protegernos del calor de la mañana. La farola de la calle estaba justo como la había visto hacía unos instantes. Podía oler el polvo de verano sobre el suelo desnudo. Y todas y cada una de las fotografías familiares de las paredes —retratos profesionales ya anticuados, fotografías de la universidad de un tiempo pasado— estaban marcadas por la misma oscuridad engañosa que había visto en mi sueño. Me detuve al pie de las escaleras. La luz de la calle iluminaba las paredes de la estancia y proyectaba sobre ellas trapecios, largos rectángulos y una cruz muy fina. Podía oír la respiración de mi hermano en la habitación de arriba, plácidamente dormido. Subí las escaleras muy despacio. Al llegar arriba, donde reinaba la oscuridad, deslicé cuidadosamente mis pies descalzos por el suelo. Debía de parecerse bastante a mi forma de caminar ahora que estoy ciega.

Miré en la habitación de los chicos, tenuemente iluminada por la luz de la farola, las dos camas pequeñas
hechas, sin tocar. El olor a niño que aún flotaba en el
ambiente atemperado por la cálida brisa, el aroma del
calor del día sobre el tejado. Miré en la segunda habitación, donde Gabe dormía con las ventanas abiertas y
donde soplaba la brisa nocturna. Gabe dormía boca
arriba, bajo una sábana blanca, el brazo cubriéndole los
ojos, así solía dormir. Estaba despierto. Cuando entré
en la habitación, susurró:

—¿Marie?

—¿Estás bien? —le pregunté.

—Yo sí. ¿Y tú?

Me hizo sonreír.

Me senté al borde de su cama y sentí cómo movía sus
largas piernas para hacerme sitio. «Una pesadilla», dije.
Al pronunciar aquellas palabras, reconocí en ellas la ridícula certidumbre de que no había sido, en absoluto,
una pesadilla. Yo había pedido y me había sido concedido. El tiempo se había detenido, se había doblado hacia atrás, yo había recobrado lo perdido.

Vi que mi hermano bajaba el brazo, sentí su mano moviéndose hacia mí sobre la fina sábana. En la oscuridad,
levantó mi brazo y lo sostuvo. La palma de su mano era
cálida y ancha. Sentí la seguridad de su abrazo. Supe que
sabía de mi pesadilla. Que había sentido cómo le tiraba
de las mangas.

En la mesita de noche junto a la cama, reflejando la
tenue luz del exterior, había un vaso de agua. A su lado,
una botellita de medicación con tapa blanca que Tom
había comprado en la farmacia.

Volví a preguntarle si se quedaría con nosotros.

—El dormitorio es bonito, ¿verdad? —dije—. Siempre ha sido un lugar bonito para los invitados. Mamá se quedó aquí un par de veces, cuando los chicos eran pequeños.

Vi la luz de la calle reflejada en sus ojos y en sus dientes.

—Lo recuerdo —dijo con suavidad. Añadió—: Ese tipo que ha estado aquí, Matt Cain, me preguntó si me interesaba su casa. Tiene una casa familiar en Bay Ridge y el piso de arriba está libre. No conozco el barrio demasiado bien, pero le he dicho que me lo pensaría.

—Estarás muy solo allí —dije. Lo dije abruptamente, sin pensar—. Llevarás una vida solitaria.

No me acordé entonces de que habíamos utilizado aquella frase para hablar de Bill Corrigan.

—También lo he pensado —dijo Gabe sosegadamente. Levantó mi mano y la volvió a dejar caer—. Pero no sé yo si eso se puede evitar. —Entonces, añadió—: No será como estar en casa. —Yo sabía que se refería a las cosas tal y como habían sido muchísimo tiempo atrás. Entonces se rio un poco—: ¿Te acuerdas de mamá en sus últimos días? Teníamos que decirle «En casa no, en Brooklyn».

Le solté la mano y me puse en pie.

—Aquí estarás en casa —le dije.

Asintió y entonces se llevó de nuevo la muñeca a los ojos. Me quedé allí parada un instante, junto a su cama. Sin miedo y sin premeditación, sin intención alguna, al menos no en ese instante, cogí la botellita de medicación y la deslicé en el bolsillo de mi bata.

Las escaleras estaban más oscuras que los dormitorios del piso de arriba. Bajé las escaleras muy despacio, con cuidado; una mano apoyada en el pasamanos, la otra apoyada en la pared, caminando con la precaución que hice mía en la vejez al quedarme ciega.

Puede que aquella noche le salvara la vida a mi hermano. No lo sé. Puede que solo soñara la pérdida de mi primer hijo.

Bajé las escaleras con mucho cuidado en la oscuridad, una mano apoyada en el pasamanos, otra apoyada en la pared. La poca luz que entraba de las farolas por la ventana del salón se acumulaba en el arranque de las escaleras. Me acordé de Pegeen Chehab y de su última caída. Y me acordé de la distancia que sus padres habían tenido que recorrer para traerla al mundo para tan poco tiempo, de las arenas de Siria y Monte Líbano y el resbaladizo suelo del barco movido por el oleaje, y entonces vi esa breve llamarada en la ventana del primer piso.

Un día antes de morir, Pegeen me había mirado fijamente. Había concebido un plan y le brillaban los ojos. Si lo veo, dijo, me acercaré a él. Fingiré una caída, ¿entiendes? Justo a su lado. Y entonces él me cogerá en volandas y me dirá: «¿Usted otra vez?». Alguien amable.

Eso me dijo la pobrecilla, la pobre inocente. Y, entonces, ya veremos.

«¿Cuál puede ser una vida que comienza entre los gritos de la madre
que la da y los lloros del hijo que la recibe?»
BALTASAR GRACIÁN

Desde LIBROS DEL ASTEROIDE queremos agradecerle el tiempo
que ha dedicado a la lectura de *Alguien*.
Esperamos que el libro le haya gustado y le animamos
a que, si así ha sido, lo recomiende a otro lector.

Al final de este volumen nos permitimos proponerle otros
títulos de nuestra colección.

Queremos animarle también a que nos visite
en www.librosdelasteroide.com y en www.facebook.com/librosdelasteroide,
donde encontrará información completa y detallada sobre todas nuestras
publicaciones y podrá ponerse en contacto con nosotros
para hacernos llegar sus opiniones y sugerencias.
Le esperamos.

❧